SUSAN MALLERY

Las hijas de la novia

Editado por Harlequin Ibérica.
Una división de HarperCollins Ibérica, S.A.
Núñez de Balboa, 56
28001 Madrid

© 2016 Susan Mallery, Inc.
© 2018 Harlequin Ibérica, una división de HarperCollins Ibérica, S.A.
Las hijas de la novia, n.º 143 - 24.1.18
Título original: Daughters of the Bride
Publicada originalmente por HQN™ Books

Todos los derechos están reservados incluidos los de reproducción, total o parcial. Esta edición ha sido publicada con autorización de Harlequin Books S.A.
Esta es una obra de ficción. Nombres, caracteres, lugares, y situaciones son producto de la imaginación del autor o son utilizados ficticiamente, y cualquier parecido con personas, vivas o muertas, establecimientos de negocios (comerciales), hechos o situaciones son pura coincidencia.
® Harlequin, HQN y logotipo Harlequin son marcas registradas por Harlequin Enterprises Limited.
® y ™ son marcas registradas por Harlequin Enterprises Limited y sus filiales, utilizadas con licencia. Las marcas que lleven ® están registradas en la Oficina Española de Patentes y Marcas y en otros países.
Imagen de cubierta utilizada con permiso de Harlequin Enterprises Limited. Todos los derechos están reservados.

I.S.B.N.: 978-84-9170-558-1
Depósito legal: M-27741-2017

A Kaycee. Mil gracias por todo. Esta es para ti.

* * *

Siendo como soy *madre* de un perro tan adorable como mimado, conozco las alegrías que pueden dar las mascotas. La defensa de los animales es una causa que apoyo desde hace tiempo, a través de la organización Seattle Humane; y en el año dos mil quince, durante su campaña Tuxes and Tails de recaudación de fondos, ofrecí un premio al ganador: incluir a su mascota en una novela romántica.

En este libro, encontrarán dos perros maravillosos, Sarge and Pearl. El oficio de escribir es especial, entre otras cosas, porque te ofrece la posibilidad de relacionarte con la gente de distintas maneras: algunas son personas a las que acudí en busca de información; otras, lectores que querían hablar sobre personajes y argumentos y otras, fantásticos dueños de mascotas. Me divertí mucho con las historias de Sarge y Pearl. Sus dueños los adoran y los miman tanto como debe ser. Disfruté de la oportunidad de incluirlos en mi libro, y espero que ustedes también disfruten de sus encantadoras travesuras.

Gracias a Sarge y Pearl, a sus fabulosos dueños y a los maravillosos miembros de Seattle Humane (Seattle-Humane.org), porque todas las mascotas merecen una familia que los quiera.

Capítulo 1

Una de las ventajas de ser extravagantemente alta es que se puede acceder con facilidad a los armarios superiores de la cocina. Pero la extravagancia en cuestión de altura también tiene sus desventajas.

Courtney Watson dobló sus larguísimas piernas mientras intentaba ponerse cómoda en un sillón demasiado bajo, que no se podía regular. Estaba en recepción, porque Ramona tenía que ir al servicio otra vez y le había pedido que la sustituyera un rato. Ramona estaba embarazada y, por lo visto, el bebé se había movido y se había apoyado en su vejiga.

En opinión de Courtney, los embarazos eran una pesadez que provocaba un sinfín de incomodidades. Pero, de todas formas, no habría cambiado la altura del sillón donde su compañera pasaba la mayor parte del día. Solo iban a ser cinco minutos.

El vestíbulo del hotel Los Lobos estaba tranquilo. Era martes por la noche, y la mayoría de los clientes se habían retirado a sus habitaciones, es decir, al lugar donde Courtney quería que estuvieran. No se llevaba muy bien con los que deambulaban por el edificio. Siempre causaban problemas.

Las puertas del ascensor se abrieron un momento después, y dieron paso a un hombre bien vestido que echó un vistazo a su alrededor antes de dirigirse hacia ella. Bueno, no exactamente hacia ella, sino hacia el mostrador de recepción.

Su profesional sonrisa flaqueó un poco cuando se dio cuenta de que era Milton Ford, el presidente de la California Organization of Organic Soap Manufacturing (COOSM). El señor Ford había ido a la ciudad para asistir a la junta anual de su empresa, y todos sus empleados se alojaban en el hotel que llevaba el nombre de la localidad, Los Lobos. Courtney lo sabía porque había tramitado las reservas, y también sabía que las comidas se celebrarían en el Anderson House, que se iba a llevar la mayor parte de los beneficios.

—Buenas noches, Ramona —dijo él, tras mirar el nombre que estaba en la placa de recepción—. Soy Milton Ford.

Courtney estuvo a punto de corregirle, pero se dijo que no merecía la pena. Haría su trabajo —o, más bien, el de Ramona— tan bien como fuera posible. Aunque Ford hubiera encargado el servicio de *catering* a la competencia. Aunque hubiera tomado la decisión de entregar sus estúpidos premios en el Anderson House en lugar de elegir el precioso y enorme salón de baile del hotel Los Lobos.

—Buenas noches, señor Ford. ¿En qué le puedo ayudar?

Su jefa le había dicho que no fuera maleducada, así que miró al cliente con la mejor de sus sonrisas y se prometió que, cuando acabara con él, iría a la cocina a tomarse un helado, en calidad de recompensa por su buen comportamiento.

—Tengo un problema —contestó él—. No se trata de sus

habitaciones, que siempre han sido excelentes, sino del otro establecimiento con el que trabajamos.

—¿El Anderson House?

—En efecto —Ford carraspeó—. Me temo que tiene... abejas.

Courtney se encontró en una situación complicada; antes, se había tenido que esforzar para sonreír y ahora, estaba al borde de un ataque de risa. Pero se recordó que Joyce, su jefa, quería que se comportara como una profesional, lo cual no encajaba muy bien con reírse de un cliente. Sobre todo, tratándose del señor Ford.

—No sabía que hubieran vuelto...

—¿Es que ya habían tenido abejas?

—Cada pocos años. Se suelen quedar en el campo, pero, cuando entran en la localidad, se van al Anderson House. Parece que les gusta mucho.

Ford se secó la frente con un pañuelo blanco que se guardó a continuación en el bolsillo.

—Hay cientos, miles, enjambres enteros —afirmó—. Hay abejas por todas partes.

—No son particularmente peligrosas —dijo Courtney—. La abeja europea es trabajadora y tranquila. Y la especie está en peligro. Como presidente de una compañía que se dedica a fabricar jabones ecológicos, sabrá que hacemos todo lo que podemos por ellas. Siempre nos alegramos cuando vuelven a los Los Lobos, porque significa que su población no ha descendido.

—Sí, claro, pero no podemos celebrar la entrega de premios en un sitio lleno de abejas. Me preguntaba si la podríamos celebrar aquí.

«¿Aquí? ¿En el hotel que usted rechazó porque dijo que el Anderson House tenía mejores instalaciones?», pensó ella. Pero, naturalmente, se lo calló.

—Lo comprobaré. Puede que quede sitio libre.

Courtney respiró hondo antes de levantarse del sillón. El atildado señor Ford medía alrededor de un metro setenta. Y ella le sacaba quince centímetros. Y sabía lo que pasaría cuando se pusiera de pie.

–Dios mío –dijo él–. Es altísima.

A Courtney se le ocurrieron varias respuestas posibles, pero todas eran desagradables y del todo inapropiadas en su trabajo, así que apretó los dientes, pensó brevemente en la familia de Ford y declaró con ironía:

–¿En serio? No me había fijado.

Courtney esperó mientras Joyce Yates echaba azúcar a su café y lanzaba dos tiras de panceta a sus perros: Pearl y Sarge, alias *Sargent Pepper*. Pearl, una hembra, era un caniche puro y Sarge, un macho, un cruce de caniche con bichón frisé.

Eran las diez de la mañana, de modo que el comedor del hotel Los Lobos estaba prácticamente desierto. La gente ya había desayunado, y aún faltaba mucho para la hora de comer, lo cual alegró a Courtney. Sabía que su trabajo, su sueldo y el propio hotel dependían de que tuvieran clientes, pero le encantaba el silencio de los espacios vacíos.

–Muy bien, te escucho –dijo Joyce con una sonrisa.

–La nueva empresa de limpieza está haciendo un buen trabajo. Las toallas están limpias, y las sábanas ya no pican –empezó Courtney–. Ramona dice que seguirá con nosotros hasta poco antes de dar a luz, aunque me estremezco cada vez que la miro. No sé, quizá sea cosa mía. Es tan pequeña y el bebé es tan grande... Por lo demás, anoche estuve hablando con el señor Ford, el presidente de la California Organization of Organic Soap Manufacturing.

—¿Y qué quería?

—Mudarse. Por lo visto, las abejas han invadido el Anderson House —contestó—. No me burlé de él, aunque se lo habría merecido. Quedamos en que celebrarán todos sus actos en nuestro hotel, comidas incluidas. Le recomendé la ensalada de cangrejo.

Joyce probó su café y dijo:

—Una noche movida, según veo.

—No, tampoco fue para tanto.

—¿Has podido dormir?

—Por supuesto.

Courtney calculó rápidamente las horas que había dormido. Se había quedado en recepción hasta las diez de la noche y, tras echar un vistazo rápido por las distintas salas del hotel, había estado estudiando hasta la una. Como se levantaba a las seis y media, eso significaba que habrían sido alrededor de cinco.

—Además, ya dormiré cuando sea vieja —añadió.

—Lo dudo —replicó Joyce, mirándola con intensidad—. Trabajas demasiado.

Courtney pensó que era la mejor jefa del mundo. A diferencia de la mayoría, se preocupaba por el bienestar de sus empleados.

Joyce Yates había empezado a trabajar en el hotel Los Lobos en mil novecientos cincuenta y ocho. Entonces tenía diecisiete años, y entró como simple criada, pero, dos semanas más tarde, había conquistado el corazón del atractivo dueño del establecimiento, un hombre de treinta y tantos. Se casaron al mes siguiente y fueron felices durante un lustro entero, hasta que él sufrió un infarto y falleció en la flor de la vida.

Joyce, que en aquella época tenía veintidós años y un bebé al que criar, se hizo cargo del hotel. La gente pensó que fracasaría, pero triunfó. Conocía hasta el último detalle del negocio y la historia de todos los que trabajaban para ella. Era jefa y mentora de la mayor parte de la plantilla, además de una segunda madre para Courtney.

Su amabilidad era tan legendaria como su cabello blanco, sus trajes de ejecutiva, su sentido de la justicia, su fortaleza de carácter y su punto excéntrico, que la hacía más interesante.

Courtney la conocía desde su infancia. Su padre había muerto cuando ella era una niña, y su madre, Maggie Watson, se había quedado en la difícil situación de tener que cuidar de tres hijas y un negocio. Pero Joyce, que por entonces era cliente suya, se transformó súbitamente en amiga y le echó una mano; quizá, porque había pasado por circunstancias similares.

–¿Qué tal va tu clase de publicidad? –preguntó Joyce.

Courtney sonrió, porque solo le faltaban seis meses para terminar la carrera.

–Bien. El profesor me acaba de dar sus notas, y ya puedo pasar a la presentación final del proyecto.

Joyce alcanzó la cafetera y rellenó su taza.

–Quinn llega la semana que viene –anunció.

–¿Estás segura? No lo tengo muy claro, porque solo me lo dices cada mañana desde hace quince días.

–Será la edad, que no perdona. Pero tengo derecho a estar encantada con la visita de mi nieto, ¿no crees?

–Desde luego que lo tienes. Y permíteme añadir que todos los trabajadores del hotel ardemos en deseos de verlo –dijo con sorna.

Su jefa frunció el ceño.

–Hoy estás muy sarcástica, jovencita.

–Lo sé. Es por las abejas. Siempre me pongo así cuando invaden el Anderson House. Es mi personaje de mujer agradecida.

—Te recuerdo que Quinn no tiene novia —dijo Joyce de sopetón.

Courtney no supo si reír o bufar.

—Qué sutil eres, Joyce —dijo—. Mira, agradezco tu confianza, pero las dos sabemos que tendría más posibilidades de salir con el príncipe Harry que de salir con él. Y no es que tu nieto no me interese. Es un hombre impresionante. Sin embargo, también es demasiado refinado para una chica de campo como yo. Además, no tengo tiempo para esas cosas. Estoy muy ocupada con los estudios y el trabajo.

—¿Y qué vas a hacer? ¿No salir con nadie hasta que cumplas cuarenta? —se burló Joyce.

—No, ni mucho menos, pero ya sabes lo que quiero decir.

—Sí, lo sé. Y lo lamento, porque Quinn necesita una mujer.

—Pues búscale una. Yo no estoy libre.

Courtney no podía negar que Quinn le gustaba. Se habían visto un puñado de veces, siempre cuando él iba a visitar a su abuela. Trabajaba en el negocio de la música y, por lo visto, con éxito, pero no recordaba en qué. Quizá fuera productor, o quizá otra cosa. Llegaba, se quedaba unos días con su abuela y sus perros y se iba sin llamar la atención. O, por lo menos, sin intentar llamarla.

Quinn era tan increíblemente atractivo que la gente se fijaba en él por mucho que se esforzara en pasar desapercibido. Estaba en otra dimensión. De hecho, Courtney había visto a mujeres felizmente casadas que se estremecían cuando pasaba a su lado.

—¿Es cierto eso de que se va a quedar en Los Lobos?

—Es lo que dice —respondió Joyce—. Tiene intención de comprarse una casa, pero, hasta entonces, vivirá en la antigua casa del jardinero.

—Bonito sitio. Le va a encantar.

Courtney lo dijo por decirlo, porque no creía que un famoso ejecutivo de la industria musical de Malibú pudiera ser feliz en una pequeña ciudad del centro de California. Aunque cosas más raras se habían visto.

—Bueno, me encargaré de limpiar personalmente su nuevo domicilio –añadió.

—Gracias, querida. Es todo un detalle de tu parte.

—No es ningún detalle. Es mi trabajo.

Courtney venía a ser una especie de comodín del hotel, y podía desempeñar cualquier cargo. Pero, oficialmente, seguía siendo criada, y no le parecía mal. Ganaba lo suficiente para pagar las facturas.

—No lo sería si…

—Si me buscara otro empleo –la interrumpió–. Pero ¿quién quiere buscarse otro empleo cuando se puede casar con el príncipe Harry? No, Joyce. Los días solo tienen veinticuatro horas, y yo tengo mis prioridades.

—Unas prioridades equivocadas. El príncipe Harry se volvería loco por ti.

Courtney sonrió.

—Eres un encanto. Y te adoro.

—Yo también te adoro a ti –dijo Joyce–. Y ahora, hablemos de la boda.

—¿Es necesario?

—Por supuesto. Tu madre se casa dentro de unos meses. Sé que vas a organizar la fiesta de compromiso, pero alguien tiene que organizar la boda.

—Hum.

Joyce arqueó una ceja.

—¿Hay algún problema?

—No, ninguno.

A Courtney no le molestaba que su madre se fuera a casar otra vez. Bien al contrario, le alegraba que hubiera encontrado el amor tras varias décadas de soledad. Pero no le agradaba la idea de organizar la boda.

–Me quieres meter en un lío, Joyce.

–¿Quién? ¿Yo? –replicó, intentando fingir inocencia.

Courtney se levantó.

–De acuerdo, jefa. Haré lo que pueda.

–Lo sé.

Courtney se inclinó sobre ella, le dio un beso en la mejilla, se giró y se dio de bruces con Kelly Carzo, una de las camareras, quien llevaba una bandeja con tazas de café.

La bonita pelirroja de ojos verdes intentó impedir que cayeran al suelo, pero el golpe fue tan fuerte que no pudo. Tres segundos después, las tres mujeres estaban empapadas. Y, de paso, habían perdido un juego entero de tazas.

La quietud del comedor, donde solo había un par de clientes, se transformó en silencio absoluto, pero Courtney no se hizo ilusiones sobre lo que iba a pasar a continuación: aunque solo fueran dos clientes, se bastarían y sobrarían para que toda la localidad se enterara del percance.

Joyce se levantó, apartó a Sarge de los restos y ordenó a Pearl que retrocediera.

–¿Qué suele decir tu hermana en estos casos? –preguntó.

–Que me he marcado un Courtney –respondió ella–. ¿Estás bien, Kelly?

Kelly se limpió los pantalones.

–Nunca he estado mejor, pero te pasaré la factura de la tintorería.

–Eso está hecho.

–Me voy a cambiar de ropa –intervino Joyce–. Ventajas de ser la dueña.

—Lo siento mucho —se disculpó Courtney.
—Descuida. No tiene importancia.

Courtney se fue a buscar el recogedor y la fregona. No estaba tan segura como Joyce de que sus meteduras de pata carecieran de importancia. Pero ¿qué podía hacer? Ella era así.

—Quiero que mi pelo esté a juego con el vestido. Y solo será una mecha, mamá... ¿Qué tiene de malo?

Rachel Halcomb se frotó las sienes porque le empezaba a doler la cabeza. Siempre pasaba lo mismo con el baile de primavera del instituto; las adolescentes se presentaban en el salón de belleza y le pedían todo tipo de estilos. Además, iban en grupos y la volvían loca con sus chillidos y risas.

Lily, la chica a la que iba a peinar en ese momento, había ido en compañía de su madre. Rachel conocía a muchas mujeres que habrían dado lo que fuera por tener un pelo rubio tan bonito como el suyo, pero la chica se iba a poner un vestido morado y quería una mecha del mismo color.

—No sé —replicó su madre—. A tu padre le dará un infarto.

—No es su pelo, sino el mío. Y quedaré muy bien en las fotos —dijo—. Venga, mamá. Aaron me ha pedido que sea su pareja, y quiero estar fantástica. Solo llevamos tres meses en Los Lobos. Tengo que dar una buena impresión.

Rachel pensó que la táctica de Lily era tan brillante como persuasiva. Había combinado la excusa de una primera cita con la excusa de ser una recién llegada, demostrando ser una experta en el arte de la manipulación. En ese sentido, era igual que su hijo; y eso que Josh solo tenía once años.

—¿No hay tintes que se quiten al lavarlos? —preguntó la joven.

—Sí, claro que sí, aunque tendrás que lavártelo un par de veces para que se quite del todo —contestó.

—¿Lo ves, mamá? Fin del problema.

—Bueno, tú sabrás lo que haces. A fin de cuentas, eres tú quien va a salir con Aaron.

Lily gritó, abrazó a su madre y se fue a buscar una bata. Rachel se prometió que, en cuanto tuviera un rato libre, se tomaría un ibuprofeno y un té helado.

—Seguramente, no debería haberle dado permiso. Pero cualquiera le dice que no —comentó su madre.

—Sobre todo, siendo el baile del instituto. Y teniendo en cuenta que va a salir con Aaron —ironizó Rachel.

La otra mujer soltó una carcajada.

—La comprendo muy bien. Cuando yo tenía su edad, salía con un chico que se llamaba Rusty. Me pregunto qué habrá sido de él. Era impresionante.

—El mío se llamaba Greg.

La madre de Lily volvió a reír.

—Déjame que lo adivine... ¿El capitán del equipo de fútbol?

—Por supuesto.

—¿Y dónde está ahora?

—Aquí mismo. Trabaja en el Departamento de Bomberos de los Lobos.

—¿Seguís en contacto?

—Me casé con él.

Lily volvió y se sentó en la silla antes de que su madre pudiera seguir con el interrogatorio.

—Ya estoy preparada —dijo—. Y también me vas a pintar los ojos, ¿verdad?

—Lo prometido es deuda. Además, tengo unas sombras moradas y violetas que te quedarán perfectas.

Lily le alzó el pulgar.

—Eres la mejor, Rachel. Gracias.

—Me limito a hacer mi trabajo.

Dos horas más tarde, Lily tenía una mecha de color morado oscuro y un maquillaje digno de una modelo de Victoria's Secret. Ya no parecía una adolescente, sino una chica de veintitantos años.

Su madre le hizo un par de fotografías y pagó a Rachel.

—Está preciosa. Muchísimas gracias.

—No hay de qué –dijo–. Ah, Lily… supongo que te harás fotos con Aaron, ¿no? Pues quiero que me las enseñes la próxima vez que te vea.

—Te lo prometo.

Cuando la madre y su hija se fueron, Rachel contó la propina. Era bastante generosa, y se alegró porque significaba que se habían quedado contentas con su trabajo. Pero, ya puestos, habría preferido que se presentara una multimillonaria excéntrica y le diera unos cuantos miles de dólares; lo justo para tener algo en el banco, poder seguir pagando la hipoteca, arreglar su coche y comprar un guante nuevo de béisbol a Josh.

Rachel sabía lo que la madre de Lily habría dicho si la hubiera puesto al tanto de sus dificultades económicas; era de las que creían que los maridos estaban para pagar las facturas y, en consecuencia, la habría tomado con él. Pero se habría equivocado en cualquier caso, porque Greg y ella se habían divorciado.

Sí, se había casado con el chico más guapo del instituto, el capitán del equipo de fútbol. Y, pocas semanas antes de su décimo aniversario, Greg se lió con otra.

Desde entonces, era una mujer divorciada; una mujer que ahora, a sus treinta y tres años de edad, se había convertido en una de las criaturas más dignas de lástima que existían: la madre de un chico a punto de llegar a la pubertad.

Terminó de limpiar y se fue a la sala de descanso antes de ponerse con las últimas clientas del día, unas gemelas de dieciséis años que querían ir al baile con el mismo aspecto, pero sin parecer iguales.

Rachel abrió el armario, sacó la caja de ibuprofenos y se tomó uno con un vaso de agua. Justo entonces, sonó el teléfono. Era un mensaje de Lena:

¿Cómo te va? Toby se va a quedar con los chicos el jueves por la noche. ¿Qué te parece si salimos a divertirnos un poco, en plan fiesta de chicas? Venga, di que sí.

Rachel lo sopesó. Su parte más racional le decía que aceptara la invitación. Romper la rutina, ponerse algo bonito y pasárselo bien. Ni siquiera recordaba cuándo había sido la última vez que había salido por ahí.

Sin embargo, su parte más obsesiva le recordó que debía poner varias lavadoras y hacer un montón de cosas que había estado postergando. Además, tampoco le hacía demasiada ilusión. Lena estaba felizmente casada, así que no quería salir con hombres. Y, en cuanto a ella, no tenía fuerzas para esas cosas. Su concepto de pasarlo bien consistía en levantarse tarde y que alguien le preparara el desayuno, pero no había nadie que se lo preparara.

Estaba sola. Y con un hijo al que criar.

Era la historia de su vida. Cuando tenía nueve años, su padre falleció repentinamente y su madre le pidió que la ayudara a cuidar de sus hermanas pequeñas, Sienna y Courtney. Ella estaba muy asustada. Solo era una niña. Pero, en lugar de hundirse bajo el peso de la responsabilidad, la asumió tan bien como pudo. Y veinticuatro años después, seguía en las mismas.

Volvió a mirar el teléfono y escribió:

Prefiero que tomemos algo en mi casa. Si tu marido puede cuidar de mi hijo, claro.

Lena dijo que no había ningún problema, y tras comprometerse a llevar una botella de vino y un surtido de quesos, le propuso que quedaran a las siete.

Rachel se despidió de su amiga, guardó el teléfono móvil y volvió al salón de belleza. Ahora tenía algo parecido a un plan: quedar con una amiga el jueves por la noche. Como si fuera una chica normal y corriente.

Capítulo 2

–La señora Trowbridge ha muerto.
Sienna Watson dejó lo que estaba haciendo y dijo:
–¿Estás segura de lo que dices? Qué horror. Su familia tiene que estar destrozada. ¿Seguro que ha muerto?
Seth, la directora de The Helping Store, se apoyó en el marco de la puerta.
–Me lo ha dicho su abogado. Por lo visto, falleció hace dos semanas. La enterraron el sábado.
Sienna frunció el ceño.
–¿Cómo es posible que no nos lo dijera nadie? Yo habría ido al entierro.
–Te tomas demasiado en serio tu trabajo –comentó su jefa, de treinta y pocos años–. La pobre no habría sabido que estabas allí.
Sienna pensó que tenía razón, pero le dio pena. Anita Trowbridge había sido una leal contribuyente de The Helping Store, que daba dinero para sus causas y colaboraba con su tienda de segunda mano. Hasta las había incluido en su testamento. Les iba a dejar toda su ropa, todos sus muebles de cocina y diez mil dólares.
Sienna lo sabía porque el abogado la había llamado meses antes para decirle que la señora Trowbridge había

fallecido y que les había dejado una pequeña herencia. Poco después, quedó con él para que le diera la llave de la casa y envió a unos hombres a recoger la ropa y los muebles. Pero era un error.

Cuando los hombres llegaron, se encontraron con la bisnieta de la supuesta difunta, Erika Trowbridge, quien les informó que su bisabuela estaba viva y coleando y los echó tras llamarlos *buitres*.

–No fue culpa tuya –dijo Seth, consciente de que Sienna se estaba acordando de aquel suceso–. El abogado te dijo que había fallecido y te dio las llaves de la casa.

–Algo que no habría ocurrido si los Trowbridge hubieran contratado los servicios de un abogado local, que estuviera al tanto de lo que pasa en Los Lobos. Pero no, tenían que contratar a uno de Los Ángeles.

Sienna pidió disculpas a la señora Trowbridge, una pequeña y frágil anciana que se limitó a reír y a decirle que no tenía importancia. En cambio, Erika no se mostró tan comprensiva. La odiaba por dos buenos motivos: el primero, que le había quitado el papel de Sandy en la representación de *Grease* que hicieron cuando estaban en el instituto y el segundo, que Jimmy Dawson se había enamorado de ella en secundaria.

–Era una mujer encantadora. Si lo hubiera sabido, le habría enviado una corona de flores –prosiguió–. Me pregunto si quedará algo de su cocina.

–¿Crees que la nieta se habrá llevado sus cosas? –dijo Seth.

–No es nieta, sino bisnieta, y la creo capaz de llevarse hasta las bisagras. Pero supongo que tenemos los diez mil dólares. Me reuniré con el abogado y se lo preguntaré.

Sienna era la coordinadora del departamento de donaciones de The Helping Store, una de las pocas personas que estaban en plantilla. La organización dependía esencialmente de los voluntarios, y todos los beneficios iban a refugios de mujeres que se habían ido de sus casas por problemas de violencia doméstica.

En ese tipo de situaciones, alejarse del abusador era tan importante como tener un sitio donde vivir, justo lo que The Helping Store les ofrecía. Con el paso del tiempo, habían conseguido comprar dos dúplex que estaban en las afueras de la localidad.

—Bueno, ya veremos lo que pasa —dijo Seth—. ¿Estás preparada para el espanto de hoy?

Sienna sonrió y se levantó.

—No es tan terrible. Ya sabes que este trabajo me encanta.

—Lo sé, y eres la mejor. De hecho, tengo miedo de que alguna ONG grande te haga una oferta que no puedas rechazar y nos deje sin tus servicios.

—Descuida, no tengo intención de irme.

Sienna fue sincera con su jefa. De vez en cuando, se planteaba la posibilidad de marcharse a vivir a Los Ángeles o a San Francisco, cosa que le habría gustado. Pero toda su familia estaba en Los Lobos.

—David es del Este, ¿no?

Sienna alcanzó su bolso y salió al pasillo.

—Sí, de San Luis.

—Espero que no se quiera volver.

Sienna suspiró. Por lo visto, Seth creía que su relación iba en serio y que, si David decidía volver a San Luis, ella se iría con él y dejaría el trabajo.

—No te preocupes por eso. Es verdad que estamos saliendo desde hace meses, pero solo somos amigos con derecho a roce. No siento nada...

—¿Especial? —la interrumpió.

—En efecto —dijo—. No tengo tanta suerte como tú. No he encontrado el amor verdadero.

—Sí, Gary es un hombre maravilloso —declaró Seth—. En fin, será mejor que vayas al Anderson House y abrumes a esa gente con tu encanto. Por cierto, ¿quiénes son?

—Ejecutivos de la California Organization of Organic Soap Manufacturing. Y ya no están en el Anderson House, sino en el hotel Los Lobos. El Anderson House tiene abejas.

Seth se alegró al instante.

—Ah, han vuelto. Adoro esos bichos. ¿Sabes que la miel de las abejas europeas tiene un treinta por ciento más de antioxidantes que la miel de las abejas nativas?

—No, no lo sabía. Aunque francamente, no es un dato que me interese mucho.

—Dices eso porque tienes envidia de mí. Te molesta que sea tan lista.

—Y a ti te molesta que yo sea tan guapa —replicó Sienna—. Algo bastante más útil, teniendo en cuenta que vivimos en un mundo de lo más superficial.

Seth soltó una carcajada.

—Pues a ver si es cierto y encandilas a esa gente con tu increíble belleza —ironizó—. Necesitamos dinero.

—Lo sé.

Sienna condujo hasta el hotel. Conocía el camino, y no solo porque su pueblo natal estuviera cerca, sino porque casi todos los actos importantes se celebraban allí.

El hotel Los Lobos se alzaba sobre un pequeño risco que daba al Pacífico. El edificio principal, de cuatro pisos de altura, era de paredes blancas y tejas rojas. Se había construido a mediados del siglo XX, pero respetando el estilo de los edificios históricos californianos: el colonial español. Más tarde, a mediados de la década de los ochenta, habían añadido otra ala y varios chalets de lujo.

Como el clima del centro de California era muy agradable, la mayoría de los actos importantes se celebraban en la pradera que estaba entre la piscina y el mar, donde aquel día habían instalado una carpa enorme. También había una en la laguna de los botes a pedales, pero mucho más pequeña.

Sienna aparcó y recogió sus cosas. Mientras caminaba hacia la entrada trasera, vio que los cristales de las ventanas estaban tan limpios como los marcos y pensó que Joyce era una magnífica directora de hotel. Y, por si eso fuera poco, contribuía generosamente a la causa de The Helping Store. Además de darles dinero, les ofrecía habitaciones cuando ellas no tenían espacio y necesitaban alojar a alguna mujer maltratada.

De hecho, Joyce siempre había ayudado a la gente. Sienna lo sabía de sobra, porque había acudido en ayuda de su familia cuando su padre murió. De repente, Maggie se quedó con tres niñas pequeñas a su cargo y un sueldo que apenas daba para sobrevivir, así que terminó por perder la casa. Pero Joyce se las llevó al hotel Los Lobos.

Sienna sonrió al recordarlo. Tenía seis años y acababa de perder a su padre, pero también descubrió el placer de la lectura. El mismo día en que las Watson llegaron a su nuevo domicilio, uno de los chalets del hotel, Joyce le prestó un ejemplar de *Eloise*. Sienna se reconoció inmediatamente en la encantadora heroína del libro y, aunque el hotel Los Lobos no fuera el Plaza, se sintió como si estuviera en su hogar.

A veces, llamaba al servicio de habitaciones y pedía alguna cosa que cargaba a la cuenta, aunque sospechaba que la cuenta en cuestión no era de su madre, sino de la generosa Joyce. Y, en cierta ocasión, cuando le pidió a Maggie una tortuga porque Eloise tenía una, apareció uno de los clientes del hotel y se la compró.

Vivir en un hotel había sido muy divertido. Por lo menos para ella.

Entró por la puerta de atrás y se dirigió a la zona donde estaban las salas de reuniones. Al final del pasillo había una mujer que parecía peleada con una aspiradora. Era Courtney, que tropezó con el cable y estuvo a punto de estrellarse contra la pared.

Sienna sintió una mezcla se frustración y afecto. Su hermana pequeña tenía una tendencia asombrosa a trastabillar, tropezarse, resbalarse o caerse. Ese era el origen de la frase «marcarse un Courtney».

—Hola —dijo.

Courtney se giró y sonrió.

Sienna tuvo que hacer un esfuerzo para no estremecerse ante el uniforme de su hermana. No se podía decir que el polo y los pantalones de color caqui estuvieran mal, pero a ella le sentaban de pena. Courtney era muy alta y, como el hotel no tenía ropa de su talla, la camisa le quedaba estrecha y los pantalones, cortos. Además, no se había puesto maquillaje. Y, para empeorar las cosas, se había hecho una coleta de caballo con su preciosa melena rubia.

En resumidas cuentas, estaba tan desastrosa como siempre.

Sienna sabía que Courtney había sufrido algún tipo de trastorno de aprendizaje y, aunque no conocía los detalles, recordaba que había tenido problemas en el colegio. Su madre había hecho lo posible por animarla a aprender un oficio, pero la más joven de las Watson parecía encantada de ser una simple doncella.

—¿Vas a hablar al grupo del señor Ford?

—Sí. Voy a conseguir que los miembros de la California Organization of Organic Soap Manufacturing nos den una buena suma de dinero.

—No lo dudo. Por cierto, el equipo de imagen y sonido funciona perfectamente. Lo comprobé hace un rato.

—Gracias. Llevo todo mi material encima –dijo, dando una palmadita a su enorme bolsa–. ¿Qué tal va la fiesta de compromiso de mamá? ¿Necesitas ayuda?

—Va bien. El menú está casi terminado, y ya me he encargado de la decoración y las flores. Será una gran fiesta.

Sienna deseó que fuera cierto. Cuando Maggie y Neil anunciaron que se iban a casar, las tres hermanas decidieron dar una fiesta en su honor. Y, por supuesto, el hotel Los Lobos era el mejor sitio para celebrarla. Pero Courtney se había empeñado en organizarla, y todas sabían que, donde estaba Courtney, estaba el desastre.

—Si necesitas algo, dímelo –insistió, pensando que hablaría con Joyce para asegurarse de que todo iba bien–. Ya sabes que puedes contar conmigo.

Los ojos azules de Courtney brillaron de forma extraña.

—Lo sé, y te agradezco la oferta –dijo–. Pero será mejor que te vayas. Te están esperando.

—Tienes razón. Nos veremos más tarde.

Courtney asintió.

—Buena suerte.

Su hermana soltó una carcajada.

—Gracias, aunque no la necesito.

Sienna se despidió y se dirigió al salón Stewart, donde ya habían preparado el vino y los canapés que se iban a servir. En uno de sus extremos había una pantalla grande y un podio con un micrófono. Sienna sacó el portátil y, mientras se encendía, lo conectó al sistema de imagen y sonido. Luego, abrió el programa de vídeo y se aseguró de que las grabaciones se veían y oían bien.

—A la perfección por la planificación –se dijo en voz baja.

Dos minutos después, los miembros de la California Organization of Organic Soap Manufacturing entraron en el salón y se pusieron a beber y a comer. Sienna charló con todos los que pudo, repitiendo su rutina habitual: presentarse, hacer preguntas amistosas y mostrarse encantadora para ganarse al público antes de subir al estrado.

Se esforzaba tanto con los hombres como con las mujeres, despreciando los estudios sociológicos sobre las inclinaciones solidarias de los dos sexos. Sabía por experiencia que la generosidad se presentaba de formas inesperadas, y no estaba dispuesta a perder oportunidades por culpa de los estereotipos. Su organización necesitaba hasta el último dólar que pudiera conseguir.

Milton Ford, el presidente de la COOSM, se acercó a ella. Era tan bajo que solo le llegaba al hombro.

—Puedo empezar cuando quiera, señor Ford.

—Gracias, querida —dijo él, sacudiendo la cabeza—. Esta ciudad está llena de mujeres altas. Una de las empleadas del hotel me saca veinte centímetros... Creo que se llama Ramona.

Sienna estuvo a punto de decir que Ramona no llegaba al metro sesenta, pero se lo calló. Obviamente, Courtney le había hecho creer que era su compañera de trabajo, pero no era el momento más adecuado para sacarlo del error. Estaban en juego los donativos para The Helping Store.

—¿Empezamos? —preguntó Ford.

—Por supuesto.

Ella subió al estrado, encendió el micrófono y sonrió a los presentes.

—Buenas tardes a todos, y gracias por tomarse la molestia de asistir al acto —Sienna guiñó un ojo a un barbudo de edad avanzada que llevaba mono—. ¿Te has tomado al final otra copa de vino, Jack? Lo digo porque creo que te ayudaría a tomar la decisión correcta.

Todos rieron, empezando por Jack. Sienna sonrió al

hombre, puso el vídeo en la pantalla y, poco a poco, dejó de sonreír.

—Alrededor de seis mil quinientos soldados estadounidenses fallecieron en Irak y Afganistán entre los años dos mil uno y dos mil doce. Durante ese mismo periodo, doce mil mujeres estadounidenses murieron a manos de sus novios, maridos o antiguos compañeros, a razón de tres por día.

Sienna se detuvo un momento y siguió hablando.

—Con el dinero que recibe The Helping Store, ofrecemos refugio a mujeres maltratadas y a sus hijos. Cuando llegan, les damos alojamiento y asesoría legal, además de encargarnos de su manutención y de ayudarlas con sus posibles problemas psicológicos. Una de cada cuatro mujeres sufre malos tratos en algún momento de su vida. Nosotros no podemos cambiar el mundo, pero podemos mejorar la parte que nos ha tocado.

Dos horas después, Sienna empezó a recoger los formularios de ingresos. El vídeo y sus materiales de apoyo habían surtido el efecto deseado. Además de conseguir varias donaciones, había gente que quería participar de forma activa en la organización.

—¿Cómo está la chica más guapa del mundo?

Sienna dudó un momento antes de girarse hacia David, que estaba en la puerta.

—¿Qué tal te ha ido? —continuó su novio—. Aunque no sé por qué te lo pregunto. Los habrás dejado impresionados, como siempre.

David se acercó y le dio un beso en los labios, pero ella se apartó enseguida.

—Estoy trabajando —dijo Sienna, riendo.

—Aquí no hay nadie —replicó él, que se apretó contra su cuerpo y cerró las manos sobre su trasero—. Podríamos cerrar la puerta.

Si las palabras de David no hubieran sido suficientemente explícitas, su erección lo habría sido. Sienna la notó en el estómago, y pensó que le habían hecho ofertas más apetecibles. Pretendía que hicieran el amor en la mesa del bufé, entre platos con restos de canapés y copas de vino semivacías.

Pero ¿por qué le molestaba un ofrecimiento que, en otras circunstancias, le habría parecido romántico? David era un hombre inteligente, cariñoso y con éxito que adoraba a su familia y adoraba a sus mascotas. Era una buena persona, y sus intenciones no podían ser mejores.

–¿Recuerdas lo que me contaste aquella vez sobre una chica que llevaste a casa de tus padres? –le preguntó–. Se la querías presentar, pero luego te diste cuenta de que no os podíais acostar en su casa.

–Cómo lo voy a olvidar. Fue humillante.

–Pues Joyce, la dueña del hotel, se parece un poco a mi abuela.

–Oh, vaya... –dijo él, comprendiendo lo que sucedía–. Tu abuela es peor que mi madre.

–Exactamente.

Él la soltó y se puso sus gafas.

–¿Vuelves al despacho?

Sienna tenía intención de marcharse a casa y dar los formularios a Seth a la mañana siguiente. Pero, si decía eso, David querría que saliera con él.

Al darse cuenta de lo que estaba pensando, se preguntó dónde estaba el problema. ¿Prefería volver al trabajo antes que pasar una velada con su novio? ¿Qué sentido tenía eso? Aparentemente, ninguno.

Sienna lo miró. Era más o menos de su altura, de cabello castaño y ojos oscuros. No se podía decir que fuera guapo, pero tenía un cuerpo muy bonito y, por otra parte, no era nada obsesiva con esas cosas. En materia de hombres, habría aceptado a cualquiera que no pareciera un monstruo.

David Van Horn tendría que haber sido el hombre de sus sueños, el que había estado buscando durante tanto tiempo. A sus treinta y cinco años, ya era vicepresidente de una empresa aeroespacial que se había mudado a Los Lobos. Además, ella estaba rozando la treintena y sin perspectivas de encontrar nada mejor.

¿Sería culpa suya? ¿Tendría algún problema con las relaciones amorosas? Fuera como fuera, prefirió no preguntárselo.

—No, no tengo que volver —dijo al fin.

—Genial. ¿Qué te parece si cenamos aquí?

—Me encantaría.

Sienna pensó que había mentido miserablemente. Pero ¿quién se iba a enterar?

Capítulo 3

—¿Quieres que te eche un poco de vodka? —preguntó Kelly, pasándole una bandeja con vasos de limonada.

—Me gustaría mucho —contestó Courtney—, pero no puedo. Tengo una reunión.

—No me digas que vas a ver a tu madre... Bueno, hazme un gesto y empezaré a gritar. Así tendrás una excusa para marcharte —dijo Kelly, arrugando la nariz—. ¿Qué me puedo inventar esta vez? ¿Un tobillo torcido?

—Quedarías perfecta con una escayola. Pequeña y lisiada. Los hombres caerían rendidos a tus pies.

Kelly sonrió.

—Pues no me importaría.

Courtney aún se estaba riendo cuando salió del bar del hotel y circunvaló la piscina para llegar a la mesa donde se habían sentado su madre y Joyce. Una enorme sombrilla las protegía del sol de mediados de mayo. Sarge y Pearl estaban tumbadas en el césped, a pocos metros de distancia.

Joyce llevaba una camisa negra y unos pantalones de vestir del mismo color, combinados con un pañuelo gris. Maggie, que acababa de volver del despacho, lucía un vestido verde que iba a juego con sus ojos y enfatizaba su cabello rubio.

Al ver a su hija, Maggie se levantó como empujada por un muelle. Su prisa por rescatar a Courtney de un posible percance con la bandeja habría resultado cómica si no hubiera sido una metáfora de su relación. Daba por sentado que Courtney era incapaz de hacer las cosas bien. Sin embargo, hasta ella reconocía que tenía tendencia a sufrir accidentes, así que no le sorprendía demasiado.

–Deja que la lleve yo.

Su madre le quitó la bandeja y la llevó a la mesa mientras Courtney se maldecía para sus adentros. Habría preferido que Neil estuviera presente. Era un hombre encantador, con mucho sentido del humor, y sus hermanas y ella lo adoraban. Pero no estaba allí, y Joyce no le servía de aliada porque también era amiga de Maggie.

Se sentó junto a Joyce y alcanzó un vaso de limonada. Lo probó y lamentó no haber aceptado el chorrito de vodka que Kelly le había ofrecido. La habría tranquilizado un poco.

–Tu madre y yo hemos decidido que la fiesta se celebrará aquí –dijo Joyce, señalando la pradera–. Instalaremos un pabellón para servir la cena dentro, pero espero que el clima acompañe y podamos tomar las copas y los aperitivos en el exterior.

–Yo también lo espero –declaró Courtney, que abrió la tablet que llevaba encima–. Empezaremos a última hora de la tarde y, como ahora anochece alrededor de las ocho y diez, podremos disfrutar de la puesta de sol.

–Ojalá –intervino Maggie, sonriendo a su hija–. Pero ¿qué vamos a dar de comer?

Joyce se giró hacia Courtney, arqueó una ceja y dijo:

–Eso. ¿Qué vamos a comer?

Courtney localizó el archivo donde había guardado el menú.

–Dijiste que querías bufé, así que tenemos varias posibilidades. A Neil y a ti os gusta la comida con mucho sabor, así que podríamos servir pollo y gambas picantes como aperitivo.

Tras leerles el listado de los distintos platos posibles, comentó que se le había ocurrido la idea de servir mojitos de melón.

—Son de color rosa —le dijo a su madre—. Pero, si no te gustan, podemos servir *cosmos*.

Courtney mencionó que el cosmopolitan era un cóctel más fácil de hacer y que, en principio, daría menos trabajo a los camareros. Sin embargo, añadió que los de la empresa de *catering* le debían unos cuantos favores, y que estarían encantados de preparar y servir mojitos si ella se lo pedía.

—Me encanta el color rosa. Y Neil quiere que esté contenta, así que no se opondrá —dijo su madre—. Pero, pensándolo bien... no, prefiero que sirvan cosmopolitan.

Courtney lo apuntó en la tablet, segura de que los empleados del bar habrían soltado un suspiro de alivio.

Cuando su madre empezó a salir con Neil Cizmic, ninguna de sus hijas le dio importancia. Maggie había salido con muchos hombres durante sus veinticuatro años de viudez, y a veces le duraban varios meses, pero nunca eran relaciones serias. Hasta que llegó Neil.

En principio, no podían ser más distintos. Ella era alta y delgada; él, algo más bajo y tirando a gordo. Sin embargo, Neil había conquistado su corazón. Y ahora se iban a casar.

Courtney se había preguntado alguna vez si le molestaba que Neil sustituyera a su difunto padre, pero nadie lo podía sustituir y, por otro lado, había pasado tanto tiempo desde su muerte que nadie se habría podido sentir incómodo. Si Maggie era feliz, ella era feliz.

En cambio, no estaba tan convencida de que la idea de

casarse fuera buena, teniendo en cuenta que casi todas las relaciones amorosas terminaban mal. Pero eso era válido en cualquier caso, con matrimonio o sin él. Y, en última instancia, era asunto de su madre. No era ella quien se iba a casar.

—El cosmopolitan es un cóctel ideal para la ocasión —dijo Joyce—. Y, si alguien quiere otra cosa, que lo pida en el bar.

Maggie se recostó en su silla.

—Estoy entusiasmada. Siempre quise una fiesta de compromiso, pero mi madre se negó —explicó a Joyce—. Solo tenía dieciocho años cuando me comprometí con Phil, así que las decisiones las tomaba ella. Fue horroroso. Discutimos todos los días durante un año, hasta que me casé. No me gustaban ni el vestido ni la tarta ni las flores que había elegido. Pero esta vez voy a hacer lo que quiero, sin preocuparme por las malditas convenciones sociales.

—No te preocupes por nada, mamá. Siempre has tenido buen gusto.

Courtney lo dijo en serio, y habría podido decir lo mismo sobre sus dos hermanas. Sienna era capaz de convertir una simple bolsa de papel en un objeto de diseño, y Rachel se ganaba la vida en un salón de belleza. Toda su familia tenía estilo. Menos ella.

Maggie sonrió.

—Yo no estaría tan segura de eso. Planeé mi boda cuando tenía catorce años, y mis ideas de entonces eran bastante descabelladas —replicó, antes de girarse hacia la piscina—. ¿El agua tiene cloro?

—Por supuesto —respondió Joyce, sorprendida con la pregunta—. ¿Por qué lo dices?

—Porque me gustaría que pusiéramos cisnes. Pero el cloro les sienta mal.

–Me temo que sí –intervino Courtney–. Además, lo llenarían todo de excrementos. Limpiarla después sería una verdadera pesadilla.

Su madre suspiró.

–Lástima. Siempre quise que hubiera cisnes.

Joyce miró a Courtney con preocupación, y Courtney abrió una foto en la tablet y se la enseñó a Maggie.

–He estado sopesando algunas ideas sacadas de Pinterest. Por ejemplo, poner una fuente de champán –dijo–. Kelly, una de las camareras del hotel, está dispuesta a ayudarme… ¿No te parece preciosa?

Maggie se inclinó, miró la imagen y asintió.

–Sí que lo es. Me gusta mucho.

–Excelente –Courtney le enseñó otra foto–. Mira, este es el mantel de la mesa donde os vais a sentar.

Su madre se emocionó tanto que los ojos se le humedecieron.

–¿Cómo has hecho eso?

–Oh, fue fácil. Subí las fotografías a mi ordenador, hice un *collage* y se lo envié a una empresa que imprime manteles personalizados.

El mantel era una composición de fotografías de distintas épocas; la mayoría, de la infancia de Courtney y sus dos hermanas, pero también había escenas familiares y algunas instantáneas de Maggie y Neil.

–¿De dónde las has sacado? –dijo Maggie, sin salir de su asombro.

–Esencialmente, del ordenador de Rachel. Tiene muchísimas –contestó–. Pero también saqué un par de tus álbumes.

–Es una maravilla. Muchas gracias, Courtney. Es una idea absolutamente genial.

Courtney se sintió halagada y, sobre todo, sorprendida. No estaba acostumbrada a que le hicieran cumplidos.

Además, las cosas iban bien. Y ningún cisne se vería obligado a nadar en agua con cloro.

—Veo que lo tienes todo bajo control —dijo Joyce, levantándose de la silla—. Me alegro mucho, pero tengo que recibir a unos clientes que están a punto de llegar. Son nuevos, y me parecieron algo tímidos cuando hablamos por teléfono.

—¿Te encargaste tú de las reservas? —preguntó Courtney—. Te he dicho mil veces que eso es cosa nuestra.

—Pero es mi hotel, y puedo hacer lo que quiera.

—Eso es verdad —Courtney sonrió y miró a los dos perros—. Y vosotros, portaos bien con los clientes.

—Siempre se portan bien. No hace falta que se lo digas.

—Solo intentaba impedir que se asusten y se vayan.

Joyce también sonrió.

—¿Y adónde irían? El Anderson House tiene abejas.

—Eres imposible...

—Lo sé. Es parte de mi encanto.

Joyce se despidió y se fue. Courtney se giró hacia su madre y descubrió que la estaba observando atentamente.

—¿Qué ocurre?

—Nada. Pero me gusta que os llevéis tan bien, y que Joyce cuide de ti.

Courtney dejó la tablet en la mesa. En algunos sentidos, Maggie era peor que Sienna. Su hermana la consideraba una inepta que rozaba la estupidez absoluta, pero Maggie la tenía por una persona emocionalmente débil.

—Es una buena amiga y una gran jefa. Soy muy afortunada.

Maggie apretó los labios.

—Lo sé, aunque me gustaría que fueras más ambiciosa. Estoy preocupada contigo. ¿Sigues aquí porque crees que no puedes ser nada más? ¿O porque no quieres nada más?

Courtney respiró hondo, consciente de que discutir

con su madre no servía de nada. Además, solo se trataba de sobrevivir a la conversación y volver a su vida.

—Me estás ayudando mucho con la fiesta, y pensé que podías estar interesada en otro trabajo —continuó su madre, quien sacó un folleto del bolso—. Sé que no quieres ser ayudante de dentista, pero ¿qué te parece la fisioterapia? La gente te gusta, y eres tan fuerte como cariñosa.

Courtney alcanzó el folleto y lo miró sin saber qué decir. Sin embargo, sabía lo que habría dicho Joyce: que la culpa era suya por haber permitido que su familia la creyera una simple criada. Y técnicamente, lo era, pero solo a tiempo parcial. Ellas no sabían que estaba estudiando.

Por supuesto, podría haber jugado limpio y habérselo dicho, pero no se lo quería decir. Prefería esperar a tener su diploma para ver la cara que ponían cuando se lo enseñara. Iba a ser digno de verse.

—Gracias —dijo con una sonrisa—. Me lo pensaré.

—¿En serio? Sería magnífico, y huelga decir que estaría encantada de pagarte el curso... La vida está llena de oportunidades. No las desperdicies.

—Lo sé, y te agradezco que te preocupes por mí.

Su madre asintió.

—Te quiero, Courtney. Y quiero lo mejor para ti.

Courtney pensó que había pronunciado las palabras correctas, palabras cálidas, afectuosas, cuya sinceridad creía cuando estaba de buenas. Pero cuando estaba de malas, la cosa era distinta. A veces, el pasado se imponía y le impedía perdonar.

—Yo también te quiero, mamá.

—El guante de béisbol es importante.
—Lo sé.
—Y necesito uno nuevo.

Rachel no lo dudaba. Josh era un buen chico, que pedía poco y se quejaba aún menos. Sus pasiones se limitaban a los videojuegos y el deporte en general, pero, cuando llegaba la primavera, la segunda faceta se reducía al béisbol.

Los Lobos no tenían liga juvenil, pero estaba la liga del condado. Josh había insistido en federarse, y ella se lo había concedido porque sabía que en dos o tres años dejaría de ser un niño y se convertiría en un adolescente, con todos los problemas que eso suponía.

—Papá me dijo que me lo compraría él, pero que antes tenía que consultarlo contigo.

Rachel se alegró de estar conduciendo, porque eso evitó que lo mirara y que Josh viera su expresión de ira. Claro que Greg le podía comprar el guante. Greg no tenía más preocupación que él mismo.

Su ex tenía un buen sueldo en el Departamento de Bomberos, y también tenía un buen seguro médico, algo que ella había perdido al divorciarse. Además, las especiales características de su trabajo hacían que trabajara un día sí y otro no, aunque en turnos de veinticuatro horas, lo cual significaba que tenía tiempo de sobra para jugar con Josh. Y, como se había marchado a vivir con sus padres, sus gastos eran mínimos.

La situación de Greg le parecía envidiable. Pero no quería pensar en él, porque siempre se enfadaba. Y, por otro lado, no tenía ninguna queja sobre su comportamiento: sus cheques llegaban siempre con puntualidad.

Por desgracia, su vida no era tan fácil. Su salario y el dinero de Greg solo daban para pagar la comida, las facturas y la hipoteca de la casa. Hacía lo posible por tener un fondo de urgencia, pero era tan pequeño que no lo podía malgastar en cosas tan irrelevantes como un guante de béisbol.

Tras tranquilizarse un poco, adoptó la mejor de sus sonrisas y dijo:

—Compra ese guante, Josh. Es cierto que necesitas uno nuevo. Y si tu padre lo puede pagar, ¿dónde está el problema? ¿Ya has visto el que quieres? ¿O aún no lo has mirado?

—Ya lo he visto —dijo, y empezó a describirlo con todo lujo de detalles.

Rachel pensó que ser joven era maravilloso. Creían en los finales felices. Creían que sus sueños se cumplirían. Y ella también lo había creído.

Cuando vio a Greg por primera vez, supo que había encontrado su sueño particular, un príncipe azul. De hecho, todo el mundo pensaba lo mismo. Era el hombre que todas las chicas deseaban. Y logró que fuera suyo, pero solo hasta que él conoció a otra y se divorciaron.

Momentos después, llegaron al vado de la casa de Lena. Josh se bajó del coche antes de que Rachel apagara el motor.

—Hasta luego, mamá.

Josh corrió hacia la casa y entró en ella sin llamar antes. Rachel aún estaba sacudiendo la cabeza cuando Lena salió al porche, dio un beso a su marido y se dirigió al vehículo, cargada con una bolsa.

—He traído queso y chocolate negro —anunció—. ¿A que soy buena?

Rachel le dio un abrazo y dijo:

—Eres la mejor. Y gracias por aceptar mi ofrecimiento. Necesito una velada de amigas.

—Y yo. Pero dime que has comprado vino tinto.

—Dos botellas —le informó.

—Perfecto.

Lena y Rachel eran amigas desde la infancia, y físicamente opuestas. La primera, pequeña y exuberante, de cabello castaño y ojos oscuros; la segunda, alta y rubia.

Habían jugado juntas y soñado juntas. Las dos se habían casado muy jóvenes, y las dos se habían quedado embarazadas pocos meses después. Pero sus vidas habían dejado de ser paralelas: Rachel se había divorciado, y Lena seguía felizmente casada.

–¿Qué te pasa? Pareces enfadada.

–No me pasa nada. Lo de siempre.

–¿Greg?

Rachel suspiró.

–Sí. Josh necesita un guante de béisbol, y mi ex se lo va a comprar.

Su amiga guardó silencio. Ella arrancó y dijo:

–Sé lo que estás pensando. Piensas que tendría que estar agradecida; que Greg se podría gastar su dinero en otras cosas y, sin embargo, se lo gasta en nuestro hijo.

–Tú misma lo has dicho.

–Y es verdad, pero me gustaría que...

–¿Que le caiga una roca en la cabeza?

Rachel sonrió.

–No tanto, pero algo parecido.

Rachel culpaba a Greg del fracaso de su matrimonio. Creía que, si él no se hubiera acostado con aquella turista o ella no se hubiera enterado, no habría pasado nada. Sin embargo, Greg era tan transparente que lo supo en cuanto lo miró y, como él no intentó negarlo, Rachel puso fin a su relación.

Cuando llegaron a su casa, se sirvieron dos copas de vino. Rachel contempló el magnífico queso y pensó que debía de tener alrededor de cinco mil calorías, pero no le importó. Había engordado un poco, sí, pero no era para tanto. La ropa le seguía quedando bien; por lo menos, sus prendas más anchas. Además, tenía derecho a disfrutar de vez en cuando. Y no necesitaba estar guapa para nadie, porque no había nadie en su vida.

Mientras probaba el vino, se recordó que no se trataba de estar guapa para gustar a los hombres, sino para gustarse a sí misma. Si quería sentirse mejor, tenía que cuidarse mejor. Pero ese tipo de recordatorios no lavaban la ropa sucia ni limpiaban el cuarto de baño.

–Tienes que superarlo de una vez.

El comentario de Lena fue tan inesperado que Rachel tardó unos segundos en comprender lo que quería decir.

–¿Te refieres a Greg? Ya lo he superado. Nos divorciamos hace dos años.

–Puede que estés legalmente divorciada, pero sigues enredada en tu maraña emocional.

–¿Maraña emocional? –preguntó, frunciendo el ceño–. ¿Es que has estado leyendo alguna revista femenina de consejos amorosos? Nadie usa esa expresión.

–Pues tú la acabas de usar.

Rachel suspiró.

–No quiero pensar en él. Quiero recuperar mi vida.

–¿En serio? ¿Conocer a otro y enamorarte otra vez?

–Claro.

Rachel no dijo la verdad, sino lo que su amiga quería oír. No se imaginaba sin Greg, que había sido su primer novio, su primer amante, su primer todo. Y su mundo seguía girando alrededor de él.

–Mientes –dijo Lena–, pero gracias por tomarte la molestia de seguirme la corriente.

–Es cierto que quiero pasar página, pero no sé cómo. Si estuviéramos lejos, quizá tendría alguna posibilidad, pero Josh nos une, y no hay huida posible.

–Múdate –sugirió.

Lena lo dijo en voz baja, a sabiendas de que Rachel se lo tomaría mal. De hecho, estuvo a punto de soltar un grito.

¿Mudarse? No, de ninguna manera. Adoraba su casa. Necesitaba su casa y lo que representaba. Era la prueba de que había sabido seguir adelante. Y, si tenía que buscar un segundo trabajo para pagarla, lo buscaría.

Sin embargo, no se engañaba a sí misma. Sabía que su actitud era irracional, y que se debía a uno de los acontecimientos más traumáticos de su infancia: la muerte de su padre y el hecho consiguiente de que su familia se viera obligada a abandonar su hogar.

A diferencia de Sienna, Rachel odiaba vivir en un hotel. Cada vez que pensaba en aquella época, se decía que habían sido muy afortunadas, porque al menos no habían terminado en un albergue. Pero no había olvidado el dolor que sintió cuando volvió a casa un día, al salir del colegio, y su madre le dijo que lo habían perdido todo por culpa de su padre.

¿Cómo podía ser culpa suya, si estaba muerto? Rachel no lo entendió entonces, y tampoco lo entendió más tarde, al hacerse mayor. Su padre había sido un buen hombre. No había cometido más delito que ser pobre.

Fuera como fuera, se prometió a sí misma que nunca se encontraría en una situación similar; y, cuando se casó con Greg, se concentró en comprar una casa. Eran jóvenes y tenían poco dinero, pero lo lograron.

Aquella casa era su hogar. No la abandonaría nunca. Aunque todas sus habitaciones le recordaran a su ex.

—No sé, podría llamar a un exorcista para que expulse de la casa al fantasma de Greg —dijo en tono de broma.

Lena cerró brevemente los ojos.

—Sabes que eres mi mejor amiga, ¿verdad?

—Lo mismo digo.

—En ese caso, escucha lo que te voy a decir... La casa no es el problema. El problema eres tú. Y no hay exorcista capaz de quitarte a Greg de la cabeza —afirmó—. Estás atrapada en el pasado, y lo seguirás estando hasta que decidas ser libre de una vez por todas.

Rachel parpadeó un par de veces. Su amiga lo había dicho con afecto, pero era una verdad extremadamente dolorosa.

—Será mejor que abramos otra botella.

Capítulo 4

−¿Te gusta? Elegí el color de los asientos pensando en tu pelo.

Quinn Yates se giró hacia su acompañante como esperando a que emitiera algún sonido, pero Pearl se limitó a mirar el coche para que le abriera la portezuela, cosa que hizo.

−Buena chica −dijo Quinn cuando la perra saltó al asiento−. ¿Adónde quieres ir? ¿A una hamburguesería?

−Los helados le gustan más.

Quinn miró a su abuela, que acababa de salir del hotel. Llevaba su habitual traje y unos zapatos de Channel. No necesitó acercarse a ella para saber que olía a vainilla y L'air du Temps.

−Me alegra que estés aquí −dijo Joyce, fundiéndose con su nieto en un abrazo.

La tensión que Quinn había acumulado durante el viaje al norte se esfumó como por arte de magia. Su abuela siempre tenía ese efecto en él. Siempre había estado a su lado, dispuesta a darle consejo o un coscorrón, en función de lo que necesitara. Y ahora, al cabo de tantos años, se había convertido en su hogar.

Al verla, se alegró de que estuviera tan fuerte como

la última vez que había estado en Los Lobos. Joyce tenía setenta y muchos años, pero no había perdido ni su vitalidad ni su vigor.

—Así que helado, ¿eh? —dijo Quinn, mirando su Bentley—. Muy bien, te compraré uno.

Joyce dio un paso atrás.

—No le vas a comprar un helado. No sé qué estupideces hacéis en Los Ángeles, pero aquí estamos en el mundo real. Y, en el mundo real, los perros no comen helados.

Él arqueó una ceja.

—¿Acabo de llegar y ya me estás tomando el pelo?

Su abuela sonrió.

—Vale, vale... sí, pueden comer un helado de vez en cuando, pero solo en casa. Además, no te puedes llevar a Pearl sin llevarte también a Sarge. Se pondría celoso.

La blanca bola peluda de Sarge apareció de repente y se subió al coche como si los hubiera entendido. Quinn pensó que los perros hacían una pareja extraña: Pearl era cuatro veces más grande que Sarge, pero el macho llevaba la voz cantante.

—Tu hombre llegó ayer —dijo Joyce.

—Es mi ayudante, no mi hombre. No estamos en una película de la década de los cincuenta, protagonizada por Cary Grant.

—Pues es una pena, ¿no crees? —replicó—. Intenté que se quedara en el hotel, pero dijo que tiene otro alojamiento.

Quinn sacó a los perros del Bentley y cerró la portezuela.

—Y fue sincero. Wayne y yo trabajamos mejor cuando no nos alojamos juntos.

Joyce frunció el ceño.

—No habrás vuelto porque crees que me estoy haciendo vieja, ¿verdad?

Él se inclinó y le dio un beso en la mejilla. Su abuela tenía la virtud de ir directa al grano.

–En primer lugar, te estás haciendo vieja desde hace tiempo –dijo–. Y, en segundo, el mundo no gira alrededor de ti.

Joyce le acarició la cara.

–Eres un mentiroso.

–Eso es verdad –dijo él, que la tomó del brazo y la llevó hacia el hotel.

Joyce solo había tenido una hija: la madre de Quinn, motivo por el cual había pasado mucho tiempo con ella. Además, su madre lo abandonó cuando él tenía catorce años, así que acabó viviendo en el hotel Los Lobos.

Cuando entraron en el edificio, admiró los altos techos, las lámparas de cristal y el enorme mostrador de recepción. Los muebles eran cómodos y bonitos; la comida, deliciosa y los camareros, generosos con las bebidas. No había muchos hoteles tan agradables; sobre todo, teniendo en cuenta que estaba en una zona muy tranquila de California y en primera línea de playa.

Durante su adolescencia, Quinn no se imaginaba en otro sitio. Y ahora, casi veinte años después, estaba encantado de haber vuelto.

Los perros se adelantaron y entraron en el bar, donde Joyce y su nieto se sentaron. Quinn supuso que la presencia de los canes en un lugar donde servían comidas violaba varias normas del Estado, pero nadie se quejó. Y, por otra parte, Pearl y Sarge tenían buen juicio en lo tocante a los humanos: solo se portaban mal con los que iban buscando líos.

–Hola, Joyce. Quinn...

Quinn no recordó el nombre de la pelirroja que se acercó a la mesa, pero, afortunadamente, lo llevaba en la placa de la camisa.

—Hola, Kelly. Me alegro de verte.
Kelly sonrió.
—¿Qué queréis tomar?
—Una copa de Smarty Pants —dijo Joyce.
Quinn soltó una carcajada.
—No puedo creer que sigas enfadada por lo que pasó.
—¿Cómo quieres que lo olvide? Tengo muy buena memoria. Y adoro mis vinos.

Unos años antes, la bodega que servía el vino al hotel decidió cambiar de vinicultor y, en consecuencia, de estilos y sabor. Joyce se quejó, pero el vinicultor nuevo siguió en sus trece, así que ella rompió el acuerdo y firmó otro con Middle Sister Wines, una bodega del Norte de California que se adecuaba más a sus gustos.

El Smarty Pants era muy popular entre las damas que comían en el hotel. Y otro de sus vinos blancos, el Drama Queen, había ganado premios de todo el país.

—Se ha convertido en una tradición —continuó Joyce.
Él le dio una palmadita en la mano.
—Tú eres mi tradición preferida. No hay nada en ti que no me guste.

Quinn no podía haber sido más sincero. Joyce era maravillosa y, aunque no lo hubiera sido, también era toda la familia que le quedaba.

—¿Y tú? ¿Qué quieres beber?
—Lo mismo.
—Ah, trae una ración de queso —intervino Joyce—. Quinn tiene hambre.

Quinn no tenía hambre, pero no se lo discutió.
—Marchando —dijo la camarera, que se marchó enseguida.
—Te alojarás en la casa del jardinero. Estarás muy cómodo.

Quinn conocía la casa en cuestión, un edificio grande

que estaba en el extremo sur de la propiedad, alejado del hotel.

—Es una de las suites más caras —protestó él—. Solo necesito una habitación donde pueda estar un par de semanas y plantearme lo que voy a hacer.

—No, quiero que te alojes allí.

—Está bien, si insistes...

—Es tuya durante todo el verano. La he reservado para ti.

Quinn frunció el ceño.

—Tengo cuarenta y un años —le recordó—. ¿No crees que es hora de que me marche a vivir lejos de mi abuela?

—No. Acabas de volver y, como tú mismo has dicho, tienes que plantearte muchas cosas. La casa del jardinero es ideal. Podrás pensar mientras buscas un sitio que te guste —dijo—. Si es cierto que quieres quedarte, claro.

—¿Aún lo dudas?

—Por supuesto. Tu vida y tu negocio están en Malibú. ¿Por qué quieres volver a Los Lobos?

A Quinn le pareció una buena pregunta, una que estaba deseando contestar.

—Puedo llevar mi negocio desde aquí. Y, cuando tenga un estudio de grabación, mis artistas vendrán a él.

—¿Tan importante eres?

Él sonrió y le guiñó un ojo.

—No lo sabes tú bien.

Ella rio.

—Bueno, espero que sea verdad y que te quedes. Pero me disgustaría que fuera por mí —dijo—. ¿Qué tipo de lugar necesitas para poner el estudio?

—Me vale casi cualquier cosa, desde una casa a un almacén. Pero quiero que sea un edificio entero y con buen aparcamiento.

—¿También vendrá ese hombre tan agradable? ¿El mudo?

Quinn suspiró.

—Zealand no es mudo. Es poco hablador, que es distinto.

—Pues no le he oído ni una sola palabra. ¿Estás seguro de que puede hablar?

—Claro que sí —contestó—. Ha hablado dos veces desde que lo conozco.

En opinión de Quinn, Zealand era el mejor técnico de sonido de la industria musical. No tenía mucho que decir, pero sería él quien decidiera si el sitio en el que estaba interesado se podía convertir en un estudio de primera categoría.

Momentos más tarde, un movimiento llamó su atención. Quinn alzó la mirada y vio que una rubia alta, de coleta de caballo y camisa negra, entraba en el bar. Era bastante atractiva, y caminaba con los hombros hundidos, como si no quisiera que se fijaran en ella.

Cuando llegó a la barra, dijo algo a Kelly. Las dos mujeres rompieron a reír. Luego, la rubia dijo algo más y se dio la vuelta con intención de marcharse, pero tropezó con uno de los taburetes. Nerviosa, echó un vistazo a su alrededor para ver si alguien se había dado cuenta, y desapareció a toda prisa.

—Esa era Courtney —dijo Joyce—. Creo que ya os conocéis.

Quinn conocía muy bien a su abuela, y supo lo que pretendía.

—Ni se te ocurra.

—Solo he dicho que...

—No. Sea lo que sea, no.

—Courtney es mucho más interesante de lo que parece.

Kelly apareció entonces con el vino y el queso. Pearl y Sarge, que se habían tumbado en el suelo, se levantaron. La camarera les dio dos galletitas y se fue.

—Puede que te creas demasiado mayor para ella, pero no lo eres —prosiguió Joyce.

—¿Cuántos años tiene? ¿Veinticinco?

—Veintisiete. Solo os sacáis catorce años.

—No son los años, sino la experiencia.

—Oh, vamos, sigues siendo atractivo.

Él suspiró.

—Me estás empezando a preocupar, abuela.

Ella sonrió.

—Era un simple halago, Quinn.

Joyce y él brindaron, y Quinn probó el fresco y joven vino blanco.

—No está nada mal —dijo.

—No, no lo está. Y ahora, volviendo a Courtney...

—Olvídalo. Sabes que te quiero mucho, pero me vas a arrastrar por ese camino.

—Tendrás que tomarlo alguna vez. ¿Es que no te quieres enamorar?

Quinn se había hecho esa pregunta muchas veces, y la respuesta había sido negativa hasta que conoció a alguien que le hizo dudar. Había sido el año anterior y, por desgracia, ella se enrolló con otro hombre antes de que él se decidiera a pedirle una cita, pero sus dudas no desaparecieron después. ¿Quería seguir solo? ¿O necesitaba algo más?

—Sinceramente, no lo sé —respondió.

—Pues será mejor que te aclares las ideas. No te estás haciendo más joven.

Quinn rio.

—¿No dices que sigo siendo atractivo?

—Y es cierto, pero la belleza se apaga.

Él alzó su copa.

—La tuya, no.

Joyce lo miró con sorna.

–No desperdicies tu encanto conmigo. Soy demasiado mayor.
–Eres perfecta.
Joyce lo miró con intensidad.
–Lo digo en serio, Quinn. Quiero que encuentres a alguien. Quiero que te enamores y que tengas hijos. Estoy preocupada contigo.
–Sé cuidar de mí mismo, abuela.
–Lo sé. Pero a veces no viene mal que te cuide otra persona.

Redactar un plan de *marketing* no era tan difícil, pero empezar a redactarlo, sí: implicaba mucho tiempo de investigación. Y tras varias horas de trabajo tedioso, Courtney consideró la posibilidad de tomarse un helado y unas galletas en calidad de recompensa.

Se levantó de la silla, se estiró y se preguntó si merecía la pena. No se podía decir que bajar a la cocina fuera un esfuerzo excesivo, pero se había hecho tarde, y pensó que sería mejor que se acostara.

Sin embargo, la tentación del helado pudo más; así que guardó el archivo en el que estaba trabajando, apagó el ordenador y se dirigió a la puerta.

Su habitación estaba al final del pasillo de la cuarta planta. Eso no tenía nada de malo, pero se encontraba junto a la salita donde guardaban la ropa de cama y cerca de la salida principal del aire acondicionado. Además, en el exterior había un árbol tan grande que bloqueaba las vistas y, por si eso fuera poco, las tuberías del agua hacían bastante ruido. En resumidas cuentas, era un desastre que ningún cliente habría querido reservar.

Joyce había intentado remodelarla varias veces, sin demasiado éxito. Incluso había probado a bajar el precio de la habitación, pero la gente se quejaba constantemente. Y, al cabo de un par de años, ofreció un acuerdo a Courtney: comida y alojamiento gratis a cambio de unas horas de servicio como doncella. Luego, las cosas fueron a más, y Courtney terminó cobrando por sus servicios.

El acuerdo fue bueno para las dos. Courtney tomó posesión de una cómoda, una mesa y una antigua cama de matrimonio que Joyce tenía intención de tirar. Dormía como un tronco, así que no le molestaban ni el ruido de las cañerías ni el sonido del aire acondicionado. Y tampoco le importaban las vistas.

Por otra parte, la comida y el alojamiento gratuitos implicaban que solo tenía que trabajar lo necesario para comprar libros y afrontar los gastos del coche y el teléfono móvil. Sus escasos ahorros no daban ni para pagar la matrícula universitaria, pero consiguió un par de becas y se las arregló para salir adelante.

Si todo iba bien, acabaría la carrera en un año.

—Otra buena razón para tomarse un helado —se dijo en voz alta.

Bajó a la planta baja por la escalera y cruzó el silencioso vestíbulo, consciente de que no iba precisamente bien vestida: llevaba unos vaqueros desgastados, una camiseta de la USC y unas zapatillas deportivas viejas. Pero era muy tarde, y había pocas posibilidades de que se cruzara con un cliente.

Cuando entró en la cocina, no se molestó en encender la luz. Conocía el sitio como la palma de su mano, así que avanzó hacia el frigorífico, lo abrió y sacó el envase del helado de vainilla y chocolate.

Justo entonces, la cocina se iluminó y Courtney se encontró delante de un hombre alto y atlético.

Tras el grito posterior, el helado cayó al suelo, y como los dos se agacharon al mismo tiempo, agarraron el recipiente a la vez. Pero eso no la incomodó tanto como el aroma varonil y la mirada intensa del recién llegado.

–Será mejor que alguien lo suelte –dijo él.

–¿Cómo?

–Me refiero al helado –dijo.

–Ah, sí... –Courtney soltó el envase y se incorporó–. Lo siento. Me has dado un susto de muerte.

–Ya me he dado cuenta –replicó, dejando el envase en la encimera–. ¿Te ha entrado hambre en mitad de la noche?

–Sí, algo así.

Los dos se miraron a los ojos, y él sonrió.

–Soy Quinn.

–Todos sabemos quién eres. La casa de Joyce está llena de fotografías tuyas. Por no mencionar que habla de ti constantemente.

Quinn gimió.

–Prefiero no saber lo que dice.

–Casi todo es bueno.

Él arqueó las cejas.

–¿Casi todo?

Esta vez fue ella quien sonrió.

–¿No has dicho que prefieres no saberlo? –preguntó con sorna–. Por cierto, soy Courtney. Nos hemos visto unas cuantas veces.

–Lo sé. Me acuerdo de ti.

Courtney no le creyó. Un hombre como Quinn se podía acordar de Rihanna o Taylor Swift, pero no de una mujer como ella. Además, era una simple doncella del hotel. ¿Y quién se acordaba de la chica que limpiaba las habitaciones?

–¿Quieres helado? Es de vainilla y chocolate.

–Sí, gracias.

Courtney sacó dos platos y dos cucharillas de postre y sirvió el helado. Después, metió el envase en el frigorífico y miró a Quinn, pensando que se marcharía, pero, en lugar de eso, se acomodó en uno de los taburetes que estaban junto a la encimera.

—También hay galletas —le informó ella, sentándose a una distancia prudencial.

—No, me basta con el helado —dijo él—. ¿Siempre estás despierta a estas horas?

Courtney se encogió de hombros.

—Es el mejor momento del día, porque los clientes del hotel están durmiendo. O, por lo menos, no andan por ahí causando problemas.

—¿Así es como los ves?

—Se nota que nunca has tenido que limpiar una habitación después de una fiesta.

—Eso es verdad.

Comieron en silencio durante unos segundos, en una situación que a Courtney le parecía surrealista. Quinn no era una estrella del rock, pero era famoso por descubrir nuevos talentos y convertirlos en estrellas.

—¿Eres fan? —preguntó él.

Courtney supo que se refería a la camiseta de la USC, y dijo:

—No, una clienta se la dejó en la habitación, así que me la quedé... Bueno, no se la dejó exactamente. La tiró al suelo y me pidió que la quemara. Era de su novio, con el que acababa de romper porque se había acostado con una *stripper* el día de su despedida de soltero. Hay que estar loco para acostarte con otra persona justo antes de casarte, ¿no crees? Pero las bodas son así, un verdadero drama.

—Sí, eso dicen.

—¿Es cierto que te vas a mudar a Los Lobos?

Quinn asintió.

—Pero si vives en Los Ángeles...

—Eso no es necesariamente bueno.

—Y también trabajas allí.

—Puedo trabajar en cualquier parte –dijo–. Y me vendría bien un cambio.

Courtney supuso que la edad de Joyce estaba relacionada con su decisión, e intentó tranquilizarlo.

—Tu abuela está bien. Física y emocionalmente.

—Gracias por la información. No es la única razón que tengo, aunque admito que me preocupa –le confesó.

Courtney se llevó una cucharada de helado a la boca.

—Sabes que nos quiere emparejar, ¿verdad? –continuó él–. O eso, o cree que te puedo ser de ayuda, aunque no sé para qué.

Ella estuvo a punto de atragantarse. Se había puesto roja como un tomate, y no había forma alguna de disimularlo, porque Quinn había encendido todas las luces.

—Serán imaginaciones tuyas –acertó a decir, pensando que iba a matar a Joyce–. Y no necesito ayuda de nadie. Las cosas me van bien. Y dentro de dos semestres tendré un título de dirección de hoteles.

—¿Con veintisiete años?

Ella frunció el ceño.

—¿Qué quieres decir?

—Que has esperado mucho para ir a la universidad.

Courtney se sintió en la extraña necesidad de dar explicaciones a Quinn. Tal vez, por la intensidad de sus ojos azules; tal vez, porque era la una de la madrugada o, tal vez, porque se le había despertado el gen charlatán. Pero fuera por lo que fuera, empezó a hablar y no pudo detenerse.

—No todo el mundo va a la universidad cuando sale del instituto –empezó–. ¿Sabías que las personas que empiezan carreras a edades adultas son el sector estudiantil con más éxito académico?

–No.

–Pues es verdad. Y tengo una teoría al respecto... Triunfan porque conocen el miedo. Saben lo que cuesta salir adelante cuando no tienes una educación.

–¿Lo dices por experiencia?

–Me temo que sí –contestó–. Yo había repetido dos cursos, así que seguía en el instituto cuando cumplí los dieciocho. Pero ya era mayor de edad, así que dejé los estudios y me fui.

–¿Por qué? ¿Tenías problemas familiares?

–Mi familia tuvo algo que ver en el asunto, aunque no fue el motivo principal. Estaba cansada de que me consideraran estúpida porque era repetidora y, en consecuencia, la mayor de la clase. Tuve un trastorno de aprendizaje, pero no me lo diagnosticaron hasta los diez años –dijo, sin entrar en detalles–. En cuanto dejé el instituto, busqué un empleo y me puse a trabajar en Happy Burger.

–Me encanta el Happy Burger.

–¿A quién no? –replicó–. Luego, alquilé una habitación en las afueras y me dediqué a vivir mi vida.

En realidad, su historia había sido ligeramente más complicada. Su sueldo era tan exiguo que tuvo que buscarse más trabajos para poder pagar las facturas. Además, se enrolló con una serie de chicos que no le convenían. Y, para empeorar las cosas, estuvo un año entero sin ver a la familia porque estaba enfadada y necesitaba madurar.

–Pero aquello no iba a ninguna parte hasta que cumplí veinte años –prosiguió–. Entonces, pasaron dos cosas: la primera, que conseguí un empleo a tiempo parcial en el hotel Los Lobos y la segunda, que el gerente del Happy Burger me prometió que me daría un puesto directivo si terminaba la secundaria.

–¿Y eso fue bueno? ¿O malo?

–Fue horrible. No quería seguir en el Happy Burger.

Pero me despabiló, así que terminé la secundaria, me matriculé en la universidad y dejé ese empleo.

–Y solo te faltan dos semestres para acabar la carrera.

Courtney lamió la cucharilla.

–En efecto.

–Impresionante –dijo él.

–¿El qué? ¿La información sobre la tontita?

Quinn le dedicó una sonrisa inmensamente sexy. Courtney supo que no tenía intención de resultar sexy, pero se lo pareció de todas formas. Era de esa clase de hombres. Y no estaba en su forma de moverse, porque estaba sentado. Quizá fuera su aire de confianza, o algo relacionado con las feromonas.

En cualquier caso, quiso acercarse a él y suspirar.

–No, me refería a ti. Te has esforzado mucho para llegar adonde has llegado, y te respeto por ello. Trabajo con gente de mucho talento, que no suele seguir los cauces tradicionales –explicó, sonriendo otra vez–. Y tienes razón. No necesitas a nadie. Te va muy bien.

Courtney sintió un calor de lo más agradable, que duró alrededor de ocho segundos: los que tardó el helado en caerse de la cucharilla que sostenía y mancharle la camisa.

Desesperada, se lo limpió con un dedo.

¿Por qué no podía ser refinada y elegante para variar? ¿Siempre tenía que tropezarse, resbalarse o meter la pata? Sienna había acertado de lleno al inventarse la frasecita que tanto odiaba, «marcarse un Courtney».

Al pensarlo, se acordó de su familia y se preocupó.

–No se lo cuentes a nadie –dijo con rapidez.

Quinn frunció el ceño, y se le formaron unas pequeñas arrugas que a Courtney le parecieron tan atractivas como su sonrisa.

–¿Qué es lo que no tengo que decir?

–Lo de la universidad. Joyce lo sabe, pero mi familia

no está enterada. Y te quedaría muy agradecida si lo guardaras en secreto.

—Faltaría más. Pero ¿por qué?

Ella se encogió de hombros.

—Es una historia muy larga.

—Una historia que no estás dispuesta a contar...

—No.

Quinn se levantó del taburete.

—No te preocupes. Tu secreto está a salvo conmigo.

—Gracias.

Él la observó en silencio durante unos segundos, y luego dijo:

—Buenas noches, Courtney.

—Buenas noches, Quinn.

Quinn salió de la cocina tras dejar el plato y la cucharilla en el fregadero. Courtney se permitió entonces el placer de admirar su trasero y su forma de moverse. Tenía gracia y estilo. Era refinado e inesperadamente agradable. Y si ella hubiera sido otra mujer, habría hecho lo posible por ganarse su atención.

Pero no era otra mujer. Además, estaba completamente concentrada en su trabajo y sus estudios, y no tendría tiempo para el amor hasta que terminara la carrera y encontrara un empleo que le gustara. Solo entonces, empezaría a buscar al hombre de sus sueños. Si es que ese hombre existía.

Dejó el plato y la cucharilla junto a los de Quinn, sacó la caja de las galletas y tomó un puñado.

Mientras subía a su habitación, se preguntó qué habría pasado si su sexy visitante nocturno se hubiera inclinado hacia ella y la hubiera tomado entre sus brazos. ¿Le habría tirado el helado encima? ¿Habría eructado cuando la fuera a besar?

Su vida era un desastre. Hasta en sus fantasías.

Capítulo 5

Rachel estaba segura de que la ropa sucia se había reproducido por arte de magia. Lo que dos días antes habría sido una carga de lavadora, ahora eran cuatro. Y eso, sin contar las sábanas de Josh.

Miró la hora y suspiró. Eran las cinco de la tarde de un domingo. Josh se había ido el sábado a casa de su padre, y ella había estado trabajando hasta altas horas de la noche porque pensó que necesitaban el dinero. Pero volvió agotada, lo cual provocó que se levantara muy tarde. Y las cosas no se hacían solas.

En lo que iba de día, ya había hecho la compra, pagado varias facturas y arrancado las malas hierbas del jardín. De paso, había preparado galletas y metido un asado en el horno. Ahora solo tenía que poner varias lavadoras, limpiar la cocina y, cuando Josh volviera, ayudarlo con sus deberes.

Con suerte, podría ver una película antes de acostarse.

Metió la ropa blanca en la lavadora, añadió el detergente y pulsó el botón de arranque. Había dejado los uniformes de béisbol en el fregadero, porque estaban tan sucios que no quedarían bien si no les quitaba antes las manchas más difíciles. ¿Qué hacían los equipos para lograr que estuvieran siempre inmaculados? ¿Tenían lavadoras especiales? ¿O se ponían uniformes nuevos cada vez que salían al campo?

–¡Mamá! ¡Ya estoy en casa!

Ni el cansancio ni el mal humor de Rachel desaparecieron cuando su hijo entró en la casa, pero le importaron bastante menos que antes. La voz de Josh, que aún era la de un niño, le parecía el sonido más bonito del mundo.

Dejó lo que estaba haciendo y salió a su encuentro, encantada.

Josh era alto para su edad, todo piernas y brazos. Había heredado su sonrisa, y los ojos y el pelo oscuro de su padre. Era inteligente, cariñoso, generoso y amable. Era un buen chico. Y, tras dejar su mochila en el suelo, corrió a abrazarla.

–Papá me ha comprado un guante nuevo –dijo él, apartándose–. Ayer estuvimos jugando un rato... toma, pruébatelo.

Rachel se puso el guante, y se llevó una sorpresa al ver que no le quedaba pequeño.

–¿Es un guante para adultos?

Josh sonrió.

–Sí. El tipo de la tienda dijo que estoy creciendo, y que sería más conveniente que comprara uno más grande.

–¿No es un poco prematuro? –preguntó ella.

–Para nada. Voy a ser tan alto como tú, mamá. Y luego, lo seré aún más.

–No sé si eso es bueno o malo.

–Ni yo –dijo alguien que estaba a su espalda.

Rachel respiró hondo y se giró hacia su ex.

–Hola, Greg.

–Hola.

Greg tenía muy buen aspecto, como de costumbre. Cada vez que se veían, buscaba en él algún síntoma de envejecimiento, pero no lo encontraba. Siempre estaba imponente.

—He pensado que podemos tomar una pizza. Si te apetece, por supuesto.

Rachel quiso decir que no quería cenar con él y que, desde luego, tampoco quería una pizza. Trabajaba a destajo, pero no dejaba de engordar. O eso, o había duendes que le encogían la ropa mientras ella dormía.

Se sentía vieja, gorda y cansada. ¿Cómo no iba a sentir envidia de un hombre que parecía inmune a la edad? Por supuesto, las cosas habrían sido distintas si su vida hubiera sido distinta, pero trabajaba todo el tiempo, así que comía mal, picaba demasiado entre horas y no hacía nunca ejercicio.

—Claro que me apetece —mintió, pensando que dejaría el asado para el día siguiente.

—¿Qué tal estás?

—Bien. Estaba poniendo lavadoras y preparando la comida para la semana entrante. Lo de siempre.

—¿Te puedo ayudar?

Ella parpadeó, sorprendida. ¿Ayudar? Greg no era de los que ayudaban, sino de los que jugaban. Hacía surf con su mejor amigo, Jimmy; salía a tomar copas con sus compañeros de trabajo y, a veces, tonteaba con el motor de su todoterreno.

—No es necesario. ¿Josh ha hecho sus deberes?

—Sí, y les he echado un vistazo. Debería mejorar su redacción, pero es muy bueno en Matemáticas.

—Me alegro. Solo falta un mes para las vacaciones de verano, y me gustaría que fuera a un campamento.

Greg asintió.

—Me parece bien. Aún no sé qué días tendré que trabajar, pero te lo diré cuando lo sepa y lo organizaremos todo. Puedo hacerme cargo de él en mis días libres. Y, si va al campamento, lo puedo llevar y traer para facilitarte las cosas.

Rachel se dijo que no tenía motivos para estar sorprendida. Su relación no había terminado de la mejor manera posible, pero Greg siempre había sido un buen padre.

—Bueno, te agradecería que pasaras más tiempo con él —replicó.

—Esa es la idea.

Ella no dijo nada.

—Voy a comprar la pizza. ¿Quieres la de siempre?

—Sí, gracias.

—Vuelvo enseguida.

Josh, que había ido a su habitación a dejar la mochila, regresó en ese momento.

—¿Puedo tomar un refresco, mamá?

—No.

El chico soltó una carcajada.

—Tenía que intentarlo. Uno de estos días, me darás permiso.

—Lo dudo —dijo ella—. Pero he preparado galletas.

Josh le dio un abrazo.

—Eres la mejor...

—Pon eso por escrito.

—¿Por escrito? Hasta lo pintaría en la puerta del garaje.

—Sería todo un detalle.

—No lo dices en serio —intervino Greg—. Si pintara la puerta, te enfadarías con él.

—Y, probablemente, contigo.

Rachel lo dijo porque lo conocía de sobra. Si Josh hubiera querido hacer una pintada, su padre le habría echado una mano. Le habría parecido divertido.

Tras poner la mesa, sacó una cerveza para Greg, un zumo de naranja para Josh y vino tinto para ella. Luego, abrió el horno para comprobar el asado y se fue a cambiar las sábanas de la cama de su hijo.

La habitación de Josh era grande y luminosa, con una ventana enorme y un armario de tamaño gigantesco. Había ropa, revistas y equipo deportivo por todas partes. De vez en cuando, Rachel conseguía que ordenara sus cosas, pero, en general, las dejaba de cualquier manera.

Mientras ponía las sábanas limpias, se puso a pensar en sus primeros años de vida. Greg y ella estaban completamente abrumados con la paternidad. Eran los primeros en su círculo de amigos que se habían casado y tenido un hijo. Lena se quedó embarazada seis meses después, y, para entonces, Rachel ya se consideraba una experta en el tema, pero los primeros meses fueron terribles.

Ni él ni ella tenían intención de ser padres tan pronto. Querían viajar y esperar cuatro o cinco años antes de dar ese paso. Sin embargo, ella se olvidó de tomar la píldora durante la luna de miel y, como hacían el amor sin preservativo, sucedió lo inevitable.

Su relación siempre había sido así, intensa y rápida. Cuando estaban en el instituto, Rachel habría apostado cualquier cosa a que Greg ni siquiera se acordaba de su nombre. Era el chico más popular y, por si eso fuera poco, le sacaba dos años. Pero, un buen día, la detuvo en uno de los pasillos, le dedicó la mejor de sus sonrisas y le pidió que saliera con él. Tal cual, delante de todo el mundo.

Terminó de hacer la cama y se llevó las sábanas sucias. Greg y Josh volvieron pocos minutos después, cuando Rachel ya había vaciado la lavadora anterior y transferido su contenido a la secadora.

—Los Dodger van empatados —le informó su hijo en tono de súplica—. Es un partido muy importante.

—¿Insinúas que prefieres ver la televisión a cenar con tus padres? —preguntó ella, fingiéndose indignada.

—Por favor, mamá...

Rachel pensó que Josh era encantador, y se preguntó cuánto tiempo más lo sería. Cuando llegara a la adolescencia, dejaría de pedir permiso, haría lo que le viniera en gana y la trataría como si fuera una simple molestia.

Normalmente, Rachel le habría dado permiso sin dudarlo. Incluso a veces iba más lejos y se sentaba con él a ver el partido en cuestión. Pero aquella noche era distinta: si se iba a ver la tele, ella se quedaría a solas con Greg.

—¿Qué opinas tú? —dijo a su ex.

—Por mí, no hay problema. Sé que adora a los Dodger.

Josh soltó un grito de alegría, se fue al salón y encendió el televisor. Después, volvió a la cocina, se sirvió dos porciones gigantes de pizza, alcanzó su zumo de naranja y desapareció una vez más.

—Te echaremos de menos —ironizó Greg.

El chico se limitó a gruñir.

—Niños... —continuó él, sentándose enfrente de Rachel—. No hay quien pueda con ellos.

Greg abrió la segunda caja de pizza, que contenía una vegetal con queso. A Rachel le gustaba mucho, pero no la solía pedir porque a Josh no le gustaba.

—Gracias —dijo.

—De nada.

Ella tomó una porción y preguntó:

—¿Qué habéis hecho este fin de semana?

—Ayer fuimos a comprar el guante. Pero no lo tenían, y tuvimos que dar muchas vueltas hasta encontrarlo.

Por su explicación, Rachel supo que habían salido de Los Lobos, algo que a ella le disgustaba sobremanera; sobre todo, por la pérdida de tiempo que suponía. Pero a Greg no le importaba. Era más aventurero. No había elegido un trabajo peligroso por casualidad.

Hablaron sobre guantes de béisbol y, mientras charlaban, ella se acordó de su primera cita. Por entonces, solo tenía dieciséis años, y estaba terriblemente asustada. Nunca había salido con un chico.

Quedaron después de cenar, y se fueron a dar un paseo por el parque. La noche era más cálida de lo normal para la época, así que se sentaron en el césped para estar más frescos. Greg no la presionó; no intentó llegar a nada. Pero se besaron durante horas y, en determinado momento, él le acarició los pechos.

Nunca se los habían acariciado, y no estaba preparada para la descarga de placer que sintió. Su cabeza le decía que lo apartara y su cuerpo, que se entregara por completo. No sabía que el amor fuera tan maravilloso. No había imaginado que pudiera ser tan intenso. Y, sin darse cuenta de lo que hacían, cruzaron el umbral.

Rachel era virgen y, al sentir el dolor de la penetración, consideró la posibilidad de poner fin al encuentro. Pero ya era tarde, así que esperó a que terminara y, a continuación, se vistieron y se fueron.

Ninguno de los dos habló durante el camino de vuelta. Rachel estaba más asustada que nunca, porque tenía miedo de lo que pudiera hacer su madre si se llegaba a enterar. De hecho, estuvo a punto de fingirse enferma al día siguiente para no tener que ir al instituto, pero habría resultado sospechoso, así que renunció a la idea y se comportó como si no hubiera pasado nada.

Sorprendentemente, Greg la estaba esperando cuando salió de casa. Le dijo que tenían que hablar, y ella se subió a su coche sin saber a qué atenerse. Habían hecho el amor. No había mucho más que decir.

Pero se dijeron muchas cosas.

—¿Estás bien? —empezó él.

—Sí, claro.

—Lo siento mucho, Rachel. Bueno, no es que me arrepienta de lo que pasó, pero me habría gustado que fuera de otra forma. No sé, supongo que habría sido más romántico si hubiéramos esperado unos cuantos meses. Te confieso que seguí adelante pensando que me ibas a detener, pero como no me detuviste... ¿Cómo iba a imaginar que querrías hacer el amor conmigo?

—¿Y por qué no? Eres Greg. Todo el mundo te adora.

—¿Tú también?

—No lo sé. Apenas te conozco.

—Entonces, ¿me usaste de juguete sexual?

Después de lo sucedido en el parque, Rachel pensaba que no se volvería a reír en toda su vida. Pero soltó una carcajada.

—Ojalá fuera tan valiente como para hacer algo así –replicó.

—Eres la chica más desconcertante que conozco, ¿sabes? Y también eres la más guapa –dijo él–. ¿Te puedo llevar al instituto?

—Claro.

Así empezó su relación. Salieron durante todo el tiempo que estuvieron en el instituto y, después, se casaron.

—¿En qué estás pensando? –preguntó Greg en ese momento, devolviéndola a la realidad–. Y no digas que no estás pensando en nada, porque no creo que mi conferencia sobre guantes de béisbol sea precisamente apasionante.

—Oh, lo siento. Estaba pensando en todo lo que tengo que hacer –mintió.

—Josh juega el miércoles por la tarde, ¿verdad? Me gustaría verlo.

—Sí, a las cuatro en punto –dijo, antes de pegar otro bocado a su porción de pizza.

—Sé que estás en el grupo de apoyo. Si quieres que te ayude...

Greg se refería al grupo de madres que recogían las cosas de los chicos al final del partido y hacían colectas para pagar la bebida y la comida que tomaban. En ese momento, solo estaban Heather y ella, pero Heather no se lo tomaba en serio, así que todo dependía de ella.

—No es necesario —respondió.

—¿Estás segura? Josh me ha dicho que Heather se olvidó de los bocadillos la última vez. Podría llevarlos yo.

—No, déjamelo a mí. Tú tienes mucho trabajo.

—Sí, pero puedo ayudar cuando no esté trabajando. No hace falta que lo hagas sola.

—No me importa.

—¿Es que no te fías de mí?

Greg lo preguntó sin acritud, pero Rachel creyó notar algo en su tono y, tras girarse hacia el salón, dijo en voz baja:

—Eso depende. Eres un buen padre, y te lo agradezco mucho, porque Josh te necesita. En cuanto a lo demás... Estamos divorciados, Greg. ¿Qué importa lo que piense de ti?

Él apartó su plato de pizza.

—Nunca vas a olvidar lo que pasó, ¿verdad? Te he pedido disculpas muchas veces. Te he dicho que lo siento y que estoy dispuesto a intentarlo otra vez, pero no me escuchas. Eres incapaz de perdonar.

—Tú no quieres mi perdón. Quieres que te redima de tus pecados porque detestas ser el malo de la película —replicó ella—. Como ya he dicho, eres un buen padre. Y formamos un buen equipo en lo tocante de Josh. Pero es todo.

—¿No te gustaría que volviéramos a ser amigos? Nuestra relación tuvo días bajos, pero también los tuvo muy buenos.

Rachel no se molestó en negarlo. Se habían reído y

divertido mucho durante los primeros años de su matrimonio. Y luego, las cosas cambiaron. Mientras ella se concentraba en su casa y su hijo, él disfrutaba de la vida. No se trataba de que Greg se hubiera acostado con otra una noche; a fin de cuentas, solo había sido un desliz en diez años. Se trataba de que ella se sentía abandonada.

—Prefiero que sigamos así, divorciados. Tú tienes tu vida y yo tengo la mía.

Durante unos segundos, Rachel pensó que Greg iba a protestar, que iba a decir que necesitaba algo más, mucho más. Y el corazón se le encogió porque, en el fondo y por mucho que lo negara, seguía enamorada de él. Pero Greg no protestó.

—Sí, supongo que tienes razón —dijo, resignado—. Ya no hay vuelta atrás.

Rachel guardó silencio. Una vez más, sus esperanzas se habían estrellado contra la dura realidad.

—Bueno, será mejor que me marche —continuó él—. Que tengas una buena semana.

—Lo mismo digo.

Greg se despidió de Josh y se fue. Rachel recogió las sobras de la pizza vegetal porque ya no tenía hambre y porque sabía que su hijo se la comería al día siguiente, cuando volviera del colegio.

Una hora después, Josh se había acostado y ella estaba sentada en el salón, sola. No se oía nada. De vez en cuando, pasaba un coche por la calle y rompía la quietud de la noche. Aparentemente, todo estaba bien.

Aparentemente.

Quinn miró la casa, de tres pisos y alrededor de cuatrocientos metros cuadrados. Estaba en una calle bastante tranquila, y tenía ventanas grandes y un jardín bonito.

—No sirve —dijo Wayne.

—Ni siquiera has entrado —replicó Quinn—. ¿Cómo puedes saber que no sirve?

Wayne, un antiguo militar de sesenta y tantos años, suspiró como si estuviera harto de tratar con simples mortales que no entendían nada.

—Si quieres, te lo explico al estilo Barney.

Quinn sonrió. El estilo Barney consistía en decir las cosas muy despacio, como hablando con un niño.

Su amigo era un tipo de lo más peculiar, que había sido soldado profesional y empleado de una empresa de transporte. Quinn lo había conocido en circunstancias difíciles, cuando Wayne intentó suicidarse por el procedimiento de beber hasta morir. Su hijo había fallecido poco antes, y estaba desesperado, pero él lo animó, lo ayudó a salir de la depresión y, al cabo de un tiempo, le pidió que fuera su ayudante.

—Puedes *barneizar* todo lo que quieras —dijo Quinn, que estaba más cansado de la cuenta porque había dormido poco y no había tomado suficiente café—. No cambiaré de idea.

—¿*Barneizar*? Malditos civiles… no te inventes palabras extrañas. Es una expresión, no un verbo.

Quinn se giró y extendió una mano. Zealand gimió y le puso unos billetes en la palma por un juego que casi era una tradición: cuando uno conseguía que Wayne los llamara *civiles*, el otro le tenía que dar cinco dólares.

—A ver, ¿por qué no te gusta? —preguntó Quinn, guardándose los billetes.

—No hay sitio suficiente para aparcar. Podríamos asfaltar el jardín, pero los vecinos se quejarían —empezó su ayudante—. Y tiene demasiadas ventanas. Nos llegaría el ruido de la calle y la gente oiría el nuestro.

—Yo produzco música, no ruido —protestó Quinn.

—Llámalo como quieras, pero eso tampoco les gustaría a los vecinos —replicó—. ¿Qué vas a hacer? ¿Tapiar las ventanas e insonorizarlas?

Quinn miró a Zealand, que se encogió de hombros.

—Además, ¿por qué quieres que la sede nueva tenga ventanas? —insistió Wayne—. Trabajas hasta altas horas de la noche, y es bastante habitual que algún grupo se presente a las dos de la madrugada. Pero Los Lobos es una localidad pequeña, y la gente de estos sitios tiene sus manías.

—¿Qué sabes tú de estos sitios?

—Más de lo que crees.

—Y sospecho que no te gustan...

—Sospechas bien. Pero has dicho que quieres estar aquí y aquí estoy yo.

—Pobre Wayne —ironizó.

—Oh, sí. No sabes cuánto sufro.

Zealand soltó una carcajada, y Quinn reflexionó brevemente sobre las palabras de su ayudante.

—Me has convencido —dijo al cabo de unos segundos—. No tiene sentido que pongamos el estudio en una casa. ¿Por qué miráis locales industriales? Debería ser un sitio relativamente tranquilo, claro. No podemos estar junto a una fábrica que haga ruido todo el día.

—No, por supuesto que no. Los únicos que tienen derecho a hacer ruido son los grupos musicales —se burló Wayne.

—¿A qué tipo de ruido te refieres?

—A todos —contestó—. ¿Estás seguro de que te quieres quedar aquí?

—Lo estoy, y te va a encantar. Tiene un paseo marítimo y un muelle de más de cien años.

—Los muelles no mejoran con la edad.

—También hay familias con niños y un montón de adolescentes en primavera. ¿No te parece maravilloso?

Wayne empezó a andar hacia el coche.

—¿Estás hablando todavía? Lo digo porque solo oigo una especie de zumbido.

—Pues, hablando de zumbidos, Los Lobos tienen unas abejas muy famosas que a veces pasan el verano en la localidad.

—Si vuelves a mencionar las abejas, me vuelvo a Los Ángeles. Lo digo en serio. Dimito y me voy.

Zealand rompió a reír y se sentó en la parte trasera del Bentley. Quinn se puso al volante y arrancó.

—No te preocupes. Son unas abejas muy amables. Y muy trabajadoras, según dicen.

Wayne se llevó las manos a la cabeza.

—Mátame. Mátame ya. Es lo único que te pido.

—Lo siento, amigo mío, pero no hay otro que pueda hacer tu trabajo. Tendrás que quedarte y sufrir como siempre.

Wayne suspiró.

—Sí, eso me temo. Mi vida es un mar de dolor.

Capítulo 6

Sienna dio una llave inglesa al hombre que estaba debajo del fregadero de la cocina.

–Deberías llamar a un fontanero –dijo.

–¿Para qué? No es la primera vez que cambio un triturador de basura.

–Si tu lo dices... Pero espero que no estalle, porque yo también caería.

–Oh, Dios mío –dijo con sorna–. Sería una pérdida terrible para todos.

Jimmy era algo más que el casero de Sienna. Se conocían desde la infancia y, por si eso fuera poco, habían llegado a salir.

–Sea como sea, ten cuidado con lo que haces. No quiero acabar cortada en mil pedazos por culpa de un triturador.

–Los trituradores no estallan.

Sienna, que se había sentado en el suelo, cruzó las piernas. Estaban en su dúplex de alquiler, una casa de dos habitaciones que se atenía perfectamente a sus necesidades. Además de ser bonita y de tener un jardín, contaba con los servicios del mejor casero del mundo: el propio Jimmy, que cortaba el césped, arreglaba los aparatos estropeados y limpiaba las alfombras dos veces al año. A cambio, ella pagaba siempre a tiempo y hacía lo posible por ser una buena inquilina.

—¿Qué tal va el negocio? —preguntó Sienna.

—Bien. He vendido tres casas este mes.

—¿Quién lo iba a imaginar?

Jimmy rio.

—No veo por qué te sorprende que me haya vuelto respetable. Se han visto cosas más raras —replicó.

—No estoy tan segura de eso.

Cuando estaban en el instituto, a Jimmy le interesaba más el surf que los estudios. Era un chico encantador y divertido, que conquistó el corazón adolescente de Sienna. Al final del curso, ella se marchó a la Universidad de Santa Bárbara y él la siguió. Mientras Sienna iba a clase, Jimmy surfeaba y trabajaba donde podía. Estuvieron juntos un año, pero su ruptura no fue dramática: los dos sabían que eran demasiado jóvenes y que buscaban cosas distintas.

Poco después, él volvió a Los Lobos. Y siguieron siendo amigos.

—¿Has quedado con alguien? —dijo Jimmy de repente.

—¿Por qué lo preguntas?

—Porque no dejas de mirar el reloj.

Sienna no se molestó en negarlo.

—Pues sí, he quedado con alguien. Pero tengo tiempo de sobra.

—¿Alguien interesante?

—No, solo alguien.

—¿Y ese alguien es consciente de tu falta de entusiasmo?

—Te equivocas. Estoy entusiasmadísima.

—Oh, vamos —dijo—. Es David, ¿no?

—Sí.

—Y no te gusta lo suficiente.
—Al contrario. Es encantador, y nos divertimos mucho.
—Pero...
Ella arrugó la nariz.
—No sé qué decir, la verdad. Tenemos muchas cosas en común. Es inteligente y educado. Incluso vota lo mismo que yo.
Jimmy soltó un bufido.
—¿Que vota lo mismo que tú? ¿Ese es tu criterio para salir con hombres?
—No, claro que no.
Jimmy se levantó justo entonces y dijo:
—Apártate. Voy a ver si esto funciona. Y no te preocupes, que me pondré entre la explosión y tú.
—Eres todo un caballero —comentó con ironía—. Uno de los pocos que quedan.
—Claro que somos pocos. La mayoría ha muerto en explosiones de trituradores.
Sienna retrocedió. Jimmy abrió el agua y pulsó el botón del aparato, que funcionó a la perfección.
—Impresionante —dijo ella—. Absolutamente impresionante.
Él se lavó las manos y se secó con un paño.
—¿Por qué sigues con David si no te gusta? No necesitas un novio.
Sienna se apoyó en la encimera.
—No sé. Supongo que me cae bien.
—¿Solo lo supones? —preguntó arqueando una ceja.
—Es serio y estable.
—¿A diferencia de tu antiguo novio surfista?
—Ahora eres bastante serio.
—¿Serio? Más bien, aburrido.
Sienna miró su cabello revuelto, su barba de tres días, los pendientes de su oreja y los tatuajes de su brazo.

—Jimmy, la gente te puede llamar muchas cosas, pero aburrido, nunca.

—Eres un encanto, Sienna. Pero ¿por qué sigues con él?

Ella frunció el ceño.

—Buena pregunta. Quizá debería dejarlo –contestó–. Me siento tan rara... Me gusta mi trabajo, me gusta Los Lobos y me gusta la vida que llevo.

—Pero... –volvió a decir.

—Pero hay algo que no funciona.

—¿Es por tu madre? ¿Porque se va a casar?

—Ni mucho menos. Ha estado sola durante veinticuatro años. Es hora de que se divierta un poco. Y, además, Neil es un gran tipo.

—Solo era una pregunta. Las bodas afectan a la gente de forma extraña.

—No en mi caso. Mi madre es una mujer madura que sabe lo que hace.

—He recibido una invitación para la fiesta de compromiso –le informó.

Sienna sonrió.

—¿Y vas a ir?

—Sí, puede que sea divertido –contestó–. ¿Tú que vas a hacer? ¿Iras con David?

—En efecto.

Sienna estuvo a punto de preguntar si iba a ir solo o en compañía de una mujer, pero se contuvo porque se dio cuenta de que no quería saber la respuesta. Pero le pareció bastante injusto por su parte. Quería que Jimmy fuera feliz.

—¿Por qué sigues solo?

—Dios mío, Sienna... ¿Quieres que salga con otras mujeres? Qué disgusto me has dado –dijo, llevándose una mano al pecho.

Ella rompió a reír.

–No finjas que te rompí el corazón. Lo primero que hiciste cuando nos separamos fue enrollarte con mi peor enemiga.

–¿Te refieres a la rubia Erika?

–Por supuesto.

–Pero si es maravillosa...

–Es una arpía. Y, si no recuerdo mal, te abandonó.

–Eso es cierto –dijo con una sonrisa–. Sospecho que solo se enrolló conmigo para demostrarse que me podía seducir.

–Si fuera una arrogante, diría que se enrolló contigo para vengarse de mí. Siempre pensó que le robé el novio.

–Eres una arrogante. Y le robaste el novio –dijo con humor–. Pero será mejor que te prepares. Falta poco para las seis, y creo recordar que tienes una cita.

–¿Cómo? Oh, vaya... gracias por recordármelo.

Sienna salió al pasillo y entró en el dormitorio principal. No era muy grande, pero tenía una cama de matrimonio y el tocador que había estado en todos sus dormitorios desde que a su madre le dio por comprarles muebles nuevos. Era demasiado recargado para su gusto, pero le recordaba su infancia.

Pasó al cuarto de baño, se lavó la cara y se maquilló un poco. David la iba a llevar a un restaurante de comida mexicana, así que no tenía que estar elegante. Luego, se puso un top blanco y una falda vaquera, los combinó con unos zapatos negros y completó su indumentaria con unos pendientes y varios brazaletes.

Por fin, se ahuecó su corto pelo negro y volvió a la cocina tras alcanzar una cazadora de piel, a sabiendas de que refrescaría más tarde.

Jimmy lo había recogido todo, y estaba cerrando su caja de herramientas.

–No estás mal cuando te vistes para salir –dijo–. Yo te prefiero más informal, pero no estás mal.

Ella rio.

–Gracias. Eres muy amable.

–De nada. Me limito a constatar un hecho –afirmó–. David no tiene ninguna oportunidad contigo. Pero, por otra parte, ninguno de nosotros la ha tenido nunca.

A ella le pareció un comentario halagador, aunque falso.

Después de salir con Jimmy, había estado con un hombre que se llamaba Hugh. Se habían conocido durante el último año de su carrera, cuando él fue a Santa Bárbara a hacer unas prácticas en un banco. Su familia estaba en el negocio bancario, y querían que adquiriera experiencia antes de darle un puesto en Chicago, sede de su pequeño imperio.

Hugh era divertido y encantador. Se enamoraron casi de inmediato, y la cosa iba tan en serio que él le pidió matrimonio a la primavera siguiente, después de haber pasado las vacaciones de Navidad con su familia, en Vail.

Al terminar la carrera, Sienna empezó a trabajar para una ONG de Santa Bárbara mientras organizaba la boda. Tenían intención de quedarse allí tres o cuatro años y mudarse después a Chicago, pero todo cambió cuando el padre de Hugh sufrió un infarto y él tuvo que hacerse cargo del negocio de la familia. Sienna dejó el trabajo y se reunió con él al cabo de unas semanas.

Más tarde, Sienna le dijo a todo el mundo que se habían separado porque no estaba tan enamorada como creía. Pero la verdad era muy diferente. Se separaron porque la familia de Hugh no la quería, porque no encajaba en el estilo de vida de su prometido y porque no era suficientemente refinada para su gusto. De hecho, Hugh se lo hizo ver de forma bastante explícita.

—Eres preciosa, y eso está bien. Pero no tienes la cultura necesaria para vivir en mi mundo —le dijo—. Con el tiempo, si mejoras tu educación, podrías llegar a ser la mujer que necesito. Aunque no te prometo nada.

Sienna se quedó atónita, preguntándose si le estaba dando otra oportunidad o poniendo fin a su relación. Y salió de dudas cuando él le pidió que le devolviera el anillo de compromiso que había puesto en su dedo tres meses antes.

Ella se lo devolvió, regresó a Los Lobos y dijo que Hugh no era el hombre de sus sueños. Nadie supo nunca la verdad: que no era suficientemente buena para él.

Aún lo estaba pensando cuando llamaron al timbre.

—Será tu príncipe azul —dijo Jimmy.

—Pórtate bien. Lo digo en serio.

—¿Me darás unos azotes si no te hago caso?

—Basta...

Sienna abrió la puerta y saludó a David, que le dio un beso.

—Hola, David. ¿Qué tal va todo? —preguntó Jimmy.

—Hola, Jimmy. ¿Qué haces aquí?

Jimmy le enseñó la caja de herramientas y dijo:

—He venido a cambiar el triturador de basuras. Pero no me esperéis. Cerraré cuando salga.

Ella sacudió la cabeza.

—De eso, nada. Lárgate de una vez.

Jimmy sonrió y se fue.

—¿El triturador de basuras? —preguntó David mientras cerraba la puerta.

—Sí. ¿Quieres comprobarlo? Por Dios, no me digas que tienes celos de Jimmy... Nos conocemos desde la infancia y, por si eso fuera poco, es mi casero. Además, no me dedico a acostarme con otros cuando tengo una relación. Si no confías en mí, lo nuestro no irá muy lejos.

Durante unos segundos, Sienna deseó que David se enfadara, provocara una discusión y rompiera con ella. Pero ¿era lo que quería? No estaba segura.

—Tienes toda la razón —dijo él, llevando las manos a su cintura—. Lo siento. Es que Jimmy me saca de quicio. Pero es mi problema, no el tuyo. Y por supuesto que confío en ti. Me siento afortunado de estar contigo.

—Gracias.

Él la volvió a besar, y ella no sintió nada.

—Bueno, ¿nos vamos a cenar? —preguntó Sienna, intentando impedir que la besara otra vez.

—Por supuesto —respondió David, sonriendo—. Venga, hay un par de margaritas que nos están esperando a un par de manzanas.

—Excelente.

La idea de tomar margaritas le pareció bien, y tampoco le desagradó la de pasar la noche con David. A fin de cuentas, era un buen tipo. Nunca había dicho que no fuera suficientemente buena para él. De hecho, la consideraba una bendición. Y Sienna prefería ser una bendición a ser una carga.

Rachel estuvo enfadada toda la tarde. Heather no se había presentado en el partido de béisbol, y ni siquiera se había tomado la molestia de avisar; un detalle que tenía importancia porque se había comprometido a llevar las bebidas.

En consecuencia, Rachel se vio obligada a volver al coche, dirigirse a la tienda más cercana y comprar agua y zumos para veinte chicos. Cuando regresó, el aparcamiento estaba lleno, así que tuvo que dejar el vehículo a varias manzanas y hacer dos viajes para llevarlo todo. Como resultado, llegó tarde y con dolor de espalda.

Por fin, se sentó en el banquillo del equipo de su hijo y se dedicó a dar bebidas a los chicos que se lo pedían. Hasta se ocupó de curar a Ryan Owens cuando apareció con un rasguño en el brazo.

—¿Ha visto? —dijo el chaval, encantado—. ¡Acabo de hacer una carrera!

—Claro que lo he visto. Has estado fantástico —contestó mientras le ponía una venda—. Ya está. Creo que aguantará hasta el final del partido, pero dile a tu madre que le eche un vistazo cuando llegues a casa.

Ryan asintió y se sentó con sus compañeros, que lo felicitaron por la carrera. Rachel cambió de posición, deseando llegar a casa para ponerse algo que le aliviara el dolor de espalda. Pero, afortunadamente, llevaba ibuprofenos en el bolso.

Dos horas después, el equipo de Josh se alzó con la victoria. Los chicos estaban encantados. Y Lena, que se encontraba entre el público, se acercó a Rachel.

—Vamos a llevar a Kyle a tomar una pizza —dijo—. ¿Por qué no os venís?

—Me encantaría, pero me duele mucho la espalda.

Lena frunció el ceño.

—Vaya, lo siento. Si quieres, nos podemos llevar a Josh. Así tendrás tiempo de relajarte un poco y descansar.

—Te lo agradecería mucho. Si no es una molestia, claro.

—En absoluto. ¿Te ayudamos con los equipamientos y las bebidas?

—No, no hace falta.

Su amiga se despidió y, quince minutos después, no quedaba casi nadie en el campo. Pero ella tenía que hacerse cargo de tres bolsas de basura, cinco bates y tres guantes de béisbol, entre otras cosas. Y todo, por culpa de Heather.

—No me digas que no se ha presentado –dijo Greg, que se le acercó.

—¿Heather? No. Ni siquiera ha llamado por teléfono. He tenido que ir a buscar las bebidas de los chicos.

Rachel sintió un pinchazo tan fuerte en la espalda que estuvo a punto de gemir.

—¿Te encuentras bien? –preguntó él.

—Sí, no te preocupes.

Greg frunció el ceño.

—¿Dónde has dejado el coche? No está en el aparcamiento.

—Porque, cuando volví de comprar las bebidas, ya no quedaba sitio.

—Anda, dame las llaves… Lo traeré y te ayudaré a cargarlo todo. No estás en condiciones de andar.

Rachel no supo por qué, pero su oferta le molestó. O quizá le molestara que Greg la conociera tan bien.

—No es necesario. Estoy bien –insistió.

—No, no lo estás. Deja que te ayude.

—Puedo hacerlo sola. Además, solo tengo que tirar la basura y llevarme los bates y los guantes. Si los dejo aquí, alguien se los podría llevar.

—¿Y qué hacen aquí? Se supone que uno de los padres se lleva esas cosas.

—Sí, pero se le habrá olvidado.

—¿Sabes quién es?

—No recuerdo su nombre, pero tengo la lista en casa.

—¿Y qué vas a hacer? ¿Llamarlo por teléfono?

—No. Ese no es mi trabajo.

—Y tampoco vas a decir nada a Heather, ¿verdad?

—¿Para qué? No se lo toma en serio. Sabe que me siento responsable y se aprovecha de mí –respondió–. No puedo decir que me sorprenda.

Greg la miró fijamente.

—Vamos, dame las llaves...
—No. Estoy bien —repitió.
—Mientes.

Un momento después, Greg hizo algo que la sorprendió: le quitó el bolso y rebuscó en él hasta encontrar las llaves del vehículo.

—¡Eh! ¡No puedes hacer eso!
—Pues ya lo he hecho.

Greg se fue en busca del coche, y ella se dedicó a recoger todas las cosas. Pero cada movimiento que hacía era una tortura. El dolor de espalda se le había pasado a la pierna derecha, y casi no podía caminar.

Su ex regresó al cabo de unos minutos.

—¿No podías esperar a que volviera? —dijo, sacudiendo la cabeza—. Mira que eres obstinada. ¿Siempre tienes que hacerte la mártir? Te comportas como si todo el mundo fuera execrable y tú tuvieras que...

—No creo que la gente sea execrable —lo interrumpió—. Pero hay personas muy poco serias. Como Heather.

—Y, sin embargo, no le vas a decir nada —repitió Greg—. Dejarás que se salga con la suya. Le pondrás mala cara la próxima vez que os veáis y, como ella no se acordará de lo que ha pasado, no sabrá por qué. Pensará que eres una bruja, y tú estarás encantada porque tendrás la razón de tu lado. Y luego, cuando algún padre vuelva a pedir voluntarios para hacer todo el trabajo, te volverás a apuntar.

—¿Insinúas que soy una estúpida por asumir las responsabilidades de Heather?

—No, digo que deberías llamar a esa mujer y decirle que no vas a tolerar esa actitud —contestó.

—No es mi estilo.

—No, por supuesto que no. Nunca lo ha sido. Tú eres la reina de un estilo muy diferente, el pasivo agresivo.

—¿Cómo?

Greg la miró a los ojos.

—Lo he sabido desde el principio, pero tardé bastante en darme cuenta de lo que significaba. No era consciente de su importancia.

Rachel se volvió a sentar en el banquillo.

—¿Qué tonterías estás diciendo?

—No son tonterías. Es la verdad —Greg se sentó en el mismo sitio, aunque a cierta distancia de ella—. Lo he estado pensando mucho. Pensando en nosotros y en lo que salió mal.

—Te acostaste con otra, Greg.

—Sí, pero ese no fue el verdadero motivo. Estuviste enfadada conmigo durante muchos años. Creías que me comportaba como un adolescente, y que tú eras la parte adulta de nuestra relación —declaró—. Supongo que no estaba preparado ni para ser marido ni para ser padre, aunque lo intenté.

—Dejándome todo el trabajo —puntualizó ella.

—Es cierto, dejé todo en tus manos. No te daba lo que necesitabas y, por supuesto, tú no te dignaste a decírmelo. Eso es lo que asombra. ¿Por qué no me lo dijiste? ¿Porqué no me lo pediste?

Greg guardó silencio, esperando una respuesta. Pero Rachel no la tenía: estaba más cómoda cuando hablaban de los defectos de él que cuando hablaban de los suyos.

—¿Será por lo de la muerte de tu padre?

—¿Cómo? —dijo ella, sorprendida—. ¿Qué tiene que ver mi padre?

—Sé que fue difícil para ti. Lo echabas mucho de menos, y tu madre te cargó con una responsabilidad para la que no estabas preparada —respondió—. Y, a diferencia de ahora, no podías pedir ayuda a nadie.

Rachel se sintió tan atrapada que deseó huir. Pero no pudo, porque Greg no le había devuelto las llaves del coche.

—No quiero hablar de él.

—Tenías que hacerlo todo –prosiguió Greg, sin hacerle caso–. Y, ¿sabes lo que creo? Que te acostumbraste a tener el control y a ser la persona que soluciona los problemas. Lo de hoy es un ejemplo perfecto. Podrías haber hablado con una docena de personas que habrían ido encantadas a buscar las bebidas. Pero no. Tenías que hacerlo tú, por tu cuenta, aunque te doliera la espalda.

Los ojos de Rachel se humedecieron. Se sentía humillada, pero no quiso darle la satisfacción de verla llorando.

—Con nosotros pasó lo mismo. En lugar de recriminar mi actitud y pedir que la cambiara, te regodeaste en mi mal comportamiento porque te permitía interpretar el papel de esposa leal y acostumbrada a sufrir. Un papel que solo quieres interpretar si tienes razón. Y la tenías, desde luego. Pero lo disfrutaste.

—Te equivocas –acertó a decir Rachel–. Te equivocas por completo.

—No. Me ha costado mucho, pero al final he encajado las piezas –dijo Greg–. Sé que hice mal al acostarme con otra. Lo supe en ese mismo momento, y me arrepiento todos los días. Comprendo que quisieras poner fin a nuestra relación. Tenías derecho a devolverme el golpe. Pero esa no es toda la historia.

Greg se inclinó sobre ella y añadió:

—¿Por qué te cuesta tanto pedir ayuda? ¿Necesitas hacer las cosas sola? ¿O crees que nadie las puede hacer mejor que tú? Yo diría que la clave está ahí, en la respuesta a esas preguntas.

—¿Por qué me estás haciendo esto, Greg? ¿Por qué me tratas así?

—Te aseguro que no intento hacerte daño. Lo digo porque creo que lo nuestro está lejos de haber terminado...

No he sido capaz de seguir adelante con mi vida, y creo que tú tampoco. Estamos en una especie de limbo. Y no dejo de pensar que, si consigo entenderte, sabré lo que tengo que hacer.

Rachel guardó silencio.

—En fin, gracias por haber hablado conmigo —continuó, levantándose del banquillo—. No te volveré a preguntar si necesitas ayuda porque sé lo que vas a decir. Pero te ayudaré de todas formas, mientras tú te quedas sentada. Llevaré las cosas al coche, te seguiré hasta tu casa y las meteré dentro. Descansa, que yo me ocuparé de lo demás.

Rachel se sintió como si la hubiera abofeteado. Greg no podía haber sido más cruel. La había puesto en la peor de las situaciones posibles: en la de creer en él, confiar en él y dejarlo todo a su cargo.

Desgraciadamente, Rachel ya había probado esa estrategia con Greg, con su madre y con sus propias amigas. Y sabía cómo terminaba: con ella en la estacada. Siempre había sido así.

Greg la miró y sacudió la cabeza.

—Sé lo que estás pensando, Rachel. No confías en mí. Pero ahora sé lo que te pasa, y creo que lo puedo arreglar... o, por lo menos, lo puedo intentar —dijo—. Concédeme el beneficio de la duda, por favor. Todo saldrá bien.

Ella no dijo nada. ¿Qué iba a decir? Le había creído muchas veces, empezando por el día que le declaró su amor. Y siempre traicionaba su confianza.

Capítulo 7

Courtney empujó el carrito hacia la última habitación de su lista. Las podía limpiar por el orden que quisiera, salvo que algún cliente pidiera una hora concreta, y, como podía elegir, había dejado la casa de Quinn para el final.

Faltaba poco para la una de la tarde. Estaba cansada pero contenta. Se había acostado a las tres de la madrugada porque tenía que terminar su proyecto y enviárselo a su tutor, pero ya lo había terminado, lo cual significaba que tenía todo el verano para sí misma.

La idea de no estudiar le parecía extraña. Se había acostumbrado a ello y, aunque aún le faltaran unas cuantas clases para acabar la carrera, no las podía dar hasta septiembre. Sin embargo, tampoco le preocupaba la perspectiva de tener demasiado tiempo libre. Su madre se casaba el veinte de agosto y, como Joyce había dejado la organización de la boda en sus manos, iba a estar ocupada.

Courtney agradecía que su jefa confiara en ella hasta ese extremo. Era un encargo de lo más conveniente, porque quedaría bien en su currículum. Pero sospechaba que la decisión de Joyce tenía un motivo oculto: poner fin a la brecha que separaba a madre e hija.

A fin de cuentas, no se podía decir que tuvieran una buena relación. Cuando su padre murió, Maggie se concentró en unir a la familia y mejorar sus finanzas, aunque terminaran perdiendo la casa. Courtney la respetaba por ello. Sabía que había sacrificado mucho por sus hijas. Pero era la más pequeña de las Watson, y se había sentido tan ninguneada y olvidada durante tantos años que, al final, el rencor había anidado en su corazón.

Por esas y otras razones, su madre y ella nunca habían estado demasiado unidas. Y, a decir verdad, no le parecía un problema. Solo se lo parecía a Joyce, quien se había empeñado en que tendiera puentes.

Pero no los iba a tender en mitad de su jornada laboral.

Segundos más tarde, detuvo el carrito delante de la entrada y llamó a la puerta.

—¡Servicio de habitaciones! —exclamó.

Courtney no sabía si Quinn estaba en casa, aunque lo habría sabido si hubiera echado un vistazo al aparcamiento. Y no porque tuviera la costumbre de mirar los vehículos de los clientes, sino porque el coche de Quinn era el único Bentley de la zona.

Ya estaba a punto de llamar otra vez cuando Quinn abrió la puerta, tan alto y sexy como de costumbre. Llevaba unos vaqueros y, para sorpresa absoluta de Courtney, una camiseta de Taylor Swift.

—Dios mío. No sabía que fueras fan de la Swift —dijo ella—. Eso cambia las cosas.

—La llevo en plan irónico, por reírme —se defendió él.

—No te creo —replicó ella—. Te imagino bailando *Shake It Off* y me duelen los ojos. Qué horror. Qué absoluto horror.

Quinn soltó una carcajada ronca y suave que hizo maravillas en la libido de Courtney. De hecho, se tuvo que recordar que estaba trabajando.

—He venido a limpiar –anunció–. Apártate.

Quinn no se movió de la puerta.

—¿Siempre tratas tan mal a los clientes?

—No, pero tu caso es distinto.

—No lo dudo.

—Lo digo porque Joyce y yo somos como de la familia. Y, como tú eres su nieto, eso te convierte en...

—¿Una especie de tío?

—No, no. Más bien, en una especie de primo.

—No sé si me gusta la idea de ser un primo.

—En cualquier caso, tengo que limpiar.

—Ya lo sé –dijo él sin apartarse.

—¿Por qué me complicas las cosas? Mi trabajo consiste en limpiar las habitaciones. Y no quieres sabotear mi trabajo, ¿verdad?

Quinn la observó con detenimiento.

—Será tu trabajo, pero no es tu vocación.

—Por supuesto que no. Tengo un plan.

—Sacarte la carrera.

—Exacto. Y, para pagar la carrera, tengo que trabajar.

—Ya, pero ¿por qué elegiste limpiar habitaciones?

—¿En lugar de ser otra cosa, como conductor de trenes o algo así?

—Sí, algo así.

—Porque me gusta trabajar con Joyce. Es un empleo físicamente exigente, pero no tengo que hablar con la gente y puedo pensar en mis cosas o escuchar las conferencias que me descargo de Internet –dijo, dando un golpecito en el bolsillo donde llevaba el móvil–. Además, el sueldo y las propinas están bien. Y, por si eso fuera poco, molesto a mi madre... Sé que no es una razón muy admirable, pero lo es.

—Me gusta tu sinceridad.

—Bueno, no se puede decir que mi memoria sea buena,

así que la sustituyo por la sinceridad. Me mantiene en el buen camino.

—¿La sinceridad? ¿No te guías por un código ético?

—Por supuesto. Pero todo el mundo dice que tiene uno y, sin embargo, lo incumple.

Él sonrió.

—No esperaba que fueras así.

Courtney se lo tomó como un cumplido, como si la hubiera dicho que la encontraba sexy. Y, aunque no fuera así, tenía derecho a soñar. Quinn era un hombre muy interesante, un hombre con un Bentley y camisetas de Taylor Swift. Salía en la prensa, pero adoraba a los perros de Joyce. Y no toda la gente que salía en la prensa adoraba a los perros.

—Vaya, eres realmente bueno. Me has confundido por completo en solo cinco minutos —replicó—. Pero ¿me vas a dejar que limpie? ¿O no?

—No.

—¿Y se puede saber por qué? Supongo que tienes a alguien que te limpia la casa de Los Ángeles. ¿Por qué no quieres que te la limpie yo?

—Porque es distinto.

Justo entonces, Courtney oyó un ruido en el camino. Era uno de los chicos del servicio de cocina, que llevaba una bandeja.

—Hola, Courtney...

—Hola, Dan.

Quinn se apartó para dejar pasar a Dan, y ella preguntó:

—¿Has pedido comida?

—Sí. ¿Quieres comer conmigo? —dijo Quinn—. He pedido una hamburguesa con batata frita.

—¿Cómo me podría resistir a una oferta como esa? —ironizó.

—No puedes.

Courtney dejó el carrito a la izquierda de la puerta y entró en la casa. Todos los chalets del complejo eran iguales; tenían un salón comedor a un lado y un dormitorio con cuarto de baño al otro, además de un patio privado con un par de sillas y una mesa. Pero la casa del jardinero, donde se alojaba Quinn, era diferente: en su caso, el patio daba a la laguna de los botes a pedales.

Dan dejó la comida en la mesa y se fue. Courtney entró en el cuarto de baño, se lavó las manos y salió rápidamente. Para entonces, Quinn había cortado la hamburguesa en dos y dividido los pedazos de batata.

–¿Qué quieres beber?

–Agua –contestó ella–. Si te parece bien.

–Por supuesto.

Él le sirvió un vaso de agua, sacó una cerveza del frigorífico y se sentó frente a ella.

Courtney se sintió fuera de lugar durante unos momentos. Era la primera vez que un cliente la invitaba a comer, aunque no se podía afirmar que Quinn fuera exactamente un cliente.

–Joyce me ha dicho que vives en el hotel.

–Sí, en una habitación del cuarto piso. Tiene mucho ruido y un árbol que tapa las vistas, así que nadie la quiere –explicó–. No me siento culpable cuando el hotel está lleno.

–¿Y por qué te ibas a sentir culpable? La habitación es parte de tu sueldo.

–Sí, ya lo sé, pero mi mente no funciona así.

Courtney probó su parte de la hamburguesa. Quinn había pedido la California especial con aguacate, panceta y jalapeños. Y estaba deliciosa.

–Yo también he vivido aquí –dijo él.

–Lo sé. Con Joyce –dijo ella–. Me lo contó una vez... pero, si no es indiscreción, ¿qué pasó con tus padres?

—No es indiscreción. Puedes preguntarme lo que quieras.

Ella asintió sin dar demasiada importancia a la afirmación de Quinn.

—Entonces, repito la pregunta. ¿Dónde estaban tus padres?

Quinn se encogió de hombros.

—Mi madre se quedó embarazada cuando era muy joven, y mi padre se marchó, así que no lo llegué a conocer. Para empeorar las cosas, ella me solía dejar en el hotel porque no quería estar todo el tiempo con un niño. Joyce era genial, pero yo no lo llevaba bien y me rebelé. A los catorce años me pillaron robando en una tienda. Mi madre dijo al juez que no me podía controlar y le pidió que me encerraran.

—¿Le pidió eso? —preguntó, atónita.

—Sí. Pasé un mes en un reformatorio y, cuando salí, descubrí que ella se había marchado. Se fue sin decir a nadie adónde iba.

—Qué horror. Debió de ser terrible para ti.

Él se volvió a encoger de hombros.

—Bueno, no se puede decir que me sorprendiera. Me culpaba de todo lo malo que le había pasado —afirmó—. Joyce se mudó a uno de los chalets del hotel y me llevó con ella. Fue duro durante una temporada, pero salió bien.

Quinn lo dijo sin emoción alguna, como si estuviera hablando de un problema mecánico con el coche. Sin embargo, ella supo que le dolía profundamente. Nadie pasaba por algo así sin sufrir las consecuencias.

—Sabes que Joyce te adora. Y seguro que lo sabías entonces.

—Por supuesto —contestó con una sonrisa—. Pero ella se siente culpable por su hija. Dice que estaba tan ocupada con el hotel que no le prestó la atención debida.

—Mi madre hizo algo parecido con nosotras. Combinar el trabajo y la crianza de tus hijas puede ser muy complicado; sobre todo, si estás sola.

−¿Pero?

−Yo no he puesto ningún *pero*.

−No, pero se sobreentiende en tu frase. Crees que lo podría haber hecho mejor, ¿verdad?

Courtney se inclinó hacia delante y apoyó los codos en la mesa.

−Lo sé, lo sé... debería haber superado todo eso. Pero ¿cómo lo voy a superar? Repetí curso dos veces, y ella ni se dio cuenta. ¿Tienes idea de lo doloroso que fue? Las chicas se burlaban de mí constantemente. Y luego me volví tan alta que me criticaban más.

−A mí me gusta que seas alta.

Ella sonrió.

−¿En serio?

−Las mujeres altas soy muy sexy.

Courtney se preguntó si sería cierto que se sentía atraído por ella. Le resultaba difícil de creer, teniendo en cuenta que iba muy mal vestida, pero se aferró a esa esperanza.

−Joyce suele decir que fui su redención −prosiguió él−. Para mí, fue como volver a nacer.

−Yo me apuntaría también a lo de la redención. Suena más interesante −comentó ella−. Implica un grado muy alto de responsabilidad, pero supongo que merece la pena.

−Eres una idealista.

−Sí, es verdad. Y tú, un descreído.

−Eso no lo puedes saber.

−Pero lo adivino.

−¿Porque soy más viejo y más sabio?

−Y porque has visto mundo.

Quinn soltó una carcajada.

−Mientras tú estabas atrapada en Los Lobos, claro. Pero hay vida en todas partes.

—Pues la de aquí no es una fiesta.

—Ni la de ningún sitio –puntualizó él–. No creas lo que dice la prensa. Miente.

Courtney tuvo la sensación de que se estaba refiriendo a algo importante, algo que no le había dicho, pero no supo de qué se trataba.

—¿Cuántos años tenías cuando tu padre murió? –preguntó Quinn.

—Tres. Era tan pequeña que no me acuerdo de él. De hecho, no me acuerdo de casi nada –contestó–. Debió de ser una época terrible, especialmente para mi madre. Trabajaba de secretaria en el despacho de mi padre, pero no sabía gran cosa de contabilidad. Cuando él murió, la mayoría de los clientes se marcharon. Y al final, perdió la casa.

—¿Y qué hicisteis?

—Joyce se apiadó de nosotras. ¿No te parece curioso? Primero, se hizo cargo de ti y después, cuando tú te fuiste a la universidad, de nosotras.

—Dudo que los dos hechos estén relacionados.

—Puede que no. En cualquier caso, nos fuimos a vivir a uno de los chalets. Mi madre, que estudiaba contabilidad de noche, se esforzó tanto que logró reflotar la empresa de mi difunto padre. Con el tiempo, se sacó el título, compró una casa y mandó a Sienna a la universidad.

—Debes de estar muy orgullosa...

—Lo estoy –dijo sin emoción.

—¿Pero?

—Pero nada. Me siento orgullosa de mi madre. Pasó por una fase difícil y salió con bien de ella. Sus tres hijas son miembros productivos de la sociedad.

—¿Pero? –repitió.

—Adoro a mi madre.

—Nadie está diciendo lo contrario.

Courtney pensó que tenía una voz muy bonita; baja,

agradable y seductora. Tan seductora que se sintió obligada a decirle la verdad.

—Sigo enfadada con ella.

—¿Por no haberte prestado suficiente atención?

—Por eso y por otras cosas. Yo tenía una deficiencia de aprendizaje, que me diagnosticaron a los diez años. No era nada terrible; solo una pequeña complicación que se curó con la terapia adecuada —dijo—. A partir de entonces, me esforcé y recuperé el tiempo perdido. Sacaba notables y sobresalientes constantemente, pero mi madre seguía tan ajena a mí como de costumbre. Nunca tenía tiempo para hablar conmigo.

Él asintió en silencio, y ella añadió:

—No hace falta que lo digas. En lugar de superarlo, me comporto como si aún fuera una niña.

—¿Por qué te tratas tan mal? No te comportas como una niña. Pasaste por una situación muy difícil. Es lógico que estés dolida.

—Vaya, también eres comprensivo...

Quinn echó la cabeza hacia atrás y volvió a reír.

—Trabajo con artistas, así que estoy acostumbrado a ser comprensivo —declaró—. Pero gracias por el halago.

—De nada.

—Tu madre sabe que estás enfadada con ella, ¿no?

—¿Por qué crees que lo sabe?

—Porque no eres de las que sufren en silencio. No es tu estilo —respondió—. Y tampoco eres miedica. Mucha gente tiene miedo de mí, pero es obvio que yo no te asusto.

—Puede que oculte mi miedo tras el humor.

—No. Usas el humor para tapar muchas cosas, pero no el miedo —dijo—. Sea como sea, ¿qué hiciste para hacer ver a tu madre que estabas enfadada?

—Dejar el instituto a los dieciocho años. Y, como ya era mayor de edad, ella no lo pudo impedir.

–Ah, sí, recuerdo que me lo dijiste. Te fuiste a trabajar al Happy Burger, y renunciaste a una carrera prometedora para marcharte a otro sitio.

–Surgió la oportunidad de hacer algo más, así que lo hice.

–¿Y eso es todo? Me refiero a lo de tu madre, claro.

–No, no es todo. La dejé de hablar durante un año. De hecho, también retiré la palabra a Sienna –dijo, arrugando la nariz–. Nunca nos hemos llevado muy bien.

–¿Por qué?

–No lo sé. ¿La conoces? Es tan perfecta… físicamente perfecta, quiero decir. Y todo le salía bien. Sacaba sobresalientes sin esforzarse, y los chicos la adoraban. Todos querían estar con ella o casarse con ella. Sin embargo, nadie quería casarse conmigo.

–¿Es que querías casarte?

–No, pero esa no es la cuestión. Quería que alguno se interesara por mí, y nunca tuve tanta suerte.

–Oh, vamos, seguro que tuviste algún novio.

–Sí, pero más tarde. Cuando dejé el instituto, me fui de casa y me dediqué a vivir la vida –explicó–. Desgraciadamente, me encontré con un montón de cretinos. Entonces me parecían interesantes, pero no lo eran.

–Bueno, al menos te diste cuenta.

–Pero tardé demasiado.

–Algunas no se dan cuenta en toda su vida.

–No, supongo que no.

–¿Y qué pasó después?

–Mantuve el contacto con Rachel y, al final, me convenció de que hablara con mi madre y arregláramos las cosas, por así decirlo –dijo–. Ah… y también me hice un tatuaje. Me lo hice el día que cumplí los dieciocho, como símbolo de mi libertad recién conquistada.

–¿En serio?

—Sí. Lo tengo en la parte baja de la espalda.
—¿Y qué te tatuaste?
—Eso no te lo voy a decir. Y no insistas.
—Yo no he dicho nada.
—No, pero me ibas a presionar hasta salirte con la tuya. Sabes que eres más viejo que yo y que me puedes convencer con facilidad.
—¿Me estás llamando viejo? Qué halagador —ironizó.
—No, no pretendía decir eso. Solo quería decir que tienes más experiencia.
—¿En un sentido sexual? ¿Como una prostituta?
—No lo sé. ¿Mereces que te llamen prostituta?
—A veces —contestó, soltando una carcajada—. Pero háblame del otro tatuaje.

Ella se quedó momentáneamente boquiabierta.

—¿De qué estás hablando? —acertó a preguntar.
—Dices que te hiciste uno como símbolo de tu libertad. Y luego, cuando te fuiste a vivir sola, te arrepentiste de haber dejado el instituto y de haberte separado de tu familia, de donde deduzco que te hiciste otro.
—Vaya, eres muy bueno…
—Como ya he dicho, trabajo con artistas, unos tipos muy emocionales. A estas alturas, hay pocas cosas que me sorprendan.

Courtney pensó que un hombre tan perceptivo tenía que haberse dado cuenta de que le gustaba. Y, en tal caso, su falta de interés podía significar que no estaba interesado en ella, lo cual era altamente decepcionante.

—¿Dónde lo tienes? ¿Entre los hombros?

Ella suspiró.

—Odio ser un cliché —dijo.
—Solo será un cliché si tiene alas.

Courtney frunció el ceño.

—Eso no es justo.

—Lo siento —se disculpó él, aunque era evidente que no lo lamentaba—. Estoy seguro de que te quedará muy bien.

—¿Ahora intentas apaciguarme? —dijo ella, entrecerrando los ojos—. Si eres tan listo, dime qué me tatué en la espalda.

—Una mariposa o un dragón.

—Ni siquiera te has acercado —Courtney se levantó—. Te he ganado, Quinn.

Él rio.

—Sí, es cierto.

Quinn, que también se levantó, se acercó a ella. Y, como solo le sacaba un par de centímetros, Courtney casi no tuvo que inclinar la cabeza para mirarlo a los ojos.

—Será mejor que te mantengas alejado de mí. No soy un hombre recomendable.

Ella hizo lo posible por no ruborizarse, aunque no estuvo segura de haberlo conseguido.

—No saldría como tú crees —continuó Quinn.

—¿Acabaría en urgencias?

Quinn la miró un momento y rompió a reír, arrancándole una sonrisa a Courtney. Quizá no jugara en su misma división, pero había sobrevivido a su encuentro.

Él le acarició la cara y dijo:

—Siempre hay descargas de energía. El truco consiste en canalizarlas hacia algo que te sea útil. Todo está ahí, dentro de cada uno. Ten un poco de fe.

Ella quiso decir que no entendía lo que estaba diciendo. Quiso pedirle que se lo explicara. Quiso que cerrara la boca y la besara. Y, al final, optó por huir.

—¿Seguro que no necesitas más toallas? —preguntó.

—Lárgate de una vez.

—Está bien, ya me voy. Gracias por la comida.

—Ha sido un placer.

Capítulo 8

−Tres capas −dijo Rachel mientras daba el rímel a su madre−. Te van a hacer fotos, y tienes que estar deslumbrante.

−Bueno, mientras no parezca que tengo arañas en los párpados... No quiero parecer una vieja siniestra.

−Para parecer eso, tendrías que ser vieja. Y no lo eres.

Maggie Watson sonrió.

−Eres un encanto, Rachel.

Rachel miró a su madre, que se inclinó hacia el espejo y se empezó a aplicar el rímel. Maggie tenía cincuenta y cinco años, pero parecía diez años más joven porque hacía mucho ejercicio y vestía muy bien. Siempre había sido una mujer decidida, capaz de afrontar cualquier obstáculo, incluida la edad. Y su hija lo encontraba tan envidiable como deprimente.

Lo de ese día era un buen ejemplo. Maggie llevaba un vestido blanco, sin mangas, que enfatizaba la belleza de su perfecta figura. Sin embargo, ella había engordado cinco kilos, y su indumentaria no contribuía a disimularlo: los pantalones baratos que usaba para trabajar y una camisa verde que había visto tiempos mejores.

−¿Sigo? ¿O está bien así? −preguntó su madre.

–Ponte otra capa.

–Sabía que ibas a decir eso.

–Entonces, ¿por qué lo preguntas?

Maggie sonrió de nuevo y volvió a su labor.

Rachel ya la había maquillado, y ahora tenía que peinarla. Sienna y Courtney ya habían pasado por la peluquería, y se habían ido a comprobar los preparativos de la fiesta.

–Tendremos que organizarnos para la boda –dijo Rachel–. Solo tengo que maquillar y peinar a tres personas, pero necesito saber qué tipo de estilo queréis.

–¿Podríamos llevar el pelo como la princesa Leia? Sería divertido.

–Quizá, pero Sienna necesitaría extensiones.

–¿No vas a decir que estoy loca por proponer semejante idea?

–En absoluto. Prefiero no discutir con una novia.

–Tú lo has dicho, querida. Efectivamente, soy la novia. Y todo el mundo tiene que hacer lo que yo diga –replicó con humor–. ¿Me pongo más?

Rachel la miró.

–No, así estás bien. Siéntate y deja que te peine.

Estaban en el hotel Los Lobos, en una habitación que habían reconvertido para ese tipo de ocasiones. Tenía una pared cubierta de espejos, una encimera de camerino con muchos enchufes y buena iluminación y un vestidor de barras altas, diseñadas así para que los vestidos de novia no tocaran el suelo. Pero eso no era todo.

La bañera del servicio se había retirado para dar cabida a un lavabo doble, varios estantes y un armarito lleno de cosas útiles, desde vendas hasta laca, pasando por agujas e hilo. Y como Joyce era una mujer increíblemente detallista, había incluido botellitas de vodka y de whisky, como las que servían en los aviones.

Cada vez que alguien reservaba el hotel para organizar una boda, se le concedía aquella habitación. Era un espacio perfecto para preparativos y cambios de ropa, aunque también se usaba para otros fines. Rachel sabía que varias parejas habían decidido adelantar la noche de bodas y consumar sus matrimonios en aquel lugar.

Mientras peinaba a su madre, se puso a pensar en Greg. No había tenido noticias suyas desde el encuentro en el campo de béisbol, pero no dejaba de dar vueltas a su conversación. ¿Qué iba a decir cuando se vieran en la fiesta de compromiso? No tenía ni idea.

Durante unos instantes, coqueteó con la posibilidad de que la ninguneara y le ahorrara el mal trago de tener que hablar con él. Pero lo conocía bien, y sabía que no haría eso. Greg era todo un caballero. Siempre lo había sido.

Cuando terminó de peinar a Maggie, le dio un último retoque con las tenazas, le puso bien un par de mechas y la miró en el espejo.

–Estás preciosa. Neil es un hombre muy afortunado.

Al verla, Rachel pensó que se parecían mucho. Los mismos ojos de color avellana, los mismos labios y la misma mandíbula. De hecho, se parecían más cuanto más tiempo pasaba.

La única diferencia ostensible era su color de pelo. Rachel no hacía nada con él, así que lo tenía como siempre, rubio oscuro. En cambio, Maggie se daba mechas y se teñía como Sienna, aunque Sienna iba de rubio platino. En cuanto a Courtney, lo llevaba de su tono natural, color miel.

En cierto modo, no eran más que variaciones del mismo tema. Todas rubias y todas, altas. Eran todo un cliché californiano. Salvo por el hecho de que Maggie y ella tenían los ojos marrones y Courtney y Sienna, azules.

–Gracias –dijo su madre–. No me lo puedo creer.

—¿A qué te refieres? ¿A que haya hecho una obra de arte con tu pelo?

Maggie rio.

—No, me refiero a la boda. ¿Quién habría imaginado que me volvería a enamorar otra vez? Espero que tú tengas la misma suerte.

Su madre le puso una mano en el brazo, pero ella se apartó.

—No te preocupes por mí, mamá. Estoy bien.

—Lo sé, pero podrías estar mejor. ¿Cómo lo llevas con Greg?

—No eres precisamente sutil, ¿eh?

—Soy tu madre. No tengo por qué andarme con sutilezas —declaró—. Sé que Greg se portó mal contigo, pero también sé que lo siente.

—Sentirlo no cambia nada.

Maggie apretó los labios, y Rachel supo lo que estaba pensando: que Greg solo había cometido un error pasajero, y que le debía dar otra oportunidad. Pero ¿qué pasaría si se la daba y le volvía a hacer daño?

—¿Preparada para la fiesta? Neil estará deseando verte.

Su madre se levantó de la silla.

—Al menos, dime que eres feliz.

—Por supuesto que lo soy. Tengo a Josh y tengo a mi familia, sin mencionar que estoy a punto de tener un padrastro —Rachel se inclinó y abrazó a su madre—. ¿Sabes lo que le voy a pedir? Que me compre un pony.

Maggie soltó una carcajada.

—No bromees con eso. Neil es muy generoso, y es capaz de comprártelo.

Aún se estaban riendo cuando salieron de la habitación y se dirigieron al vestíbulo. Era finales de mayo, y hacía un día perfecto. Aún faltaba una hora para el principio de la fiesta, pero la pradera del oeste ya estaba llena de gente. Había flores por todas partes, y los empleados del hotel habían instalado los pabellones, las mesas, dos bares y una pista de baile.

Rachel vio a Sienna y le hizo un gesto. Su hermana caminó hacia ellas con su elegancia de costumbre. Llevaba un vestido de color negro que probablemente había comprado en The Helping Store, pero era tan esbelta y le quedaba tan bien que Rachel sintió envidia.

—Estás impresionante.

—Gracias –dijo Sienna, antes de mirar a Maggie–. Mamá, tienes un aspecto magnífico.

—Pues estoy muy nerviosa –dijo su madre–. ¿Has visto a Neil? No me irá a dar un plantón, ¿verdad?

—No te pueden dejar plantada en una fiesta de compromiso. Hoy no te vas a casar –le recordó Rachel.

—Está allí –intervino Sienna–, diciéndoles a los empleados lo maravillosa que eres.

Maggie sonrió.

—En ese caso, me iré con mi prometido. Hasta luego, chicas.

—Hasta luego...

Rachel se giró hacia Sienna y preguntó:

—¿Dónde está David?

—Quedamos en que nos encontraríamos aquí. Yo he venido antes por si necesitabais ayuda... Oh, Dios mío.

Rachel siguió la mirada de Sienna y vio que Courtney acababa de tropezar en un cable eléctrico y de tirar las naranjas, los limones y las limas que llevaba encima.

—Solo han pasado cinco minutos y ya está metiendo la pata –protestó Sienna–. ¿Se puede saber qué le pasa?

—Deja de meterte con ella.

—¿Por qué? Es un verdadero desastre. Admítelo. No terminó ni el instituto, y sigue siendo una simple criada de hotel.

Rachel, que hizo caso omiso del comentario de Sienna, se inclinó sobre Courtney para echarle una mano.

—No te preocupes por mí. He decidido adelantar mi tropezón habitual para que no se produzca en mitad de la fiesta —ironizó.

—No le des importancia. No ha pasado nada.

—No, aún no. Pero la noche es joven.

Tras recoger la fruta, Courtney se la llevó a uno de los bares, y Rachel la observó con atención. Su vestido no le hacía justicia. El azul marino estaba bien, pero la prenda era excesivamente recta y demasiado sosa. Además, había vuelto a cometer el error de recogerse el pelo en una coleta y, aunque en otras circunstancias podría haber quedado moderno, combinaba fatal con el vestido.

—Ven conmigo —dijo, tomándola de la mano—. Solo serán quince minutos.

—¿Cómo? No, no. Estoy bien.

—Estás penosa. Pero, si me acompañas, te convertiré en una princesa —le aseguró—. Por cierto, ¿siempre tienes que vestirte con cortinas?

—¿Qué quieres que haga? No soy guapa. Soy alta y desgarbada, así que intento disimularlo.

—Puede que fueras desgarbada a los catorce años, pero ya no lo eres. Venga, concédeme quince minutos. Además, no tienes elección.

—Está bien...

Courtney la siguió al hotel, donde Rachel empezó a abrir armarios. Tras sacar alfileres, cinta textil adhesiva y un pañuelo de color rosa fucsia, ordenó:

—Saca la plancha y la tabla de planchar. Queremos que esté caliente, pero sin vapor. Asegúrate de que esté vacía.

Momentos después, Rachel le pidió que se pusiera delante del espejo y, con ayuda de una aguja y un hilo de color azul marino, dobló las mangas largas del vestido y las acortó.

—¿De dónde lo has sacado? ¿De la tienda de segunda mano?

—Por supuesto.

—Excelente.

A continuación, Rachel estrechó la tela de la espalda, marcándola con alfileres.

—Ponte una bata. Necesito que te quites el vestido.

Courtney se lo quitó y se lo dio. Su hermana alcanzó la cinta textil y aseguró las mangas y las pliegues que había hecho por detrás. Solo quedaba esperar a que pegara bien y coserla para que no se despegara más tarde.

Courtney salió del cuarto de baño con un albornoz blanco, y Rachel la sentó en la silla.

—Suéltate la coleta.

—Esto no es necesario.

—No, pero quiero hacerlo. Mi hermanita es una mujer impresionante, y ya es hora de que el mundo lo sepa.

Rachel peinó su largo y fuerte cabello y, antes de que Courtney pudiera protestar, le combó la parte delantera y alcanzó unas tijeras.

—¿Se puede saber qué estás haciendo? No quiero que me dejes con flequillo.

—Pues ya he empezado. No hay vuelta atrás.

—Y yo que pensaba que Sienna era la única bruja de la familia... Me has engañado.

—Sí, lo sé. Pero estate quieta.

Rachel siguió cortando cuidadosamente y, cuando terminó, la empezó a maquillar. La piel blanca y los grandes ojos azules de Courtney no necesitaban énfasis alguno, así que se limitó a ponerle sombra de ojos, rímel y un poco de colorete, cambiándolo todo con carmín rojo.

Luego, se puso detrás de ella, le cepilló el cabello y le volvió a hacer la coleta, que cerró con una cinta.

—Las coletas se hacen así, no como tú te las haces.

—¿Y si a mí no me gusta?

—Pues te aguantas.

Rachel dio los últimos toques al vestido y le pidió que se lo pusiera. La prenda, que antes era demasiado recta, se ajustaba ahora a las curvas de Courtney. Solo faltaba convertir el pañuelo en un cinturón, cosa que hizo con facilidad.

—Bueno, ¿qué te parece?

Courtney se quedó perpleja al verse en el espejo. Ya no era una joven desgarbada, sino una mujer increíblemente bella.

—Como ves, solo he tardado quince minutos. Tú podrías hacer lo mismo si quisieras.

—Han sido veinte, pero no me has dejado mal.

—Te he dejado fantástica. Tienes un aspecto tan sexy que debería odiarte por ello. El hecho de que no te odie demuestra que soy una gran persona.

—Sí, supongo que sí —Courtney la abrazó—. Muchas gracias. Es una verdadera maravilla.

—Me alegra que te guste. Y ahora, camina con orgullo. Te lo has ganado.

Quinn no recordaba cuándo había sido la última vez que había asistido a una fiesta en calidad de simple invitado. Siempre eran fiestas en su honor o, como mínimo, en honor a su empresa. Y descubrió que ser uno más tenía sus ventajas: podía pasear tranquilamente y departir con la gente sin necesidad de estar en guardia.

Al cabo de un rato, pidió una copa de champán a un camarero y echó un trago. Joyce estaba hablando con unos amigos; Maggie y Neil estaban bailando y las tres hermanas Watson, charlando entre ellas.

Quinn las observó atentamente. Su lenguaje físico lo decía todo. Courtney se llevaba bien con Rachel, pero no con Sienna. Cada vez que la rubia platino abría la boca, Courtney se ponía en tensión.

No había duda de que la tensión de su joven amiga venía de lejos, de toda una vida de experiencias. Quinn había leído en alguna parte que todos los grupos tenían un punto débil, alguien menos valorado que los demás; y era obvio que, en el caso de las Watson, ese alguien era Courtney.

Por lo demás, resultaban tan parecidas como distintas a la vez. Rachel era la mayor y, como estaba gorda, lo intentaba ocultar con prendas demasiado sueltas; además, parecía cansada o resignada. En cuanto a Sienna, era la belleza de la familia, pero a Quinn nunca le habían interesado las guapas clásicas, y solo tuvo ojos para Courtney.

Aquella noche estaba diferente, más sexy y quizá no demasiado cómoda, pero tan interesante como de costumbre. Se pasaba las manos por el vestido como si no estuviera convencida de que le quedara bien, y Rachel intentaba impedirlo todo el tiempo, de donde Quinn dedujo que había tenido algo que ver en la transformación estética de su hermana.

Sin embargo, se estaba empezando a cansar de mirarlas, así que pidió un chupito de tequila en el bar y caminó hacia ellas.

Courtney sonrió al verlo.

—Os acordáis de Quinn, ¿no? Es el nieto de Joyce.

—Encantada de saludarte —dijo Rachel, que le estrechó la mano—. Pero ten cuidado con Sienna. Saca dinero a todo el mundo.

—Por una causa excelente —protestó Sienna—. Y, si me das un talón ahora mismo, te prometo que te dejaré en paz.

—No, hoy no estoy para dar dinero —dijo con firmeza, antes de dar a Courtney el chupito.

—Aún no hemos cenado. ¿No te parece un poco pronto para que me emborrache?

Él soltó una carcajada.

—Esto es puramente medicinal. Va a ser una noche larga.

Courtney se encogió de hombros y echó un trago.

—¿No le has puesto sal?

—Es que es difícil de llevar.

Quinn pensó que podría haberla llevado en la mano, para que Courtney se la lamiera. Pero, por muy excitante que fuera esa imagen, se recordó que no era una mujer adecuada para él. Era demasiado joven e impresionable, y no quería aprovecharse de ella; precisamente, porque le caía bien.

—Bonita fiesta —dijo—. Me gustan los cirios.

—Sí, bueno, son un poco extravagantes —replicó Courtney.

—Mi hermana también es responsable de la fuente de champán —intervino Rachel—. Fue idea suya.

—Y todo irá bien mientras no la toque —dijo Sienna—, porque la tiraría.

—Sienna... —dijo Rachel en tono de advertencia.

Courtney dio un paso atrás.

—¿Has probado los aperitivos? Los cocineros han hecho un gran trabajo. Están experimentando con sabores nuevos.

Rachel puso una mano en la espalda de Courtney antes de girarse hacia Sienna.

—Mira, David acaba de llegar. Deberías hablar con él.

Sienna se dio cuenta de que Rachel estaba intentando quitarla de en medio, y comentó:

—Sois demasiado sensibles, hermanitas.

Mientras Sienna se iba, Quinn pensó que todas las familias tenían sus problemas y que aquella no era una excepción.

—¿La idea del mantel con fotos ha sido tuya? —le preguntó a Courtney—. Me gusta mucho.

Courtney sonrió, agradecida.

—Sí, fue bastante fácil. Podrías hacerlo en tu empresa, con las portadas de los discos.

—Buena idea —comentó Rachel—. De hecho, es posible que yo haga lo mismo cuando acabe la liga de béisbol. Siempre damos una fiesta para el equipo, así que escribiré a los padres y les pediré que me envíen fotos de sus hijos... Pero será mejor que os deje. Quiero apuntarlo para que no se me olvide.

Rachel se marchó y los dejó a solas.

—¿Te encuentras bien? —preguntó Quinn.

—Sí, claro. Me acabo de tomar un tequila. No puedo encontrarme mal —bromeó.

—Por lo visto, hoy eres la estrella de la fiesta...

—No, solo soy una empleada del hotel. Sienna es la verdadera estrella. Siempre lo ha sido.

—Desde luego, no se puede negar que es muy bonita.

Courtney se mordió el labio inferior.

—Sí que lo es —dijo.

—Pero tú eres bastante más que bonita.

Ella arqueó una ceja.

—Oh, vamos, los dos sabemos que eso no es verdad.

—Te equivocas. Pero no te diré por qué hasta que no me hables del tatuaje que llevas en la espalda.

Courtney rio.

—No te lo diría ni por un millón de dólares. Es mi secreto, y te provocaré con él cada vez que pueda.

—Esa es mi chica –dijo Quinn, que la tomó de la mano–. Y ahora, ¿me puedes enseñar el mantel en cuestión? Lo he visto antes, pero quiero que me señales tus fotos de la infancia.

—Sienna es la más guapa de las tres. Deberías mirarla a ella.

—Ella no me interesa.

Courtney lo miró fijamente.

—¿Me estás diciendo que te intereso yo?

Quinn pensó que debía mentir. Habría sido lo más fácil, y hasta quizá lo correcto. Pero, como de costumbre, optó por complicarse la vida.

—Sí, exactamente.

—¿Y vas a hacer algo al respecto?

—Aún no lo he decidido.

—¿Y por qué tienes que decidirlo tú?

—Porque tú no lo harás.

Courtney asintió.

—Sí, eso es cierto. Pero ¿me informarás cuando tomes tu decisión?

—Naturalmente. Serás la primera en saberlo.

Capítulo 9

Sienna miró a sus hermanas en busca de ayuda, pero, desgraciadamente, no se dieron cuenta. Rachel y Courtney estaban al otro lado de la mesa, a la derecha de su madre y su prometido y, como ella estaba a la izquierda, no podía hablar con ellas.

–¿Estás bien? –preguntó David.

–Sí, por supuesto –contestó con una sonrisa–. ¿Habías dicho algo? Lo siento, es que estaba un poco distraída.

Él le dio un beso.

–Gracias por haberme traído. Es una fiesta maravillosa.

–Sí. Joyce ha hecho un gran trabajo.

La cena había estado muy bien, y la decoración era bastante bonita. De hecho, Sienna estaba sorprendida de que la idea del mantel de las fotos hubiera sido de Courtney. Le parecía demasiado buena para ser suya.

Al pensar en su hermana, se deprimió. Rachel siempre se ponía del lado de Courtney, lo cual tenía sentido cuando eran niñas. Pero ya no le parecía tan lógico.

–¿En qué estás pensando? –dijo David, subiéndose las gafas.

–En Courtney. Me preocupa un poco, la verdad. Tiene veintisiete años y sigue de criada de hotel. Sé que no podría ser ingeniera, pero podría hacer un esfuerzo por mejorar. Mi madre ha intentado que retome los estudios, y no quiere. Quizá tenga miedo.

David sonrió.

—Eres una mujer tan encantadora como sensible.

Sienna pensó que eso no era cierto; por lo menos, en lo tocante a Courtney. Su hermana pequeña la frustraba y la avergonzaba.

—Serías una madre excelente —continuó él.

—Espero que sí —dijo con otra sonrisa—. Casi todas las mujeres a las que ayudamos tienen niños, y suelen estar asustados. Se que parte de su miedo se debe a que no saben lo que va a pasar, y siempre quiero tomarlos entre mis brazos y decirles que todo va a salir bien. Pero no me creerían. Se asustarían más.

—Se nota que tu trabajo te gusta.

—Me encanta. Me gusta tanto como a ti el tuyo. Sé que puedo marcar la diferencia y hacer cosas útiles por los demás.

Sienna se preguntó si la pasión que sentía por su trabajo no estaría relacionada con la vergüenza que Courtney le producía. No se sentía precisamente orgullosa de eso, pero era verdad. En una ciudad tan pequeña como Los Lobos, ser hermana de Courtney había sido bastante difícil. Cuando eran niñas, muchas chicas le tomaban el pelo y la acusaban de ser tan tonta como ella. Rachel era mayor, así que no tuvo que pasar por eso. Pero en su caso fue distinto.

—Te comprendo perfectamente —dijo David—, aunque te confieso que estuve a punto de no aceptar mi empleo actual. No se puede decir que Los Lobos sea un lugar muy conocido.

—¿Y qué te parece ahora?

—Lo mejor que me ha pasado en toda mi vida —dijo, mirándola a los ojos—. Te amo, Sienna.

David se lo había dicho muchas veces, y ella había rehuido el asunto porque no sabía qué decir. Pero ahora, rodeada de su familia y consciente de que David solo veía lo bueno que había en ella, Sienna se inclinó hacia él y lo besó.

—Yo también te amo.

Él sonrió.

—Cuando acabe la fiesta, me aseguraré de que me lo digas mil veces.

Ella rio.

Los camareros empezaron a retirar los platos de la cena en ese momento. Maggie se levantó y alcanzó un micrófono.

—Esto no es técnicamente una boda, pero Neil y yo vamos a cortar la preciosa tarta que nos han preparado —dijo—. Y, cuando terminemos con los postres, nos pondremos a bailar. Pero antes, alguien me ha pedido que pongan una canción de Lionel Richie, *Hello*. No sé por qué, pero sospecho que es por algo bueno.

David se levantó con los primeros compases de la canción, para desconcierto de Sienna. ¿Qué pretendía? ¿Brindar por los novios? No parecía muy apropiado, teniendo en cuenta que solo era una fiesta. Y, por otra parte, tampoco tenía una relación estrecha con Maggie y Neil, a los que había conocido pocos meses antes.

Fuera como fuera, David tomó el micrófono y la miró. Justo entonces, un foco se centró en ellos. Y Sienna supo que iba a pasar algo malo.

—Sienna, eres una mujer maravillosa.

Ella tragó saliva. No podía ser. No era posible que quisiera pedirle el matrimonio.

—Gracias. Tú también eres maravilloso —acertó a decir–. Y me alegra que estés aquí, en la fiesta de compromiso de mi madre.

–A quien deseo toda la felicidad del mundo, deseo que hago extensible a Neil –replicó David–. Pero reconozco que me dan envidia, porque ellos saben que van a estar juntos para siempre. Y yo quiero lo mismo. Quiero vivir con la mujer más increíble de la Tierra.

El horror de Sienna se multiplicó por diez cuando David clavó una rodilla en el suelo, provocando un aplauso general. Una de las invitadas comentó que era un gesto de lo más romántico, y Sienna deseó darle una bofetada.

¿Por qué le estaba haciendo eso? De repente, se sentía como si estuviera en medio de una pesadilla real.

–Esto perteneció a mi abuela –David sacó un anillo del bolsillo y se lo ofreció–. Mi abuelo y ella estuvieron juntos sesenta años. Cuando le llamé y le dije lo que sentía por ti, me lo envió... Te amo, Sienna. Quiero pasar el resto de mi vida contigo. Cásate conmigo.

Sienna se quedó momentáneamente sin habla. No se quería casar con David. O, por lo menos, no estaba segura de querer casarse con él. Apenas se conocían. Todo había sido demasiado rápido, demasiado repentino.

Pero tenía que decir algo. Estaban en la fiesta de su madre, y no se la podía estropear mediante el procedimiento de convertirla en el día en que Sienna dio calabazas a su novio. Y, por si eso fuera poco, todo el mundo la estaba mirando, esperando una respuesta.

Por fin, se levantó e hizo un esfuerzo por sonreír.

–Oh, David –dijo–. Por supuesto que me casaré contigo.

–Ha sido precioso –dijo Maggie, sirviendo más champán.

Rachel le acercó su copa. Lena y su marido habían quedado en llevarla a casa, y estaba decidida a emborracharse. Era lo más oportuno, teniendo en cuenta lo que había pasado.

—¿Has visto la cara de horror de Sienna? —preguntó a su madre—. ¿En qué estaba pensando David?

Maggie se recostó en la silla y suspiró.

—Estuvo tan encantador cuando vino a pedirme esa canción que no me pude negar. Quizá tendría que haber sido más firme, pero cabe la posibilidad de que Sienna esté enamorada de él.

—¿Tú crees?

—No, aunque no sería la primera vez que me equivoco. Siempre pensé que Jimmy y ella eran la pareja perfecta; demasiado jóvenes para casarse, pero perfecta de todas formas —Maggie miró a Neil, que estaba bailando con Sienna—. Soy una mujer muy afortunada.

—Lo eres.

Maggie se giró hacia Rachel.

—¿Lo dices en serio? Tus hermanas no tienen muchos recuerdos de tu padre, pero tú eres la mayor y lo recuerdas bien. No quiero que pienses que...

Rachel sacudió la cabeza.

—Mamá, han pasado veinticuatro años, y ya es hora de que sigas con tu vida. Neil te quiere y tú lo quieres. Eso es lo que importa.

—Gracias —Maggie echó otro trago de champán—. David me ha preguntado si podrían celebrar su boda al mismo tiempo que la nuestra. Yo le he dicho que planeé esta boda cuando tenía catorce años, y que no pude tenerla cuando me casé con tu padre porque mi madre se negó. Por una vez, quiero hacer las cosas como a mí me gustan.

—Mamá, tus gustos han cambiado desde entonces. Deberías cambiar de plan.

–No –dijo con firmeza–. Quiero que todo sea de color rosa y que haya cisnes.

–¿Los cisnes también tienen que ser rosa?

Su madre la miró con alegría.

–Ah, ¿es posible? ¿Los puedes teñir?

–No, mamá. Tiño pelo, no plumas. Además, el resto de los cisnes se reirían de ellos.

–O les tendrían envidia –replicó–. Pero está bien, cambiaremos los cisnes por flamencos.

–Una solución muy creativa –dijo Rachel, que se levantó–. En fin, voy al cuarto de baño y a servirme otro pedazo de tarta. Vas a ser una novia preciosa, mamá.

–Gracias, cariño.

Rachel echó un vistazo a su alrededor mientras se dirigía al hotel. De momento, había dado el esquinazo a Greg, y se alegraba mucho, porque no sabía lo que iba a decir cuando se encontraran. ¿Darle las gracias por el bofetón emocional?

Entró en el cuarto de baño, se metió en el servicio del fondo y cerró la puerta. Se acababa de sentar cuando llegaron dos mujeres.

–Una fiesta interesante –dijo una de ellas–. Sienna está como si hubiera visto un fantasma, aunque no sé si es un fantasma bueno o uno malo. ¿Cuántas veces se ha comprometido ya? ¿Cuatro?

–Creo que esta es la tercera.

Rachel se quedó helada. Estuvo a punto de advertirles que no estaban solas, pero prefirió esperar a que se fueran.

–Courtney está muy guapa –dijo la segunda mujer–. Se nota que ha pasado por las manos de Rachel... Nunca he entendido lo que le pasa. Rachel tiene buen gusto, y es increíblemente creativa. ¿Por qué no hace algo con su aspecto? ¿Has visto lo que lleva?

—Sí, es horroroso. Será porque ha engordado —dijo—. Y parece cansada.

Las dos mujeres entraron en sendos servicios, pero siguieron hablando.

—No es cansancio, sino depresión. Yo también estaría triste si hubiera perdido a Greg.

—Y que lo digas. Es un hombre impresionante. A decir verdad, no me extraña que se acostara con otra. Rachel se ha abandonado por completo y ha descuidado su aspecto hasta extremos inadmisibles. ¿Quién no se buscaría un amante en esas circunstancias? Hasta yo lo haría.

Las dos mujeres rompieron a reír, y Rachel se sintió profundamente humillada. No podía pensar. No podía ni respirar. ¿Era eso lo que la gente pensaba de ella?

—Maggie parece feliz —dijo la primera—. Neil es un perro viejo, pero está enamoradísimo de ella. La mira como si fuera el centro de su existencia. Lo encuentro envidiable.

—Y yo.

Las dos tiraron de la cadena y salieron a la zona de los lavabos.

—La comida estaba deliciosa —comentó la otra—. Joyce siempre contrata a los mejores cocineros.

—Lo sé. ¡Menuda sopa!

—Podríamos robar un poco y llevárnosla a casa.

Cuando por fin se fueron, Rachel salió del servicio e intentó convencerse de que no había pasado nada. Solo era la opinión de unas desconocidas. No tenía importancia.

Se lavó las manos, se las secó y se miró en el espejo. Sus ojeras estaban peor que nunca, su ropa era verdaderamente desalentadora y su pelo estaba pidiendo a gritos que alguien se ocupara de él.

Las dos mujeres tenían razón. Se había dejado llevar.

Sin embargo, pensó que no era culpa suya. Estaba todo el tiempo arriba y abajo. Era madre soltera de un niño de once años y, además, trabajaba hasta la extenuación. En cuanto a Greg, nadie podía negar que se había acostado con otra. Y eso tampoco era culpa suya.

Se secó las lágrimas antes de salir del cuarto de baño. Y, cinco segundos después, se encontró delante de su ex, que sonrió.

—Hola, Rachel. Te he estado buscando. ¿Quieres bailar?

Greg llevaba el pelo más largo que antes. Se había puesto unos vaqueros negros y una camisa de color verde oscuro. Era tan alto y guapo que hasta la propia Angelina Jolie se habría vuelto loca por él. Era el hombre que había sido su marido.

—Lo siento, pero no puedo.

—¿Es que no te encuentras bien? ¿Quieres que te lleve a casa?

—Es por mi espalda —mintió, deseando huir—. Será mejor que me marche.

—En ese caso, puedo ir a buscar tus cosas...

—No, ya me encargo yo. Pero te agradecería que hables con mi madre y le digas que me he tenido que ir.

—Eso está hecho. Nos vemos aquí dentro de unos minutos.

—Gracias.

Rachel se sintió aliviada cuando Greg se fue. Solo tenía que aguantar un poco más. Josh iba a pasar la noche con un amigo, así que tendría la casa para ella. Podría estar a solas. Se podría rendir a su dolor. Donde nadie la pudiera ver.

Maggie alzó su copa de champán. Eran las doce, y todo el mundo empezaba a sentir los efectos de la comilona y el alcohol, incluida ella. De hecho, Neil le pasó un brazo alrededor de la cintura al ver que oscilaba peligrosamente.

–Gracias por venir –dijo ella con una carcajada–. Os quiero a todos.

–Y nosotros a ti –replicó alguien.

Quinn estaba sentado al fondo, mirando a la gente. Se lo había pasado muy bien, y había descubierto que Maggie y Neil se amaban con locura, aunque su apariencia no podía ser más distinta: ella, esbelta y toda piernas; él, rechoncho y bajo.

No tenía ninguna duda sobre su amor. Conocía el espíritu humano, y practicaba un sano escepticismo en lo tocante a esas cosas, pero sus anfitriones eran exactamente lo que parecían, una pareja feliz.

En cambio, Sienna no parecía feliz en absoluto. Era obvio que David la había sorprendido con su propuesta de matrimonio, y también lo era que ella no estaba entusiasmada. Pero ¿qué podía hacer? Si lo hubiera rechazado delante de todo el mundo, habría destrozado la fiesta de su madre. Y ahora, estaba comprometida; aunque Quinn supuso que rompería con él en cuanto pudiera.

–Nunca pensé que me volvería a enamorar –continuó Maggie–. Pero lo estoy, y del hombre más maravilloso del mundo. Tengo mucha suerte de haberte encontrado, Neil.

Neil y Maggie se besaron y, a continuación, ella dirigió a la concurrencia:

–Quiero dar las gracias a mis hijas. Sois adorables. Me siento muy orgullosa de vosotras... y de Courtney –dijo, alzando la copa de nuevo–. Y ahora, ¡a bailar!

Quinn se levantó y buscó a Courtney con la mirada. Estaba de pie, en el lado opuesto del pabellón, con los brazos cruzados, pero tenía los hombros hundidos, como si quisiera achicarse y pasar desapercibida.

Al verla así, deseó que asumiera lo evidente: que nunca sería como los demás, y que era mucho más de lo que ella misma sabía. Pero debía de ser difícil, teniendo en cuenta que algunos de sus seres más queridos, los que deberían haberla apoyado más, la subestimaban.

Courtney lo vio mientras caminaba hacia ella, y su actitud cambió de inmediato. Subió la barbilla y echó los hombros hacia atrás, lo cual alegró a Quinn. A pesar de todo, seguía siendo una mujer fuerte.

–Dime una cosa. ¿No les has contado lo de tu carrera porque los quieres castigar? ¿O porque te quieres castigar a ti misma?

–Extraña forma de empezar una conversación –dijo ella–. La mayoría de la gente empieza con un saludo o un comentario sobre el clima.

–Ya, pero a mí no me interesa el clima, sino la contestación a esa pregunta.

–Eres muy directo.

Quinn no dijo nada.

–No lo sé –admitió Courtney–. Puede que sea por las dos cosas a la vez, o porque tengo algo que demostrar. Sin embargo, debo añadir que no estoy particularmente contenta con la deriva de nuestra relación. Tú sabes muchas cosas de mí, pero yo no sé casi nada de ti, y eso no es justo. Si quieres que estemos a la par, tendrás que contarme algo que sea verdaderamente importante para ti, algo verdaderamente íntimo.

–Ya estamos a la par. De hecho, tú estás en posición de ventaja.

Ella rio.

–Sí, claro, tengo todo el poder del mundo –se burló.

–Lo tienes, pero no sabes usarlo.

–Se te dan muy bien las réplicas, ¿sabes?

–Lógico, teniendo en cuenta que escribo canciones.

—Se nota —dijo—. Pero dime, ¿de qué poder estás hablando?

—Del poder de ser valiente.

—¿Como tú?

—No, no soy tan valiente como me gustaría.

—¿Qué quieres decir con eso?

Quinn la tomó de la mano y la acercó a él.

—Bueno, te podría hablar de una mujer con la que estuve saliendo.

—¿Saliendo en el sentido de ser novios?

—Saliendo en el sentido de acostarnos.

—Ah. ¿Sólo era una cuestión de sexo?

—Sí, así es más fácil.

—Supongo que sí, aunque no tan interesante.

—Esa es la cuestión. Yo quería algo más, pero no me atreví a decirlo. No fui suficientemente valiente.

—¿Y qué pasó? ¿Se fue?

Quinn asintió.

—En efecto. Y, por lo visto, ahora es feliz.

—¿Por eso te has mudado a Los Lobos?

Él sonrió.

—No, no se puede decir que me partiera el corazón. Solo estaba decepcionado por la oportunidad perdida.

—¿Y cuál es tu consejo entonces? ¿Que haga lo que tú dices, pero no lo que haces?

Quinn soltó una carcajada.

—Sí, básicamente, sí.

—De acuerdo. Lo pensaré.

—¿En serio?

—Por supuesto que sí. Tienes mucha más experiencia que yo. No porque seas más viejo, sino que has vivido más.

Él se acercó un poco más a ella, hasta el punto de casi se estaban tocando.

—¿Viejo?

—No dejas de insinuar que lo eres, así que he decidido creerte. Pero ahora que lo pienso, ¿no sería mejor que te sentaras? Llevas mucho tiempo de pie, y te podrías cansar.

Esta vez fue ella quien se acercó a él, y, como ya estaban muy juntos, acabaron pegados por completo, desde el pecho hasta las piernas.

—¿Me estás tomando el pelo? —dijo Quinn.

Ella sonrió.

—Sí. Debería tenerte miedo, pero no lo tengo. ¿Por qué será?

—Porque me deseas.

La afirmación de Quinn no era tan audaz como parecía, no quiso constatar un hecho, sino comprobar el terreno que pisaba. Pero Courtney no se dio cuenta, así que se ruborizó, hizo ademán de dar un paso atrás, abrió la boca como si quisiera decir algo y la volvió a cerrar un segundo después, de donde él dedujo todo lo que necesitaba saber.

—Yo también te deseo, Courtney.

Quinn le soltó la mano y la besó. Nunca había sido de la clase de hombres que estaban con mujeres a las que tenían que presionar para acostarse con ellas. Solo se acostaba con una cuando ella lo deseaba de verdad, intensamente. Entendía el sexo como un asunto de iguales, y no hacía excepciones.

Sin embargo, Courtney era distinta. Aunque no se sintiera intimidada por él, era obvio que jugaba en otra división. Y necesitaba que ella estuviera segura antes de atreverse a dar ningún paso.

Durante unos instantes, Courtney no se movió. Luego, le puso las manos en los hombros y le devolvió el beso; primero, con timidez y después, con más seguridad. Quinn se permitió el placer de jugar brevemente en el interior de su dulce boca, y se excitó al sentir el contacto de su lengua. Pero no eran ni el lugar ni el momento adecuados para ir más lejos, así que se retiró y le dio un beso en la frente.

–Es tarde –dijo–. Daré las gracias a tu madre por haberme invitado y me iré.

–¿No me vas a llevar a tu casa?

–No.

–Acabas de decir que me deseas...

–Y es cierto.

Ella lo miró fijamente.

–Eres el hombre más desconcertante que he conocido.

–Forma parte de mi encanto.

–¿Ahora lo llaman así?

–Buenas noches, Courtney.

Quinn dio media vuelta y se empezó a alejar.

–¿No he mencionado que también eres irritante? Porque lo eres, terriblemente irritante. Y, si crees que te voy a enseñar mi tatuaje, estás muy equivocado.

Quinn aún se estaba riendo cuando llegó a su casa.

Capítulo 10

Rachel deseaba acurrucarse en un rincón y seguir allí hasta el fin de sus días, pero las circunstancias no ayudaban en exceso. Su noche había sido infernal. Había oscilado entre la vergüenza y la furia. Por un lado, quería encontrar a las dos mujeres del cuarto de baño y ponerlas en su sitio, por otro, quería hacer las maletas y marcharse de Los Lobos en mitad de la noche.

Al amanecer, estaba tan cansada como confusa, pero había llegado a la conclusión de que tenía que hacer algo. Llevaba demasiado tiempo en el limbo, dejándose llevar por la inercia.

Pero, por muy mal que se sintiera, aún tenía que limpiar la casa, pensar en la comida de la semana, lavar la ropa y llevar el coche a la gasolinera. Además, había quedado a almorzar con Courtney, e iba a aprovechar la cita para dar el primer paso de su plan de cambios: presentarse en el restaurante con buen aspecto. En cuanto al resto del plan, lo iría trazando poco a poco, según fueran las cosas.

Se levantó de la cama y se duchó, pero, en lugar de ponerse sus pantalones negros de trabajo, sacó unos vaqueros que le quedaban bien y una camisa roja. Luego, se maquilló con más atención que de costumbre y se prometió que hablaría con alguna de sus amigas peluqueras para que hicieran algo con su peinado.

Las mujeres del cuarto de baño habían sido unas verdaderas arpías, pero tenían razón en un aspecto: se había dejado mucho. En parte, porque el divorcio le había afectado tanto que ya no le importaba nada y, en parte, porque no imaginaba una vida sin Greg. Si hubiera estado en algún grupo feminista, la habrían expulsado por pensar de ese modo. No vivía para sí misma, sino en función de un hombre.

Sin embargo, quería ser más fuerte. Quería ser una de esas mujeres que sabían vivir por su cuenta y sin estar con nadie. Quería ser una persona capaz de viajar sola a la sabana africana. Quería muchas cosas, aunque no estaba segura de poder conseguirlo.

Se puso unos zapatos de tacón que no se había puesto en varios años y se apoyó en el marco de la puerta mientras intentaba mantener el equilibrio. Habría estado más cómoda con unas sandalias o unas zapatillas, pero no iba a dar la razón a las dos brujas del cuarto de baño. Sí, había pasado una mala temporada, una temporada excesivamente larga, pero no permitiría que sintieran lástima de ella.

En cuanto a Greg, cabía la posibilidad de que también estuviera en lo cierto cuando afirmaba que rechazaba la ayuda de los demás. ¿Y qué? Aunque así fuera, mejoraría y se volvería más independiente; o, por lo menos, más independiente de lo que había sido.

Courtney ya estaba en la mesa cuando llegó al restaurante del hotel. Rachel admiró su nuevo corte de pelo y pensó que le quedaba perfecto.

−¿Cómo estás? ¿Te sigue doliendo la espalda?

Rachel se quedó momentáneamente desconcertada, hasta que recordó que el día anterior había mentido y había dicho que le dolía para marcharse de la fiesta.

—No, qué va. Ya se me ha pasado.

—Me alegro.

Rachel pidió café solo y una tortilla francesa con verduras. Ya que iba a cambiar, podía quitarse unos kilos de encima.

—¿Me perdí algo interesante? —preguntó cuando la camarera se fue.

—No. Lo más interesante de ayer fue la declaración de David —dijo Courtney, arrugando la nariz—. Lo más interesante o lo más preocupante, según se entienda.

—Sí, te comprendo de sobra. ¿La gente se daría cuenta de lo que pasaba? El pánico de Sienna fue de lo más descarado. No quiere casarse con él.

—No lo sé, pero fue una situación terrible. Siempre he pensado que no están hechos el uno para el otro.

—Pues él parece pensar lo contrario. Y será la tercera vez que Sienna se comprometa —dijo Rachel.

—Te gusta regodearte con las desgracias de Sienna, ¿eh?

—No, ni mucho menos. Quiero que sea feliz. Y quién sabe... puede que David sea el hombre adecuado.

—¿Lo crees posible?

—Sinceramente, no tengo ni idea. Sienna es un misterio para mí.

Rachel pensó que era una situación normal en las familias grandes. Los hermanos establecían relaciones distintas entre ellos. Y, en su caso, ella había establecido una relación particularmente intensa con Courtney porque ella era la mayor y Courtney la más pequeña. Como Maggie pasaba mucho tiempo fuera, terminó por ser una especie de segunda madre.

Lo había hecho tan bien como había podido. Había intentado enseñarle todo lo que sabía. Pero no la podía ayudar con sus deberes y, durante un tiempo, pensó que la culpa era suya. Luego, cuando los médicos dijeron que Courtney tenía un trastorno de aprendizaje, se sintió aliviada. Y su alivio dio paso a un segundo sentimiento de culpa: el de sentirse aliviada por no ser responsable de sus problemas académicos.

Por lo visto, Greg tenía razón en unas cuantas cosas. La vida la había convertido en una obsesa del control.

Justo entonces, sonó el móvil de Courtney.

—Vaya, se ha acordado.

—¿Quién?

—Mamá. Anoche, durante la fiesta, dijo que había estado pensando en la organización de la boda. No quiere molestar demasiado a Joyce, y planteó la posibilidad de que yo me ocupe de todo —contestó—. Me acaba de escribir para decirme que quiere una máquina de algodón de azúcar. Pero hay algo que no entiendo.

—¿Qué?

—También dice que no quiere flamencos, sino cisnes. ¿De dónde se ha sacado lo de los flamencos?

—Ah, eso fue cosa mía. Estuvimos hablando sobre los cisnes, pero ni son de color rosa ni yo estoy dispuesta a teñirlos, así que le plantee que los cambiara por flamencos.

—Oh, no.

—Oh, sí.

¿Y hasta dónde quiere llevar lo del color rosa? ¿Solo se refiere a los pájaros? ¿O eso incluye la máquina de algodón?

—No lo sé. Tendrás que preguntárselo a ella —Rachel probó su café y suspiró—. ¿Sabes que no pudo planear su primera boda?

—¿Qué quieres decir?

—Helen, la abuela, dijo que era demasiado joven para tomar ese tipo de decisiones. O eso es lo que afirma mamá —respondió—. Y ahora, cuarenta años después, está decidida a tener la boda que no pudo tener entonces. He intentado hacerle ver que sus gustos han cambiado bastante, pero no me hace caso.

–Bueno, hablaré con ella.

–¿Tú? Pensaba que mamá hablaba directamente con Joyce.

–Sí, se ha reunido varias veces con mi jefa, pero la organizadora real soy yo. La fiesta de compromiso ha sido cosa mía. Me he encargado de todo, desde los pabellones a la localización de los bares, pasando por la contratación del *disc jockey*.

–¿Cómo? Creía que solo eras una doncella...

–Y, técnicamente, lo soy, pero hago otras cosas cuando es necesario. Sirvo en el restaurante, me ocupo de la barra o sustituyo a la recepcionista –dijo–. Hace un año, la persona que se encarga de los actos en el hotel se puso enferma antes de una boda con un montón de invitados. Yo intervine y salvé la jornada. Desde entonces, he organizado bastantes cosas y, como esto es un asunto familiar, Joyce pensó que sería más fácil si lo llevaba yo.

–Más fácil para el resto, pero no para ti –puntualizó Rachel, agradablemente sorprendida con la declaración de su hermana–. ¿Mamá lo sabe?

Courtney se encogió de hombros.

–Lo desconozco, aunque he estado en todas sus reuniones con Joyce.

–Entonces, seguro que no lo sabe.

–Es mejor así. No confía en mí. Si lo hubiera sabido, se habría preocupado.

–Eso es cierto.

–Le contaré la verdad después de la boda, cuando todo haya salido bien.

–Y si no sale bien, puedes echar la culpa a Joyce.

Las dos rieron.

La camarera les llevó la comida en ese momento. Rachel tomó un poco de tortilla, pero descubrió que no tenía hambre. ¿Sería consecuencia de su mala noche? Aún podía oír los comentarios de las dos mujeres, burlándose de ella por haber perdido a Greg.

–¿Crees que me equivoqué al divorciarme de Greg? –preguntó de sopetón.

Su hermana parpadeó.

–No lo sé, aunque se portó mal contigo.

–Pero tú no lo odias...

–Claro que no. Es el padre de mi sobrino y, si lo odiara, complicaría las cosas innecesariamente. Estuve enfadada con él durante una temporada, pero solo por lo que te hizo –dijo, cortando un pedazo de su croissant–. Sinceramente, nunca supe lo que pasó. Estabais muy enamorados. Me parece increíble que se acostara con otra, teniendo en cuenta que te adoraba.

Rachel se acordó de que Greg y ella discutían todo el tiempo cuando estaban casados. Él trabajaba en turnos de veinticuatro horas y, cuando tenía un día libre, le gustaba salir con sus amigos. A ella no le parecía mal que se divirtiera, pero terminó por guardarle rencor porque dejaba todo en sus manos, desde el cuidado de Josh a las labores de la casa.

Ya estaba a punto de decirse que él era el único responsable de su divorcio cuando pensó en lo que había dicho tras el partido de béisbol: que se empeñaba en hacer las cosas sola, que necesitaba tener razón a toda costa y que prefería el papel de mártir antes que pedir ayuda a nadie.

–Éramos muy jóvenes cuando nos casamos –declaró lentamente–. Quizá no fuera un error, pero añadió presión al matrimonio. Queríamos tener niños y, cuando tuve a Josh, Greg descubrió que no estaba preparado. Era un chico de veintitantos que quería disfrutar de la vida, y se había convertido en un padre con un bebé.

—Hablas como si lo hubieras perdonado.

—Yo no diría tanto, pero tienes razón en lo que has dicho. Es el padre de Josh, y no convendría que lo odiara.

—¿Te arrepientes de haberte divorciado?

Rachel se hizo la misma pregunta. ¿Quería que las cosas volvieran a ser como antes?

—Bueno, no echo de menos la última época de nuestra relación. Fue difícil, porque los dos estábamos muy enfadados. Pero echo de menos la primera.

—¿Estás pensando en volver con él?

Rachel sacudió la cabeza.

—No, en absoluto.

—¿Por qué? Él no está con nadie, y tú tampoco.

—Apenas nos hablamos. Y, cuando estamos juntos, solo hablamos de Josh.

—¿Y tiene por qué ser así?

Rachel no tenía respuesta para esa pregunta. Desde luego, la discusión del campo de béisbol no había tenido nada que ver con Josh, pero no quería mantenerla otra vez.

—He seguido adelante. Ya no hay vuelta atrás.

Courtney sonrió.

—No has seguido adelante. Hasta donde yo sé, no has salido con nadie desde que te divorciaste de Greg.

—Porque no estoy buscando un hombre.

—¿Por qué no? Seguro que extrañas el sexo.

Rachel la miró con cara de pocos amigos.

—No voy a hablar de eso.

Courtney rio.

—No quiero incomodarte, pero te recuerdo que tengo veintisiete años. Sé todo lo que hay que saber sobre el sexo. Puedes hablar conmigo.

—Lo sé, pero no quiero hablar sobre mantener relaciones sexuales con otros hombres.

—¿Y con Greg?

—Tampoco.

—Está bien —dijo Courtney, llevándose a la boca otro pedazo de croissant—. Pero seguro que es bueno en la cama. ¿O me equivoco?

—Sí que lo es. Y eso es todo lo que voy a decir.

En realidad, Rachel no estaba incómoda con la idea de hablar de sexo con su hermana. Sin embargo, sabía que, si empezaba a hablar de Greg, se acordaría de sus días de amor y los echaría terriblemente de menos. Durante los primeros años, se acostaban siempre que podían. Sabían excitarse el uno al otro, darse placer mutuo. El sexo nunca había sido un problema entre ellos. O no lo había sido hasta que se acostó con otra mujer.

—¿Y qué me dices de ti? ¿Hay alguien interesante en tu vida?

Si Rachel no hubiera estado mirando a su hermana, no habría notado su segundo de duda, pero la estaba mirando, así que añadió:

—¿Quién es?

—Nadie.

Rachel esperó en silencio, a sabiendas de que Courtney era incapaz de guardarse las cosas. Cuando era una niña y hacía algo malo, Rachel solo tenía que interesarse al respecto y esperar a que dijera la verdad, cosa que hacía siempre al cabo de unos momentos.

—No es nada importante. De hecho, no ha pasado nada... Aunque reconozco que Quinn es un hombre interesante.

—¿Quinn? ¿El Quinn de Joyce? ¿Es que te has vuelto loca?

Courtney apartó el resto del croissant.

–¿Esa es tu forma de apoyarme?

–¿Qué? No, no, discúlpame. Eres adorable, y él sería muy afortunado si estuviera contigo. No me extraña que le gustes, pero me preocupa que no sea el hombre adecuado para ti. Tiene mucha más experiencia que tú –dijo–. Te podría comer y escupir tus huesos como si fueras una aceituna.

–No estoy segura de que me guste esa metáfora –declaró Courtney–. ¿Crees que es un hombre peligroso?

–No digo que sea un sociópata, sino lo que he comentado: que tiene más experiencia que tú. Está acostumbrado a tratar con actrices, modelos y esa clase de gente. Llevaría las riendas de vuestra relación. Estarías a su merced.

Su hermana frunció el ceño, y Rachel tuvo miedo de haberse pasado.

–Sabes que te adoro, Courtney. Solo he dicho eso porque eres mi hermana y no quiero que Quinn te haga daño.

–Ni estoy en peligro ni tengo intención de enamorarme. Mi duda es de otra categoría –dijo–. Me estoy planteando la posibilidad de acostarme con él.

Rachel pensó que su hermana ya no era una niña.

–Vaya, me has dejado impresionada. Pero, si solo se trata de eso, me parece perfecto –replicó–. Tienes que divertirte un poco, y estoy segura de que Quinn sabrá darte lo que buscas... Ve a por él sin dudarlo.

Courtney rio.

–Sí, es posible que lo haga.

El lunes, Sienna estaba tan alterada como el sábado por la noche. ¿Se había comprometido de verdad? ¿O lo había soñado? Quería que solo hubiera sido una pesadilla o que David estuviera borracho cuando se lo propuso y lo hubiera olvidado.

Tras la fiesta, él la había llevado a casa y, por supuesto, se había querido quedar. Sienna tuvo que fingirse excitada y luego fingir un orgasmo. David se quedó dormido después, aunque no antes de decir que la quería con todo su corazón.

El domingo, el destino se había apiadado de ella por el procedimiento de provocar un incendio en un avión, lo cual obligó a David a marcharse a toda prisa y a estar fuera todo el día. Cuando volvió, se encontraba tan agotado que solo quería dormir. Y ella se mostró naturalmente comprensiva.

Ahora estaba sentada en su despacho, preguntándose qué hacer. Se sentía atrapada, y más confundida que nunca.

No se trataba de que David no le gustara. Por supuesto que le gustaba. Era amable e inteligente, y se había enamorado de ella. En principio, hacían una gran pareja y, a diferencia de Hugh, él no se sentía superior. Pero eso no significaba que ella se quisiera casar.

Al cabo de un rato, decidió que hablaría con él durante la cena. Quizá se había dejado llevar por la emoción de la fiesta. Quizá se estaba arrepintiendo de lo dicho. Todo consistía en olvidar el asunto durante unas semanas y después, cuando ya hubiera pasado lo peor, romper el compromiso.

–¿Puedo pasar? –preguntó Kailie, una de las voluntarias de la organización.

–Claro.

Kailie entró con un precioso ramo de flores.

–Son para ti –dijo con entusiasmo–. Parece que le interesas a alguien.

A Sienna se le encogió el corazón, y se le encogió un poco más cuando leyó la cariñosa nota de los padres de David, que ya se habían enterado de la noticia y le daban la bienvenida a su familia.

Si no hubiera estado sentada, se habría desmayado. Aunque pensó que no habría sido tan terrible: con un poco de suerte, se habría dado un golpe en la cabeza y habría perdido la memoria.

—Son de sus padres —explicó—. David se lo ha dicho.

—Pues es todo un detalle de su parte —dijo Kailie, que se fijó en su mano—. ¿Por qué no llevas el anillo?

Siena se estremecía cada vez que pensaba en él. Y no es que le disgustaran las cosas viejas, porque casi todo lo que tenía lo compraba en la tienda de segunda mano, pero el anillo de la abuela de David era realmente espantoso: un objeto enorme y de diseño zafio que, además, le quedaba demasiado grande.

—Es que no me queda bien —contestó—. David lo va a llevar a una joyería.

—Una herencia familiar... Qué bonito. Te sentirás unida a su pasado para siempre.

Sienna pensó que esa perspectiva era de lo más sombría.

—Tienes mucha suerte —continuó Kailie, sonriendo—. David es un gran tipo. Serás muy feliz con él.

—Gracias.

Sienna puso las flores en un jarrón que estaba detrás de su mesa, para no tener que verlas. Lamentablemente, el olor no era tan fácil de disimular, y le revolvió el estómago.

Cuando ya pensaba que el día no podía ser peor, apareció una pelirroja exuberante que plantó un pedazo de papel rectangular en la mesa.

—Hola. Esto es todo lo que vas a conseguir, así que no pidas más. No sé por qué diablos le gustabas a mi bisabuela, pero le gustabas.

—Hola, Erika —replicó, tan amablemente como supo—. ¿Quieres sentarte?

—No.

—¿Café?

Erika clavó en ella sus verdes ojos.

—En absoluto.

Sienna miró el talón de diez mil dólares, lo que la señora Trowbridge les había prometido.

—Nos será de gran ayuda —dijo—. ¿Quieres saber en qué lo vamos a invertir?

Erika se sentó delante de ella.

—No me importa. Y no vas a conseguir nada de la cocina. La hemos vaciado.

—¿Por qué me tienes tanta manía?

—Porque me robaste el novio.

—Eso fue hace trece años. Además, tú me lo robaste después y lo abandonaste.

—Yo no te lo robé. Tú ya lo habías dejado —le recordó—. Y en cuanto a lo que pasó, solo dejé de salir con él. Lo tuyo es peor. Rompiste la relación cuando os ibais a casar.

Sienna estuvo a punto de decir que Jimmy y ella eran tan jóvenes como estúpidos, y que ninguno lo había lamentado demasiado. Pero no quería darle conversación.

—Gracias de nuevo por el cheque. Tú abuela fue una gran colaboradora de esta organización, y la echamos mucho de menos.

—Ya.

Erika se levantó y se fue. Sienna apuntó la entrada de dinero en el libro de contabilidad de la ONG y entró en el despacho de Seth.

—Tenemos el donativo de la señora Trowbridge. Diez mil dólares.

—Excelente. He visto otro dúplex en el mercado, y nos vendría bien —dijo—. Ah, tengo entendido que te vas a casar.

—¿Ya te has enterado?

—Sí, y le podrías pedir a tu novio que nos compre una casa —contestó—. Sería un regalo de bodas magnífico.

—Para ti.

—Y para ti. Es por la causa.

—Olvídalo. No le voy a pedir que nos compre algo tan caro.

Seth suspiró.

—Te odio cuando eres tan insolidaria.

—Ja.

Sienna regresó a su despacho, donde le esperaba una tonelada de trabajo; concretamente, de un trabajo que le gustaba mucho. Pero no se pudo concentrar y, al cabo de quince minutos, se dio cuenta de que el problema eran las flores.

Se volvió a levantar, dejó el ramo en la sala donde comían y abrió la pequeña ventana que daba a la parte de atrás del edificio. Con el primer soplo de aire fresco, se sintió mejor. Incluso se prometió que todo iba a salir bien. Aunque no sabía cómo.

Capítulo 11

Courtney sacó la bolsa de limones del coche de su hermana. Rachel ya había sacado el guacamole y la salsa que acababan de comprar en el Bill, un establecimiento de comida mexicana.

Estaban en el vado de la casa de Maggie y, cuando Courtney vio el flamante mercedes de Neil, preguntó:

—¿No dijiste que iba a ser una velada para chicas?

—Seguro que se marcha enseguida. Dudo que se quiera quedar a una de nuestras reuniones.

Cada dos meses, Maggie convocaba a sus hijas para una noche de margaritas y diversión. Era una tradición que había empezado cuando Rachel se casó con Greg. Courtney recordó haberse alegrado mucho cuando llegó a la mayoría de edad porque, hasta entonces, su madre no permitía que tomara margaritas en su casa.

Generalmente, las veladas le parecían divertidas. Pero no lo eran siempre. De vez en cuando, sus hermanas y su madre se empeñaban en decirle lo que tenía que hacer.

Sin embargo, ellas no sabían la verdad: que le iba verdaderamente bien. De hecho, su tutor le había enviado una nota para decirle que su proyecto le había impresionado y que quería que estuviera presente en su seminario de otoño.

Momentos después, Sienna abrió la puerta de la casa y las miró con horror.

—Socorro —dijo—. Esta gente me da miedo.

Casi no la pudieron oír, porque Maggie había puesto el equipo de música a toda mecha. Courtney tardó unos segundos en reconocer la canción, *Love Runs Out*, de OneRepublic. Y se quedó tan pasmada como Rachel cuando llegaron al salón y vieron que Maggie y Neil estaban bailando.

—Uníos a nosotros —gritó Maggie para hacerse oír—. Me encanta esta canción. Neil y yo hemos pensado que la podríamos poner después de la ceremonia, para bajar bailando por el pasillo central. ¿Qué os parece?

Rachel sonrió.

—Una gran idea, mamá. Pero yo tengo que llevar el guacamole al frigorífico.

Rachel huyó a la cocina, seguida de sus hermanas.

—No sé si estar encantada o espantada —dijo la mayor de las tres—. Aunque me alegra que sea tan feliz.

—Espero estar tan energética como ella cuando llegue a su edad —comentó Courtney—. Andar sobrada es mejor que andar escasa.

—Extraña expresión, aunque supongo que la comparto —dijo Rachel—. Por cierto, esta vez te toca hacer las margaritas.

—Siempre me toca a mí —le recordó Courtney.

En realidad, a Courtney no le molestaba prepararlas. Le gustaba que se lo pidieran, porque era un reconocimiento de que las hacía mejor que nadie. Y ya había sacado el tequila del frigorífico cuando empezó a sonar *It's Five O'Clock Somewhere* y Maggie se presentó en la cocina.

—Neil se acaba de ir. ¿Qué tal están mis tres hijas favoritas?

Las tres hermanas abrazaron a su madre por turnos y, cuando le tocó a Courtney, supo que iba a ser una buena noche. Maggie olía a Arpège, el perfume que se reservaba para las ocasiones especiales.

—Aclaremos las cosas —dijo Maggie cuando les dio las margaritas—. Pienso hablar de la boda. Y mucho.

Sienna alzó su copa.

—No esperábamos menos, mamá.

Courtney se dio cuenta de que Sienna no había dicho eso porque le apeteciera hablar de la boda, sino porque era una excusa perfecta para no hablar de su compromiso con David.

—Bueno, vamos a cenar —dijo su madre—. Ya hablaremos después.

Las cenas de sus veladas solían ser bastante informales. En aquella ocasión, Maggie había comprado un pollo asado y unas tortitas de maíz, además de queso y tomates. También había comprado repollo y los ingredientes que utilizaba para su famosa ensalada de jalapeños.

Rachel tomó el pollo y lo cortó en trocitos pequeños. Maggie hizo la ensalada mientras Siena se encargaba de los tacos y Courtney preparaba más margaritas, que dejó en el centro de la mesa del comedor.

Cuando se sentaron, Maggie brindó por ellas.

—Por mis chicas —dijo, alzando su copa.

Courtney se acordó del brindis que había propuesto en la fiesta de compromiso, cuando dijo eso mismo y luego añadió su nombre como si no fuera hija suya. Pero no quería amargarse la noche. Sabía que las intenciones de su madre eran buenas.

—Yo hablaré en primer lugar —continuó Maggie—. Y luego vosotras, por orden de edad.

Sienna suspiró y dijo:

—Siempre he odiado ser la del medio.

—No te quejes —dijo Rachel—. Saliste la más guapa.

Sienna la miró con humor.

—Sí, eso es verdad.

Maggie alcanzó un taco y empezó a hablar.

—Mi buena noticia es la fiesta de compromiso a la que todas fuisteis. Sé que tuviste mucho que ver, Courtney. Joyce me lo dijo, y te lo agradezco mucho. Me encantó en mantel de las fotografías familiares.

Sienna miró a Courtney.

—No puedo creer que lo hicieras tu sola.

—Y no lo hice. Me ayudaron unos duendes que aparecieron mientras cantaba —se burló—. Por supuesto que fue cosa mía. No es tan difícil. Y, aunque te parezca asombroso, soy perfectamente capaz de hacer algo así.

—No he dicho que no lo seas —replicó su hermana—, pero me sorprende que supieras trabajar con un ordenador. Eres doncella en un hotel, y supongo que no usas ordenadores cuando limpias cuartos de baño.

—Eh —protestó Rachel—, tengamos la fiesta en paz.

—Solo es un hecho evidente —se defendió Sienna.

—Si es tan evidente, ¿por qué lo mencionas? —contraatacó su hermana mayor—. Pero sigue, mamá. ¿Cuál es la mala noticia?

—Iba a decir que no tengo ninguna, pero la tengo: que mis hijas no se llevan bien.

—Mamá, nosotras... —empezó Courtney.

Maggie la interrumpió.

—No. Ahora estamos en lo de dar noticias buenas y malas. Hablaremos después.

Rachel se sirvió pollo y un poco de salsa antes de intervenir.

—Mi mala noticia es que me pesé en la báscula de casa

y descubrí que peso trece kilos más que antes de tener a Josh. Y ahora no tengo la excusa del embarazo, así que me he sumado a un grupo de terapia de Internet donde te ayudan a hacer dieta –dijo–. Hoy me puedo tomar unas margaritas porque me he quitado muchas calorías a lo largo de la semana. Esa es mi buena noticia.

–Cuando quieras, podemos salir a pasear –declaró Courtney–. O correr alrededor del instituto.

–Me encantaría.

–Contad conmigo –dijo Maggie–. Quiero estar en buena forma para la boda.

Todas se giraron hacia Sienna, que estaba mojando tortitas de maíz en el guacamole.

–¿Qué estáis mirando? No tengo ninguna intención de ponerme a correr –Sienna mordió la tortita, masticó un pedazo y se lo tragó–. Esa es mi mala noticia: que no tengo espíritu colectivo. Pero me alegra que estés perdiendo peso, Rachel. Te sentirás mejor.

–¿Y cuál es tu buena noticia? –se interesó su madre.

–Que Seth ha encontrado otro dúplex interesante. Está en mal estado, así que el precio no es excesivo. Puede que lo compremos.

Rachel se inclinó hacia Courtney y le dijo en voz baja:

–Vaya, no ha dicho nada de su compromiso matrimonial.

–¿Te sorprende? –respondió Courtney, del mismo modo.

–Dejad de cuchichear –protestó Maggie–. Me alegro por vosotros, Sienna. Hablaré con Neil, por si puede contribuir de algún modo.

–Gracias, mamá. Te enviaré la información del edificio.

–¿Jimmy es el agente inmobiliario?

–Sí. Conoce a los propietarios del dúplex. Por lo visto,

se van a mudar a otra localidad, al igual que los inquilinos que tenían.

A Courtney no le extrañaba que Sienna siguiera siendo amiga de Jimmy. Era un gran tipo y, además, se había convertido en uno de los agentes inmobiliarios más importantes de Los Lobos. En cambio, ella no mantenía contacto con ninguno de sus antiguos novios. Sencillamente, no lo merecían.

–¿Y tú, jovencita? –le preguntó Rachel.

Si hubiera querido, Courtney les podía haber dicho muchas cosas. Les podría haber hablado de las distintas responsabilidades que tenía en el hotel o de la nota que le había enviado su tutor. Pero se limitó a decir:

–Mi buena noticia es que la fiesta fue un éxito. Quería que fuera lo que siempre has soñado, mamá. Si tú eres feliz, yo soy feliz.

–Gracias, cariño.

–De nada –replicó–. En cuanto a la mala noticia, me temo que uno de los retretes del hotel está atascado, lo cual significa que tendré que limpiarlo yo.

Todas gimieron.

–Qué horror –dijo Rachel–. Es la peor noticia de todas.

–Bueno, gracias por compartir vuestras cosas conmigo –intervino Maggie–. Y ahora, hablemos de la boda. Solo faltan tres meses, y hay mucho que hacer. ¿Recibiste mi mensaje sobre los cisnes, Courtney?

–Sí, pero ya hemos mantenido esa conversación, aunque quizá no te acuerdes. Te dije un par de cosas sobre el cloro y los excrementos.

–Ah, es verdad. Ya pensaré en algo… –Maggie se rellenó la copa–. He cambiado de opinión sobre los colores.

–¿Ya no quieres que todo sea rosa? –preguntó Courtney.

–No, ahora quiero que sea de tonos rosa y vainilla,

con énfasis en el rosa. Y no sé qué hacer con el vestido. Me inclino por algo tradicional, pero no sé si debería ser más rosa o más vainilla –contestó.

Courtney suspiró. No era una gama precisamente amplia.

–¿Por qué no nos divertimos un poco con los colores? –propuso–. El vestido podría ser rosa champán y, en cuanto a la decoración, hay muchos tipos de flores que harían un contraste precioso. Además, los ramos no pueden ser del mismo color que los vestidos. Si lo fueran, las flores no resaltarían y las fotografías quedarían peor.

Sus hermanas y su madre se la quedaron mirando, atónitas.

–¿Qué pasa?

–Cualquiera diría que sabes de lo que estás hablando –contestó Sienna–. ¿Cuándo se ha producido ese cambio?

–No te pases –dijo Rachel.

Courtney alzó una mano y declaró:

–Tranquila. Sienna solo pretendía decir que soy una simple criada y que no debería saber ese tipo de cosas.

–En efecto –dijo Sienna–. Siempre piensas lo peor de mí, Rachel.

–Y suelo acertar.

–Courtney es una mujer adulta –replicó Sienna–. No necesita que la ayudes.

–Chicas, chicas… –intervino su madre–. Las protagonistas de esta reunión no sois vosotras, sino mi boda y yo.

Courtney soltó una carcajada.

–¿Cuánto tiempo has tenido que esperar para soltar esa frase?

–Bastante. Pero la novia soy yo, y voy a tener la boda que quiero. Neil y yo estamos decididos a que sea un acto inolvidable.

Sienna se preparó otro taco.

—¿A qué se dedicaba Neil, mamá? Sé que está jubilado, pero ¿qué hacía antes? No nos lo has dicho nunca.

—Ah, era propietario de varios locales de juegos.

—¿De juegos? ¿Te refieres a casinos? —dijo Courtney.

—No, esos sitios donde hay videojuegos y pizzas. Tenía una cadena.

—¿Como una franquicia? —preguntó Rachel.

Maggie se sirvió otra copa.

—Sí, algo así —dijo—. Pero, volviendo a la boda, tampoco sé qué hacer con vuestros vestidos. ¿El mismo estilo en colores distintos? ¿O el mismo color en estilos diferentes? ¿Qué os parece mejor?

—Estilos distintos.

—Colores distintos.

Rachel y Sienna habían hablado al mismo tiempo, y se giraron hacia Courtney para conocer su opinión.

—A mí no me miréis —se defendió, alzando las manos en gesto de rendición—. ¿Qué dices tú, mamá?

Maggie alcanzó su copa.

—Digo que nos emborrachemos un poco y que decidamos después.

Quinn estaba en el vestíbulo del hotel, leyendo. Eran cerca de las once de la noche. Las puertas de los balcones estaban abiertas y, a pesar de ser principios de junio, soplaba una fresca brisa marina.

Sarge se había tumbado en la alfombra, donde se dedicaba a mascar un calcetín. Cada dos o tres meses, alguno de los empleados del hotel recogía calcetines rotos y los dejaba en lugares estratégicos, para que Sarge los encontrara y destruyera.

Pearl yacía a su lado y, al ver que Quinn la miraba, se levantó, se estiró y se le subió encima, en busca de afecto.

—¿Echas de menos a tu dueña? —preguntó, acariciándole la cabeza—. No te preocupes. Joyce vuelve mañana.

Su abuela había ido a San Francisco a cenar con una amiga y, en lugar de volver a última hora de la noche, había decidido quedarse y volver al día siguiente.

Tras varios segundos de caricias, Pearl se tumbó sobre su regazo. Quinn sonrió y pensó que los perros eran una pareja de lo más extraña: Sarge, un rebelde convencido y Pearl, una princesita. Sin embargo, formaban parte de la familia, y le había prometido a su abuela que, si alguna vez le pasaba algo, cuidaría de ellos y los mantendría juntos.

—Descuida, pequeña. Joyce nos va a sobrevivir a todos.

Sarge gruñó como si estuviera de acuerdo y siguió mascando el calcetín. Quinn volvió a su libro y, alrededor de la medianoche, cuando ya se disponía a dar una última vuelta a los perros, Courtney entró en el vestíbulo.

Solo la había visto un par de veces desde la fiesta de compromiso. Había estado ocupado con la búsqueda del local, y ella lo había estado en el hotel. Pero esta vez, no venía de trabajar. Estaba completamente borracha.

—¿Te has divertido? —preguntó, intentando contener la risa.

Ella pegó un saltito y gritó. Sarge se levantó, pensando que había algún peligro, y Pearl se puso nerviosa.

—Me has asustado. ¿Qué haces aquí, escondido?

—No estaba escondido, sino leyendo y cuidando de los perros —contestó—. Joyce se ha quedado en San Francisco a pasar la noche.

—¿Ahora te dedicas a cuidar mascotas? Entrañable.

Courtney oscilaba levemente, y tenía el típico rubor de borrachera. Además, no llevaba nada especial; solo unos vaqueros y una camiseta de color amarillo. Y, por si eso fuera poco, su estado le daba un aspecto más desgarbado y juvenil, casi de quinceañera. Pero Quinn la encontró de lo más apetecible.

–Vengo de casa de mi madre –prosiguió ella, arrastrando las palabras–. Nos reunimos de vez en cuando y montamos una velada de chicas y margaritas. Rachel me ha traído a casa. No estoy en condiciones de conducir.

–Me alegro de saberlo.

–Soy una chica responsable.

–Sí, ya lo veo. ¿Has comido algo?

–Un taco. Estaba bueno, pero Sienna dijo entonces que solo soy una criada y me quitó el hambre –Courtney se puso las manos en la cintura–. No hay nada de malo en ser una doncella. Alguien tiene que hacer ese trabajo. Es un servicio importante. Me enorgullezco de ello, como todas las personas que trabajan aquí. ¿Qué se ha creído mi hermana? Hay que respetar el trabajo de los demás.

–Estás borracha.

–Lo digo en serio, Quinn.

–Lo sé, y es verdad. Hay que respetar el trabajo de los demás –dijo–. Pero vamos a la cocina. Te daré una aspirina, un vaso de agua y quizá, algo de comer. De lo contrario, te vas a levantar con una resaca terrible.

Ella arrugó la nariz.

–No debería haber tomado más de tres margaritas.

Quinn se levantó, se acercó a Courtney y le puso una mano en la parte inferior de la espalda.

–Sí, tres es un buen límite.

–Pero ya es tarde para decirlo.

Sarge y Pearl los siguieron hasta la cocina y, mientras ellos se tumbaban en la enorme cama para perros, Courtney se sentó en uno de los taburetes y Quinn le sirvió un vaso de agua fría.

—Tenías razón con eso de que estoy castigando a mi familia. Al no contarles la verdad, quiero decir —declaró ella—. No saben nada de nada. No saben que terminé la secundaria, que me metí en la universidad y que estoy a punto de sacarme una carrera.

—Anda, bebe.

Ella echó varios tragos.

—Mi tutor me ha invitado a un seminario especial que imparte él. Es todo un honor, porque no invita a cualquiera.

—Felicidades.

—Gracias —dijo—. Se supone que todas debemos decir una cosa buena y otra mala que nos haya pasado.

Quinn se apoyó en la encimera.

—Discúlpame, pero ¿de qué estás hablando? No he tomado margaritas, y no estoy en un plano superior de la conciencia —ironizó.

Courtney soltó una carcajada.

—Estoy hablando de la cena. Tenemos que decir una cosa buena y otra mala. Y Sienna no mencionó su compromiso en la categoría de las buenas.

—¿Y eso te sorprende?

—No. No está nada contenta. Pero, si quieres disimular, disimula bien —contestó—. Por cierto, ¿por qué me has echado de tu casa?

Quinn parpadeó, confundido.

—¿Echarte? ¿De mi casa?

—Sí, has dicho que no quieres que la limpie yo.

—Ah, es verdad. Pedí que enviaran a otra persona.

—¿Por qué? Hago un gran trabajo.

—Desde luego, y no tengo ninguna queja al respecto. Pedí que te sustituyeran porque tenemos una relación personal y no quiero que mezclemos las cosas.

—Vale, entiendo lo que estás diciendo, pero... ¿qué

crees que voy a hacer? ¿abrirte los cajones para mirar tu ropa interior?

—¿Quién ha dicho que lleve ropa interior?

Courtney lo miró con asombro, y él rompió a reír.

—Bébete el agua.

Ella bebió un poco más y preguntó:

—¿Qué soy para ti? ¿Una especie de proyecto?

—¿Quieres serlo?

—No estoy segura. Creo que podría ser interesante, porque sabes muchas cosas que yo no sé. Además, has conseguido trabajar en lo que te gusta y tener éxito. Pero no sé si quiero, la verdad. Tengo la sensación de que no me tomas en serio.

—¿Y es necesario?

—Faltaría más. No soy una niña. Soy una mujer.

—Te aseguro que lo tengo bastante claro. Y, por si te sirve de algo, tú no eres ningún proyecto. Ya no hago esas cosas.

—¿Por qué no?

—Porque mi último proyecto murió.

Quinn se maldijo para sus adentros. ¿Por qué le había contado eso? Ni él mismo lo sabía.

—¿Se murió de verdad?

—Sí.

—Lo siento.

—Y yo.

—No fue culpa tuya.

—¿Cómo lo puedes saber?

—No lo sé, pero lo adivino. Quieres que todos crean que no te importa nadie, pero a mí no me engañas.

—¿De dónde has sacado eso?

Courtney sonrió.

—De que adoras a tu abuela.

—Hasta los asesinos en serie adoran a sus abuelas.

—Lo dudo mucho. Por lo que sé, sus familiares suelen ser sus primeras víctimas —dijo, resbalándose del taburete—. Será mejor que coma algo.

—Buena idea.

—Sé dónde está la reserva oculta.

Quinn estuvo a punto de preguntar de qué era la reserva. Pero entonces, ella se levantó, se estiró para llegar a uno de los armarios altos y, al hacerlo, la camiseta se le subió y él pudo ver uno de sus tatuajes.

—Vaya, vaya —dijo.

Ella alcanzó una caja de galletas y se giró hacia él.

—¿Qué pasa?

—El tatuaje.

—Ajajá. No es lo que esperabas, ¿eh? Admítelo. Te he sorprendido.

—Sí, mucho.

Courtney abrió la caja y sacó una galleta.

—¿Conocías la canción?

—Sí.

—No te creo. ¿Cuál es la frase entera?

—*Me puedes llevar hasta el río, pero no me puedes ahogar.*

Para asombro de Quinn, Courtney se había tatuado una línea de una canción en la parte inferior de la espalda.

—Exactamente. Zinnia, la cantante, falleció hace unos años —dijo ella—. Pero espera un momento... ¿Es el proyecto al que te referías antes? ¿Tuviste algo que ver con esa canción?

—Sí.

Courtney dejó la caja de galletas a un lado y se frotó las sienes.

—¿Es un *sí* a las dos preguntas? ¿O solo a una?

—A las dos. Sí, trabajaba con ella. Y sí, teníamos una

relación –respondió–. Se suicidó pocos meses después de que lo dejáramos, aunque no fue por eso.

–¿Y la canción?

–La escribí yo.

La expresión de sorpresa de Courtney fue casi cómica.

–Pero si eres productor... Creía que te limitabas a sentarte y pulsar botones.

–Qué halagador.

–Bueno, también sé que descubres talentos y esas cosas, pero no sabía que escribieras canciones –se defendió.

–Hago todo lo que haya que hacer.

Courtney alcanzó sus galletas y volvió al taburete.

–¿Como era Zinnia? –preguntó, mientras él le servía otro vaso de agua.

Quinn pensó en la energética pelirroja con la que había salido.

–Era fuego.

–Suena muy bien, aunque supongo que debe de ser un problema en la vida real. Sería bastante exagerada, ¿no? –Courtney se tapó la boca con una mano–. Oh, lo siento mucho. No debería hablar mal de los muertos. Y mucho menos, de alguien que no conocí. La gente tiene la manía de criticar a gente que no conoce... Discúlpame, por favor. ¿Quieres una galleta?

Courtney le ofreció la caja, y Quinn se preguntó qué podía hacer con ella.

Efectivamente, Zinnia había sido bastante exagerada, puro dramatismo, pero, a veces, el arte tenía ese precio. En cuanto a Courtney, era mucho más voluble: brillante, vital e imposible de agarrar, virtudes todas que le encantaban.

–Termínate el agua –ordenó–. Luego, te tomarás una aspirina y te acostarás.

–¿Quieres acostarte conmigo? Ya has visto uno de mis tatuajes, así que no descubrirás nada por ese lado.

—Estás borracha.

—Sí, bueno, pero te acabo de preguntar si quieres hacer el amor conmigo. ¿Crees que no te lo preguntaría si estuviera sobria?

Quinn dio un paso adelante, le puso las manos en las mejillas y, tras besar brevemente sus labios, le dio otro beso en la frente.

Courtney suspiró.

—Maldita sea. Nunca hay sexo después de que un hombre te bese en la frente.

—Tienes palabras para todo, ¿eh?

—No te burles de mí. Me siento humillada y deprimida.

Courtney lo dijo sonriendo y con la boca llena de galletas, lo cual significaba que no se sentía ni lo uno ni lo otro.

—Te recuperarás —dijo él—. ¿Sabrás ir sola a tu habitación?

—Por supuesto. He llegado al hotel, ¿no?

—Porque te ha traído tu hermana.

—Eso es cierto... He estado en casa de mi madre, ¿sabes? No sé si te lo he dicho.

—Sí, me lo has dicho, y vas a tener una resaca infernal.

—Estaré bien. ¿Seguro que no quieres una galleta?

—Seguro, pero gracias por ofrecérmela.

—No hay de qué. ¿Ni siquiera te he tentado un poco?

Quinn ya la conocía lo suficiente como para saber que no se refería a las galletas.

—Más que un poco, pero no me acuesto con mujeres borrachas.

—Vaya, me alegra que tengas normas tan estrictas.

Quinn sonrió para sus adentros. Aquella mujer tenía una forma extraña de hacer cumplidos.

—Buenas noches, Courtney.

—Buenas noches.

Capítulo 12

Sienna miró el anillo que David le ofreció, e intentó fingirse contenta.

—Ah, ¿ya lo han estrechado? Qué sorpresa.

—Pagué más para que lo terminaran antes. Venga, póntelo. Quiero hacerte una foto para enviársela a mis padres.

Sienna tomó el espantoso anillo y se lo puso. Le quedaba perfectamente, pero le gustaba menos que antes. El diamante, que ya le había parecido demasiado pequeño, resultaba ahora ridículo.

—Te queda muy bien —dijo David, sentándose junto a ella.

—Es... único —acertó a decir.

David sacó varias fotografías, se las envió a sus padres con el teléfono móvil y se giró hacia su prometida.

—Tenemos mucho que hablar —declaró.

—Es cierto.

Él la tomó de las manos y la miró a los ojos.

—Sé que mi propuesta te sorprendió.

—No habíamos hablado de la posibilidad de casarnos.

David asintió.

—Tendría que habértelo dicho antes, pero sé que eres

la mujer que necesito. Cuando estoy contigo, sé que estamos hechos el uno para el otro –declaró–. Sin embargo, soy consciente de que estarás algo asustada. A fin de cuentas, no es la primera vez que te comprometes. Y supongo que has empezado a dudar.

–¿Eso crees? –preguntó, intentando disimular su sorpresa.

–Sí, por supuesto. Perdiste a tu padre cuando tenías seis años, si no recuerdo mal. Y luego, tu madre pasó por una mala racha –dijo David–. Aquello te marcó, y ahora tienes miedo de ilusionarte. Seguro que estás asustada.

–Un poco.

–Pero yo estoy aquí, contigo. Creo en ti, y creo en nosotros. Quiero hacerte feliz. Quiero que sepas que puedes confiar en mí para lo bueno y para lo malo. ¿Nos darás una oportunidad? ¿Tendrás un poco de fe?

Sienna pensó que David era increíblemente perceptivo, y se sintió culpable por tener dudas. Desde luego, no se podía decir que se sintiera muy atraída por él, pero ¿qué importancia tenía eso en comparación con la estabilidad emocional? Seguro que la estabilidad contaba más que la pasión.

David creía en ella y creía en su relación. Era un buen hombre, con raíces y decidido a fundar una familia. Y tenía razón al afirmar que su dura infancia la había dejado marcada.

–Tengo mucha suerte de tenerte en mi vida –replicó.

Él le soltó las manos.

–Me alegra que digas eso, porque, como ya he dicho antes, tenemos que hablar.

Sienna miró el anillo. Quizá no era tan feo como le había parecido.

–¿De qué? –preguntó.

—Mi madre me está llamando todos los días. Quiere hablar contigo tan pronto como sea posible —contestó.

—¿Sobre qué?

—Sobre la boda. Quiere que la celebremos en San Luis, pero yo le he dicho que prefieres que la celebremos aquí. ¿Estoy equivocado?

Sienna maldijo su suerte. Ni siquiera estaba segura de querer casarse, pero él se empeñaba en hablar de la boda.

—No lo sé, la verdad.

—Si te da igual el sitio, San Luis me vendría mejor. Aunque debes saber que, entre amigos y familia, mi lista de invitados andará cerca de cuatrocientos.

—¿Cuatrocientas personas? Qué barbaridad.

—Bueno, ten en cuenta que es un acontecimiento muy importante para nosotros —David le pasó un brazo alrededor de los hombros—. Pero, volviendo a la boda, a mi madre se le ha ocurrido una locura encantadora esta mañana.

—¿Qué locura? —preguntó, temiendo la respuesta.

—Celebrar la boda en Navidad.

Ella lo miró con horror.

—¿En la Navidad de este año?

David asintió.

—Solo faltan siete meses... No puedo organizar una boda en tan poco tiempo.

—Tu madre lo ha hecho en tres meses, y la mía te puede ayudar —dijo, inclinándose hacia ella—. Sin embargo, nos evitaríamos ese lío si nos casamos lejos, en Hawái o en el Caribe. Podríamos dar una fiesta la primavera que viene e invitar entonces a todo el mundo.

—No sé qué decir. Tengo que pensarlo.

—Tómate todo el tiempo que quieras. Bueno, quizá no todo el tiempo, pero al menos una semana —puntualizó—.

No te preocupes, Sienna. Saldrá bien. Además, ¿no dicen que a la tercera va la vencida?

—He encargado los zapatos —dijo Maggie—, así que el vestido tendrá que ir a juego.

Betty Grable, quien no tenía ninguna relación familiar con la famosa estrella de la década de los cuarenta, la miró con perplejidad.

—¿Has comprado los zapatos antes de tener el vestido?

Courtney quiso decir a la treintañera con pechos de silicona que no intentara entender a su madre, pero se limitó a comentar:

—Siempre hay que hacer algún cambio en los vestidos de novia. Tú lo sabes mejor que nadie, porque te dedicas a la venta, pero tengo entendido que cualquier par de zapatos puede servir si el vestido no es demasiado corto. Y, si hay que meter el dobladillo de todas formas, ¿cuál es el problema?

—Sí, supongo que eso es verdad —admitió Betty, algo dubitativa.

—Mamá, ¿tienes zapatos con tacones tan altos como los que has comprado? —preguntó Courtney—. Lo digo para que te los pongas cuando te vayas a probar vestidos, para que nos hagamos una idea del resultado final.

Rachel se inclinó sobre ella y comentó en voz baja:

—Bien dicho. Has eliminado un posible problema de forma extraordinariamente sutil.

—Gracias. Estoy acostumbrada a tratar con personas difíciles en el hotel.

Maggie y sus hijas estaban en *For the Bride*, el único establecimiento de vestidos de novia que había en el condado; y, a pesar de estar en una localidad pequeña, la clientela de la tienda era bastante selecta. Betty tenía fama de estar a la última en lo tocante a la moda de Nueva York y San Francisco y, fuera cual fuera el presupuesto de sus clientas, siempre les hacía una buena oferta.

Sin embargo, Courtney no estaba tan preocupada por el vestido de Maggie como por lo que había pasado la noche anterior. Recordaba haber cenado en casa de su madre, haberse tomado más margaritas de la cuenta y haber llegado al hotel en el coche de Rachel. Incluso recordaba que se había tomado unas galletas y que Quinn le había dicho que era el autor de la frase que llevaba tatuada en la espalda. Pero no estaba segura de lo demás.

¿Le había pedido a Quinn que se acostara con ella? ¿O lo había soñado? Solo recordaba que se había acostado sola, lo cual significaba que no se lo había pedido o que él se había portado como un caballero. Y, aunque creyera que era un buen tipo, incapaz de acostarse con una borracha, prefería pensar que no le había dicho eso.

—Por la conversación telefónica que mantuvimos y las fotografías que me enviaste, se me han ocurrido unos cuantos modelos que te podrías probar —dijo Betty a Maggie—. Pero no tienes que tomar una decisión ahora mismo. De hecho, si hay alguno que te guste especialmente, no permitiré que te lo compres. Es una decisión muy importante. Tienes que estar segura. Te tiene que gustar de verdad.

—Vaya, quién iba a decir que Betty sería tan cauta —susurró Courtney.

Rachel sonrió y dijo del mismo modo:

—Puede que esto sea divertido.

—No tientes a la suerte.

Los dos rieron.

—Bueno, empecemos —dijo Betty—. Tu vestidor es ese, Maggie.

Maggie entró en el vestidor en cuestión. Las tres hermanas se sentaron en la sala de espera, donde Sienna abrió su tablet y frunció el ceño.

—No hay wifi —dijo.

Rachel señaló el cartel de la pared que decía: *Aquí no hay wifi. Solo vestidos de novia.*

—No estoy segura de que eso hable bien de Betty —declaró Courtney—. Pero hay que reconocer que tiene estilo.

—Solo quería mirar el correo —dijo Sienna—. Seth se ha dirigido a varios donantes para hablarles sobre la propiedad que queremos comprar, y quería comentarlo con ella.

—Pues llámala por teléfono —replicó Rachel.

—Seguro que lo tiene desconectado.

—No me extrañaría nada.

—¿Conoces al nieto de Joyce? —preguntó Sienna a Courtney—. ¿El tipo de la industria musical?

—Sí, claro. Se aloja en el hotel. Nos vemos con frecuencia.

—Me pregunto si estaría dispuesto a asistir a una presentación de nuestra ONG. Nos vendría muy bien otro dúplex. Hay dos familias que necesitan una casa con urgencia, aunque también la podríamos usar para las mujeres sin hijos que no tienen domicilio.

—¿Por qué no hablas con Joyce? —intervino Rachel—. Quinn la adora, y haría cualquier cosa por ella.

—¿Cómo lo sabes? —preguntó Sienna.

—Lo sé porque Joyce dice maravillas de él.

—Rachel tiene razón —comentó Courtney—. Si hay alguien que puede influir en Quinn, es su abuela.

Betty salió entonces del vestidor y dijo:

—Vuestra madre quiere vestidos que no sean blancos. Normalmente, le recomendaría uno de color crema o marfil, pero parece que está pensando en uno de color rosado. Desgraciadamente, no tenemos mucho tiempo. Sin embargo, conozco a un par de diseñadores a los que podría presionar... por un precio adecuado, claro está.

Betty se apartó, y Maggie salió con uno de los vestidos.

Courtney no sabía qué esperar. Había visto fotografías de su primera boda, donde llevaba un vestido de manga larga, bastante sencillo. Pero aquello era diferente. Se había puesto una prenda de color champán, sin mangas, que estaba cubierta de preciosos encajes y brillaba un poco. De hecho, las tres hermanas se quedaron asombradas al verla.

—No sé qué pensar —dijo Maggie, mirándose en un espejo—. Está bien, pero no me siento cómoda. ¿Qué os parece a vosotras?

—Que estás impresionante —respondió Courtney.

Sienna se acercó a su madre y dijo:

—Te queda muy bien, pero no me gusta el color. El champán no te va bien. Y dudo que se pueda cambiar en tan poco tiempo.

—Sienna tiene razón —observó Betty—. Si lo quieres, tendría que ser en ese color.

—No, no —dijo Maggie con firmeza—. Además, creo que me hace demasiado joven.

—No te hace demasiado joven, mamá —dijo Rachel—. Es que tienes una figura perfecta.

Courtney pensó que su madre tenía razón. Efectivamente, tenía una figura perfecta, pero no parecía muy apropiado para una mujer de su edad. Sin embargo, era su boda, y si a ella le gustaba, no había nada más que hablar.

—Quiero probarme otra cosa —dijo Maggie.

Dos horas más tarde, Maggie salió con un vestido de cuello en forma de «u», sin mangas. La pesada y bella tela se ajustaba a su cuerpo hasta la cintura, donde se abría y caía hasta el suelo. Toda su superficie estaba cubierta de encajes y cuentas de color rosa.

—Qué preciosidad —dijo Sienna.

Courtney asintió.

—Me gustan mucho la falda. Es larga en un sentido clásico, pero sin pasarse.

—Y tiene el color adecuado —comentó Rachel.

—Me lo pensaré —dijo Maggie, que giró en redondo y se detuvo al ver algo al otro lado de la ventana—. Oh, vaya.

Todas se giraron. Courtney cambió de posición y se quedó boquiabierta ante la visión del Bentley azul que se acababa de detener ante un semáforo en rojo.

No supo qué era más llamativo, si el precioso descapotable, el impresionante hombre que estaba al volante o la perrita que iba a su lado. Y justo entonces, como notando su atención, Quinn se giró hacia el escaparate y saludó.

—Hay que ser un hombre muy seguro para viajar en un descapotable con un caniche —bromeó Maggie.

Courtney estuvo de acuerdo con ella. Pero Maggie se volvió a mirar en el espejo, y la conversación volvió al vestido de novia.

—Me gusta bastante —dijo—. ¿Lo podría comprar?

—Por supuesto. Tendríamos que limpiarlo y darle unos retoques para que te quede mejor. Pero, como dije antes, no vendemos vestidos el primer día —respondió Betty—. ¿Por qué no descansamos y comemos algo? Te enseñaré más vestidos después.

La tienda tenía un patio donde instalaron una mesa. Betty había encargado unas cuantas ensaladas, además de queso y fruta. Maggie se quitó el vestido, se puso una bata blanca y se reunió con el resto al cabo de un par de minutos.

—El último es el que más me ha gustado —dijo Rachel, pasando una ensalada.

—Sí, a mí también, pero no estoy segura de que sea lo que estoy buscando —comentó su madre.

—Tómatelo con calma —declaró Courtney—. Cuando veas el adecuado, lo sabrás.

—No sé, no sé. Puede que sea demasiado vieja y que ya no tenga ese tipo de corazonadas.

—Mamá, tú no eres vieja —dijo Rachel—. Estás absolutamente preciosa. Y es verdad: lo sabrás cuando lo veas.

—Sí, supongo que sí. Además, es demasiado pronto para desanimarse... Por cierto, Courtney, tengo más ideas para la boda.

—No me digas. Adelante, asústame. Creo que ya puedo con todo.

—Oh, no es nada terrible —dijo su madre—. O puede que sí. Estaba pensando en que podíamos alquilar un globo para que los invitados suban y vean el mar desde el cielo.

—¿Y qué pasa si tienen vértigo?

—Bueno, nadie está obligado a subir.

—Creo que sería demasiado —dijo Courtney—. Pero, si quieres hacer algo especial, ¿por qué no cambias lo del libro de invitados? En lugar de ser un libro normal y corriente donde la gente firma, podríamos encargar un puzzle.

—¿Un puzzle?

—Sí, en efecto. La gente escribe sus mensajes en una superficie de cartón de buena calidad y, a continuación, se corta en piezas de rompecabezas que se meten en sobres, para que los novios lo puedan montar después de la boda. Sería divertido para ellos y para vosotros.

Maggie aplaudió.

—Me encanta esa idea. Sí, voto por el rompecabezas. ¿Qué más se te ocurre?

—Bueno...

—Ah, ¿te he dicho ya que quiero hacer lo del mantel fotográfico en la boda?

—No, pero me parece perfecto.
—¿Y qué os parece si hacemos una especie de confesionario, donde la gente grabe en vídeo sus secretos más oscuros?

Las tres hermanas se miraron.

—Olvídalo —dijo Rachel—. Ten en cuenta que la gente bebe mucho en las bodas.

—Lo sé —replicó Maggie, sonriendo—. Por eso lo decía.

La comida fue breve, y la conversación giró fundamentalmente alrededor de la boda. Sienna intervino poco, y no porque no le interesara, sino porque le asustaba la posibilidad de que preguntaran por su compromiso.

En determinado momento, Maggie suspiró y dijo:

—Neil es un gran hombre. Tengo suerte de haberlo conocido, aunque reconozco que estuve a punto de no salir con él. Me parecía demasiado bajo, y mucho menos guapo que vuestro difunto padre. En su caso, fue amor a primera vista. Lo quería con toda mi alma. Pero con Neil ha sido más lento.

—¿Siempre fuiste feliz con papá? —se interesó Rachel—. No me acuerdo de mucho, aunque tengo la sensación de que discutíais bastante.

—Bueno, teníamos nuestros problemas, claro... —Maggie se detuvo un momento—. Era una persona magnífica, y os quería mucho, pero fue algo descuidado con los asuntos económicos. Aún no puedo creer que perdiéramos la casa.

—Nos cuidaste muy bien —dijo Rachel, intentando tranquilizarla.

—Pero fue muy difícil. Estaba aterrorizada constantemente. Solo era una secretaria de la empresa y, cuando él murió, casi todos los clientes se fueron. No sé lo que habría pasado si Joyce no se hubiera apiadado de nosotras. Fue horrible.

Courtney le dio una palmadita en la mano.

—Por si te sirve de algo, no recuerdo casi nada de esa época. Es decir, que no me traumatizó.

—A mí me encantaba el hotel —dijo Sienna—. Era muy divertido, y todo el mundo cuidaba de nosotras. No te sientas mal, mamá. No fue culpa tuya.

Sienna pensó que, en todo caso, había sido culpa de su padre, por no planificar bien las cosas. Y también pensó que David no cometería nunca ese error. No la dejaría sola y con tres hijos, por ejemplo. Cuidaría de ella.

Bajó la mirada y la clavó en el anillo de compromiso, que aún le parecía espantoso. Quizá debía aprender de la experiencia de su madre. Quizá significaba que el amor no lo era todo, y que había cosas más importantes, cosas como la estabilidad.

—Deberíamos volver a la tienda, mamá —dijo Courtney, mirando la hora—. Supongo que querrás probarte tantos como puedas.

—Tienes razón, cariño.

Maggie se levantó, y Sienna miró a Courtney con asombro. ¿Cómo era posible que tuviera tantas ideas sobre la boda? Estaba muy bien informada, y se comportaba como si lo tuviera todo bajo control. Su comportamiento no encajaba en la imagen que tenía de ella.

—¿Sienna? —dijo Betty de repente—. Tu prometido llamó esta mañana y se interesó por vestidos de novia.

—¿David ha llamado? —preguntó con incomodidad—. Le dije que iba a venir, pero no imaginaba que... en fin, no importa. ¿Qué ha dicho?

—Se ha interesado por tus planes sobre la boda. Y no es muy habitual. La mayoría de los novios se mantienen al margen de esas cosas —comentó—. Tienes suerte con él.

—Gracias.

—Hay un vestido que quiere que te pruebes. Lo había visto en Internet, y resulta que lo tengo en la tienda, así que...

—No, hoy es el día de mi madre —dijo con rapidez—. No quiero robarle protagonismo.

—Estoy segura de que a tu madre le encantaría. Venga, ven conmigo. Lo he llevado a otro de los vestidores.

Sienna no sabía qué hacer. En lo tocante a Betty, solo tenía que quitársela de encima, pero ¿qué iba a decir cuando David se interesara al respecto? ¿Que no había querido probárselo? Habría sido una situación bastante extraña.

Rachel y Courtney se habían sentado en uno de los sofás cuando llegó a la sala de espera y, como tantas veces, Sienna sintió envidia de ellas. Se llevaban muy bien, a pesar de la diferencia de edad, o quizá, precisamente por eso. En cambio, ella se sentía desplazada.

—Tengo que probarme un vestido —anunció, nerviosa.

Sus dos hermanas se miraron.

—Será divertido —dijo Rachel—. ¿Lo has elegido tú?

—No, David.

Courtney apretó los labios como para contener la risa, y Rachel carraspeó ligeramente. Sienna las odió por ello, pero, antes de que pudiera protestar, su hermana menor se levantó y le dio un abrazo.

—Si yo fuera tú, invitaría a mi boda a todas las personas que odio, para que se lleven un disgusto al ver mi belleza —declaró—. En principio, una boda no es el acontecimiento más adecuado para vengarse de nadie, pero deberías hacerlo.

El inesperado cumplido la dejó sin habla, y su enfado desapareció al instante.

—Bueno, no echemos las campanas al vuelo —dijo Sienna—. Cualquiera sabe lo que ha elegido David.

—Seguro que es ese vestido de encaje negro que vimos en una de las revistas de mamá —intervino Rachel—. Ese transparente que deja ver el culo.

—No voy a enseñar el culo el día de mi boda.

Courtney se encogió de hombros.

—Si no lo enseñas ese día, ¿cuándo lo vas a enseñar?

Sienna aún se estaba riendo cuando entró en el vestidor.

Quince minutos después, se estaba mirando en un espejo sin saber qué pensar. El vestido que le gustaba a David era una prenda exquisita, de alta costura, que podría haber elegido ella perfectamente. Sin mangas, tenía un cuello en uve y una ristra de diminutas perlas que iban desde la parte delantera hasta la espalda. En cuanto a los faldones, estaban cubiertos por una cascada de tul.

Desde luego, pesaba bastante, y el corpiño era tan ajustado que casi no podía respirar. Sin embargo, no podía negar que le gustaba. Solo había un problema: que no estaba segura de querer casarse.

—Bueno, ¿vas a salir? —dijo Rachel, que llamó a la puerta—. Queremos verlo.

Sienna abrió y se encontró delante de sus hermanas y de su madre, que aún llevaba la bata blanca.

—Estás impresionante —dijo Courtney, asombrada.

Sienna se volvió a mirar en el espejo. Estaba tan confundida que había perdido hasta la capacidad de juzgar. ¿Le quedaba bien? ¿Era bonito? ¿Era feo? En ese momento, eran palabras que no significaban nada para ella.

—Sabía que te quedaría fantástico —dijo Betty—. Ven, mírate en el espejo grande.

Sienna la siguió y se miró una vez más. Sus hermanas y su madre comentaron algo del vestido, mientras Betty le daba unos retoques. Pero ella no pudo hacer otra cosa que preguntarse por qué no sentía ninguna ilusión.

Capítulo 13

—¿Estás disfrutando de tu estancia en Los Lobos? –preguntó Joyce.

Zealand asintió en silencio, y ella dijo:

—No debería hacerte preguntas que se puedan contestar con un asentimiento, ¿verdad?

Zealand se encogió de hombros, y Quinn soltó una carcajada.

—Déjalo en paz, Joyce. Lo estás acosando.

—¿Te estoy acosando?

Zealand alzó la mano izquierda y casi juntó el índice y el pulgar.

—Vale, está bien –gruñó Joyce–. Pero te dejaría en paz de una vez por todas si dijeras algo alguna vez.

Quinn miró a su amigo con humor.

—Tú sigue así, Zealand. La estás sacando de quicio, y eso es algo que está al alcance de pocas personas.

Estaban sentados en el patio del restaurante principal del hotel, rodeados de clientes que disfrutaban del sol de la tarde. Wayne se había acomodado junto a Zealand, y se dedicaba a mirar las fotografías de las naves industriales que habían estado visitando durante los días anteriores. Parecía muy concentrado, pero Quinn vio que acariciaba la cabeza de Pearl, que se había tumbado a sus pies.

—Es una suerte que seas dueña de un hotel –dijo a su abuela–. De lo contrario, tendrías que dejar a los perros en casa.

—Eso no pasará jamás –dijo ella–. Son parte de la familia. Y, hablando de la familia, ¿vas a dejarme cuando encuentres un sitio?

—Sí, pero sí tú no tienes prisa, yo tampoco.

—Por mí, te puedes quedar para siempre.

—No, nos cansaríamos.

Su abuela sacudió la cabeza.

—Yo no me cansaría, pero supongo que un joven necesita un espacio para sí mismo.

Quinn no estaba seguro de que fuera un joven, teniendo en cuenta que había superado los cuarenta, pero no se lo discutió.

—Hay dos lugares que podrían servir –dijo Wayne–. No son perfectos, pero, si nos atamos los machos y…

—¿Atarse los machos? –preguntó Joyce.

—Es una expresión cuartelera –explicó su nieto–. Wayne estuvo en el Ejército.

—Ah, claro.

Quinn vio que Courtney cruzaba el patio en ese momento. Joyce le había dicho que se había visto obligada a servir las mesas porque una de las empleadas se había puesto enferma. Pasara lo que pasara, siempre estaba dispuesta ayudar.

—Es una monada, ¿verdad? –dijo Joyce.

Wayne la miró y Zealand arqueó una ceja, pero Quinn se fue por la tangente.

—Debería hacer algo más que limpiar habitaciones y sustituir a empleados enfermos –dijo–. Tiene mucho talento.

—Sí, pero es muy obstinada. Le he ofrecido varias opciones, y me ha dicho que está esperando a terminar la carrera. A mí me parece ridículo, pero tengo que respetar su decisión.

A Quinn no le sorprendió la declaración de su abuela. Courtney estaba jugando con todos, y no les iba a decir nada hasta que consiguiera el título universitario; un título que para ella tenía un fuerte componente simbólico. ¿Qué pensaría cuando se diera cuenta de que lo importante no era el juicio de los demás, sino el suyo? Debía hacer las cosas que le gustaran, con independencia de lo que pensaran los otros.

Sin embargo, se dijo que aprendería la lección con el tiempo, cuando tuviera un poco más de experiencia.

Justo entonces, Courtney lo miró, él le guiñó un ojo y ella soltó una risita antes de seguir con su trabajo. Pero Quinn la deseó con toda su alma. Le gustaba mucho, y le encantaba que el sentimiento fuera mutuo. De hecho, iba a aceptar su ofrecimiento de hacer el amor. Si no lo había aceptado ya era simplemente porque había aprendido que la espera podía ser un tipo de placer.

—Eres tan cabezota como ella —afirmó Joyce.

—¿Quién? ¿Yo? En absoluto.

Joyce se giró hacia sus amigos y dijo:

—Es cierto. Siempre tenía que hacer las cosas a su modo. Pero nunca me dio el menor problema. Ni siquiera discutíamos.

Quinn rio.

—Estás mintiendo y lo sabes. Fui un adolescente insoportable, como todos los adolescentes. Te desobedecía todo el tiempo.

—Sí, es posible, pero eras encantador —dijo—. En cambio, yo fui una madre terrible.

Su nieto intentó protestar, pero ella alzó una mano y siguió hablando.

—Es la verdad. Era muy joven cuando mi marido murió y me dejó el hotel. Yo quería tener éxito, e hice todo lo posible por conseguirlo, empezando por no hacer caso a mi propia hija, la madre de Quinn —explicó a Wayne y Zealand—. Al final, me salió caro. Se fue de casa, y no volvimos a hablar. Falleció antes de que me pudiera reconciliar con ella... Aprended la lección. No abandonéis a vuestros seres queridos.

Quinn se acordó de lo que había dicho Courtney sobre su pasado, y preguntó:

—¿Por eso ayudaste a Maggie Watson y sus hijas?

Joyce asintió.

—Me di cuenta de que estaba pasando por lo mismo que yo, con la diferencia de que su marido no la había dejado en una situación boyante. Las ayudé en lo que pude, pero fue Maggie la que encontró su camino. Ahora tiene tres hijas maravillosas y se va a casar con un hombre magnífico. Al final, todo ha salido bien.

Quinn no estaba seguro de eso. Por lo que sabía, Sienna se había comprometido con alguien que no le gustaba lo suficiente, y Courtney mentía continuamente a su familia sobre sus habilidades y su situación académica. En cuanto a Rachel, no la conocía tanto como para poder decir nada, pero sospechaba que tenía un montón de secretos.

A simple vista, su abuela tenía razón: todo parecía ir bien. Pero, por debajo de la superficie, se estaban acumulando los problemas. Y él, que estaba de testigo, se preguntó cómo terminarían sus historias.

Rachel iba caminando por su barrio, repitiéndose en voz baja que iba a cambiar y a ser feliz. Quizá fuera una estupidez, pero hacer algo era mejor que no hacer nada.

La conversación que había oído en el cuarto de baño, durante la fiesta de compromiso de Maggie, había marcado un antes y un después en su vida. Podía seguir como hasta entonces o salir de su agujero y demostrar a esas brujas que estaban equivocadas.

Al llegar a casa, se conectó a Internet y se metió en la página del grupo de terapia, decidida a seguir con su dieta. Durante los días siguientes, luchó contra el deseo de atiborrarse de dulces, contra el síndrome de abstinencia y contra su mal humor. Y, tres semanas después, se empezó a sentir como nueva; a pesar de alguna recaída sin importancia.

Lo que más le había molestado de todas las cosas que habían dicho aquellas mujeres era su afirmación de que se había dejado llevar. Rachel sabía que no era tan guapa como Sienna, pero siempre había sabido sacarse el máximo partido. De hecho, había querido ser estilista desde su infancia, cuando empezó a jugar con el maquillaje de su madre y a hacer experimentos con su pelo y el de sus amigas. La belleza era un factor fundamental de su existencia.

Sin embargo, había dejado de preocuparse por su apariencia cuando se divorció. Tanto era así que casi toda su ropa era vieja o estaba rota. Y, en cuanto a la peluquería, no se podía agarrar a la excusa de que las empleadas debían vestir de negro, porque el problema no era ese, sino su aspecto desaliñado. A fin de cuentas, el negro era un color elegante que siempre estaba a la moda.

Una tarde, sacó y tiró todo lo que estaba roto y no se podía arreglar. Luego, se fue a la tienda de segunda mano y empezó a buscar gangas. Encontró un precioso cinturón de cuero al increíble precio de quince dólares, unas botas altas que estaban como nuevas y unas pesas pequeñas para reforzar los brazos.

Cambiar era difícil, y también incómodo, pero era mucho mejor que sentirse mal todo el tiempo y por culpa estrictamente suya. Tenía a su hijo, tenía familia, tenía amigos y hasta tenía una casa que le encantaba. Si era infeliz, lo era porque se había empeñado en serlo.

A la mañana siguiente, tras volver de su paseo matinal diario, llamó a Josh para asegurarse de que se había levantado y se estaba preparando para ir al colegio, pero estaba en la ducha, así que se dirigió a la cocina y se preparó el batido de proteína en polvo, leche de coco y semillas de lino que se había acostumbrado a tomar. Era verdaderamente asqueroso, pero mejoraba algo echándole un poco de azúcar.

Cuando lo terminó, lo sirvió en un vaso alto y se fue al servicio, del que salió cuarenta minutos después perfectamente peinada y maquillada. A continuación, se puso unos pantalones y una camisa negra, estrenó su cinturón recién comprado y se miró al espejo. Se había hecho una trenza antes de acostarse, para que su pelo tuviera ondas por la mañana, y el resultado era aceptable.

Aún faltaba bastante camino por recorrer. Se tenía que quitar diez kilos más, pero su aspecto había mejorado mucho.

Al volver a la cocina, descubrió que Josh estaba desayunando en compañía de Greg. No tenía nada de particular, porque su ex pasaba a menudo por la casa, pero se puso extrañamente nerviosa.

–Buenos días –dijo, intentando disimular su nerviosismo–. ¿Qué haces aquí, Greg? No sabía que fueras a venir.

–Es que acabo de salir del trabajo, y he decidido pasar a saludar.

Rachel pensó que estaba muy guapo de uniforme. Parecía cansado, como si hubiera tenido una noche difícil, pero el cansancio no le quitaba ni un ápice de atractivo.

Incluso se acordó de sus tiempos de casados, cuando él volvía a primera hora del trabajo, se metía en la cama con ella y la despertaba de la forma más placentera posible.

—He preparado café —continuó, alzando su taza—. Espero que no te moleste.

—Por supuesto que no —dijo, sirviéndose uno—. ¿Quieres comer algo?

—No, gracias.

Rachel alcanzó una pieza de fruta y el batido que se había preparado, con los que sobreviviría hasta la hora de comer. No era gran cosa, así que siempre sentía el deseo de picar algo a lo largo de la mañana, pero se refrenaba.

—Estarás deseando que lleguen las vacaciones de verano —dijo Greg, mirando a su hijo.

—Sí, pero solo faltan tres semanas.

Greg miró a Rachel, quien se sentó a la mesa.

—No olvides que tenemos que hablar sobre los planes de Josh, para que te eche una mano.

Ella estuvo a punto de decir que no necesitaba su ayuda. Sin embargo, su deseo de cambiar era real, así que dijo:

—Me parece bien. Podemos hablar cuando quieras.

—Podríais empezar por comprarme una Xbox —dijo el chico—. Sería genial.

—Olvídalo —dijo su padre con una sonrisa—. Pero, si no nos vamos, llegarás tarde.

Josh llevó su taza y su plato al fregadero y alcanzó su mochila.

—Ya estoy preparado —anunció.

—¿Lo vas a llevar al colegio? —preguntó Rachel.

—A él, al colegio y a ti, al trabajo —contestó—. Tu coche necesita un cambio de aceite. He pensado que lo puedo llevar al garaje más tarde y dejártelo aparcado delante de la peluquería.

—¿Cómo sabes que lo necesita?

—Recuerdo la última vez que cambiaste el aceite y, teniendo en cuenta que todos los días haces más o menos los mismos kilómetros, calculo que hay que cambiarlo otra vez —explicó—. Por lo demás, tú tienes que ir al trabajo, y yo no tengo nada que hacer esta mañana.

Greg lo dijo con naturalidad, aunque Rachel se dio cuenta de que estaba tenso. Evidentemente, esperaba que reaccionara como de costumbre, rechazando su ayuda y provocando una situación incómoda. Pero esta vez no iba a ser así.

—Si vamos en mi coche y lo dejas en la peluquería, no podrás volver a tu casa —replicó.

Greg le dedicó una sonrisa.

—Claro que sí. Puedo volver andando —dijo—. Solo son tres kilómetros.

De repente, el ex de Rachel parecía esperanzado y feliz, como el joven del que ella se había enamorado.

—Pásate por la peluquería alrededor de las once y media —dijo Rachel—. Tienes el pelo bastante largo, así que te lo puedo cortar en mi hora de descanso y llevarte a casa.

Él le guiñó un ojo.

—Trato hecho.

Rachel pensó que su guiño no tenía importancia. Solo había sido un gesto inocente. Pero se estremeció por dentro, como si significara algo más.

Capítulo 14

Eran casi las siete, y los empleados del turno de noche ya estaban ocupados con sus labores. Todo el mundo tenía algo que hacer, todos menos Courtney, que había hecho su ronda por los jardines y se había puesto a deambular por el hotel.

Sabía lo que estaba haciendo: buscar a Quinn. Su creciente inquietud estaba directamente relacionada con él. El simple hecho de verlo comer con su abuela y sus amigos la había dejado trastornada, y eso que habían pasado varios días. Quinn la confundía y la excitaba. Era un desafío muy particular; uno contra el que deseaba restregarse y ronronear, como si fuera una gata.

—Menuda comparación —se dijo a sí misma al llegar a la escalera.

Se había quedado sin excusas y sin ideas para llegar a él. No se le ocurría nada salvo llamar a su puerta y desnudarse o volver a su dormitorio y acostarse pronto.

Subió los peldaños de dos en dos y, cuando llegó al cuarto piso, jadeaba. Entró en su dormitorio y se quedó sorprendida al ver un objeto que no estaba allí dos horas antes, cuando salió en busca del hombre que le quitaba el sueño: una caja rectangular, envuelta en papel de regalo.

Cuando la abrió, descubrió que contenía una botella de tequila bastante cara, una llave del hotel y una tarjeta que decía, simplemente: *Ven*.

La boca se le quedó tan seca como la mente. Sabía quién le había enviado el regalo y, por supuesto, quién había escrito la tarjeta, pero no sabía quién lo había puesto allí ni cuándo. Y, tras dar varias vueltas en círculo, intentando desentrañar el enigma, se dio cuenta de que estaba perdiendo el tiempo.

¿Qué debía hacer? ¿Cambiarse de ropa? ¿Ducharse rápidamente? ¿Ponerse algún perfume? Bajó la cabeza, se miró y llegó a la conclusión de que los vaqueros y la camiseta que llevaba eran apropiados. Además, no necesitaba una ducha. Y, en cuanto al perfume, estaba fuera de lugar; fundamentalmente, porque no tenía ninguno.

Tomó la caja del tequila y se fue al chalet de Quinn, pero llamó a la puerta en lugar de usar la llave por no parecer demasiado atrevida. Quinn abrió segundos después y sonrió.

—Esperaba que vinieras.

—Pues no será por tus habilidades literarias. Tu nota no puede ser más breve.

—Pero ha surtido efecto, ¿no?

Courtney, que no lo pudo negar, entró en la casa. Quinn alcanzó el tequila y se fue al mueble bar, donde ya había cortado limas y preparado un vasito con lo que parecía ser una mezcla de ese mismo cítrico. Al llegar, puso hielo en una coctelera y añadió todo lo demás.

Mientras él trabajaba, ella echó un vistazo al salón, donde Quinn tenía unos pocos objetos personales: libros, un teléfono móvil y una libreta con algo escrito.

Quinn también llevaba vaqueros, pero, en lugar de combinarlos con una camiseta, había elegido una camisa blanca que llevaba por fuera y remangada. Además, iba descalzo y, aunque Courtney no supo si ese detalle era particularmente sexy, se lo pareció.

Él le dio su copa y la invitó a sentarse en el sofá, cosa que hizo. Había preparado un plato con aperitivos, que estaba en la mesita.

—¿Me vas a seducir? —preguntó, antes de poder detenerse.

Quinn se sentó en una silla perpendicular al sofá y brindó con ella.

—¿Quieres que te seduzcan?

—Tengo entendido que preguntarlo no forma parte del proceso.

—¿En serio?

Courtney probó su bebida.

—En serio. De lo contrario, no sería seducción, sino una cita normal y corriente. La seducción implica influir en el otro y convencerlo de algo, pero no hay que convencerlo si ya está convencido.

Quinn la miró y sonrió.

—No le des tantas vueltas —dijo—. Eres una mujer decidida, que siempre hace las cosas a su modo.

—¿Te han dicho alguna vez que eres muy irritante?

Él rio.

—Sí, alguna vez. Pero come algo, por favor. Necesitarás fuerzas.

Courtney se estremeció ligeramente y alcanzó un canapé de cangrejo.

—¿Qué tal con tu banda? ¿Ya habéis encontrado ese local?

—¿Mi banda?

—¿Cómo los llamas si no? ¿Tus amigos? ¿Tu grupo?

—Mi equipo.

—Banda me gusta más, pero bueno.

—Hemos visto un par de cosas. A Zealand le preocupa el sonido y a Wayne, el dinero que cuestan.

—¿Y qué te preocupa a ti?

—Intento no preocuparme —contestó, echándose hacia atrás—. Te vi en el restaurante hace unos días.

—Lo sé. Me guiñaste un ojo.

—Trabajas mucho.

—Voy donde me necesitan, aunque nunca permiten que cocine. Y quizá es mejor así.

—Mi abuela dice que no aceptarás otro trabajo hasta que termines la carrera.

El sentimiento de anticipación de Courtney se debilitó un poco.

—¿Estuvisteis hablando de mí?

—Eres un tema interesante.

—No si tu abuela forma parte de la conversación.

Él no dijo nada. Ella cambió de posición con incomodidad y añadió:

—Solo quiero tener mi título.

—¿Como si fuera un talismán?

—No, será un símbolo. Una prueba de todo lo que he logrado.

—No necesitas pruebas. Ya has demostrado lo que vales.

—Vaya, eso suena bien...

—Es la verdad, aunque reconozco que siento curiosidad al respecto. ¿Por qué esperas al título antes de cambiar de vida? Comprendo lo de tu familia, y que no les quieras decir nada hasta que consigas lo que quieres, pero te sentirías mejor si tuvieras algo concreto. ¿Por qué no das ese paso?

—No lo sé —dijo, encogiéndose de hombros—. Pero tienes una forma muy rara de seducir.

—No te estoy seduciendo —replicó con otra sonrisa—. Te prometo que lo sabrás cuando empiece.

–¿Tienes preservativos?

–Sí. Y, por si necesitas más información, las sábanas están limpias y he puesto el cartel de *No molestar* en la entrada. ¿Más preguntas?

–No, no tengo más.

–Háblame de tu primera vez.

Courtney parpadeó, sorprendida.

–¿Te refieres al sexo?

Quinn asintió.

–No te pido que entres en detalles. Solo quiero saber cuándo y con quién lo hiciste.

Ella echó otro trago.

–Fue a los dieciocho años, tras dejar la casa de mi madre. Por entonces, estaba trabajando en el Happy Burger.

–Ah, la profesión que despreciaste...

–Y espero no tener que arrepentirme. Bueno, dudo que me arrepienta –puntualizó–. En cualquier caso, el chico se llamaba Cameron. Tenía una moto, y me dijo que yo le gustaba. Creo que me acosté con él por eso. Le quería gustar a alguien, y me daba igual si él me gustaba o no.

–Y querías ser como todas las demás.

–¿Cómo?

–Sí, eras mayor y más alta que tus compañeras de clase. No encajabas en el grupo, y no lo podías remediar. Pero podías dejar de ser virgen y ser como ellas en ese sentido.

Ella se le quedó mirando.

–Francamente, no sé qué decir –admitió.

–Entonces, te diré que me pareces fascinante. Una mujer fuerte, decidida y terriblemente sexy, aunque eso ya lo sabes.

Courtney pensó que no lo sabía en absoluto, y que le habría encantado que se lo volviera a decir. Pero, justo entonces, él se levantó, se desabrochó un par de botones de la camisa, se la quitó por encima de la cabeza y la dejó caer al suelo.

—Te voy a seducir —dijo, y la besó.

Quinn cerró sus grandes manos sobre la cara de Courtney y tomó su boca sin contemplaciones, aunque sin llegar al extremo de asustarla; ella le puso las suyas en el pecho, para sentir el calor de su piel y la dureza de sus músculos. Casi eran de la misma altura, lo cual significaba que, físicamente, estaban entre iguales, pero era obvio que Quinn le sacaba mucha ventaja en lo tocante a la experiencia.

Durante los segundos siguientes, Courtney se fue excitando cada vez más. El deseo de tenerlo y de conocerlo a fondo empezó a ser apabullante. Quería explorar todos sus secretos, y que la tocara por todas partes. Pero se dijo que debía ser paciente. Sería mejor si se lo tomaban con calma.

Quinn le acarició los brazos y detuvo las manos en sus caderas. Luego, jugueteó con el dobladillo de su camiseta y se la quitó del mismo modo en que se la había quitado él, antes de volver a besarla, aunque esta vez no se limitó a su boca: pasó a su cuello y le dio un pequeño mordisco que le arrancó un estremecimiento de placer.

Entonces, tiró de ella levemente y la llevó al dormitorio. Estaba a oscuras, pero se veía algo con la luz del salón.

—¿Te estás arrepintiendo? —dijo él, cuando Courtney miró la enorme cama.

—No, en absoluto.

—Me alegro.

Quinn se desabrochó los vaqueros y los dejó en el suelo. No llevaba calzoncillos, y ya estaba muy excitado. Courtney admiró su sexo durante unos instantes y, luego, mientras él cruzaba la habitación para encender la luz de la mesita, lo admiró entero.

—Enséñame esas alas —dijo él con humor.

Ella rio y le dio la espalda.

—No seas demasiado crítico.

—No lo seré.

Quinn se acercó por detrás y le acarició el segundo tatuaje.

—Es precioso. ¿Te sientes más libre con él?

—A veces.

Él le desabrochó el sostén, se lo quitó e hizo lo mismo con sus vaqueros y sus braguitas. Courtney intentó darse la vuelta, pero Quinn le puso una mano en la cintura y la mantuvo en esa posición.

—Todavía no —dijo.

Estaban desnudos en mitad del dormitorio, con él detrás de ella. Sin embargo, no hizo ademán de tocarla. No al principio. Después, acarició su espalda de arriba abajo con un contacto sutil que le endureció los pezones y pasó un dedo por la frase del primer tatuaje, es decir, por la frase que había escrito él.

Solo entonces, la giró. Y, tras mirarla a los ojos, cerró las manos sobre sus pequeños senos y los acarició con dulzura.

Courtney se excitó salvajemente, y se excitó aún más cuando bajó la cabeza y le succionó un pecho, acariciándole el pezón con la punta de la lengua. Fue tan placentero que se tuvo que aferrar a él para no perder el equilibrio. Estaba loca de deseo. Quería todo lo que le estaba ofreciendo y mucho más.

—Siéntate en la cama —ordenó.

Ella se sentó y, cuando él le indicó que se tumbara, se tumbó. Acto seguido, Quinn se arrodilló en el suelo, le separó las piernas y llevó los labios a la parte más íntima de su cuerpo.

Al sentir la primera caricia de su lengua, Courtney

dejó escapar un suspiró. Al sentir la segunda, cerró los ojos y se rindió a las atenciones de un amante que sabía lo que estaba haciendo. Quinn la exploraba desde todos los ángulos posibles: de arriba abajo, de lado a lado, en círculo. Empezó despacio, acelerando poco a poco y, al llegar al ritmo que la habría llevado al clímax, se detuvo.

Courtney contuvo la respiración. Quinn le metió un dedo y tocó una parte que estaba detrás de su clítoris, o a ella se lo pareció así. Y mientras acariciaba ese punto, combinándolo con las caricias de su lengua, llegó el orgasmo.

Courtney no lo esperaba. En cuestión de un segundo, pasó de estar simplemente excitada a estar temblando, jadeando de placer y diciendo cosas ininteligibles. Perdió el control por completo, y fue una experiencia tan larga e intensa que casi no supo lo que había pasado.

Al cabo de un minuto, clavó la vista en los ojos azules de Quinn y vio que la estaba observando con detenimiento.

–Por una vez, me gustaría saber lo que piensas –dijo ella–. Eres un misterio.

Él sonrió.

–Gracias.

Courtney soltó una carcajada. Quinn sacó un paquete de preservativos, le pidió que se levantara un momento para quitar la colcha y, a continuación, se tumbó con ella.

–¿Puedes llegar al clímax con la penetración?

Ella se ruborizó.

–¿Cómo?

–Te lo pregunto porque no es tan fácil para algunas mujeres.

–Bueno, yo lo he conseguido un par de veces, pero no son muchas –admitió.

–¿Por qué? ¿Porque duraron poco? ¿Porque lo hicisteis mal? ¿Porque no estabas suficientemente excitada o atenta?

Courtney tragó saliva y lo volvió a mirar a los ojos. Quinn estaba esperando una respuesta, y era obvio que le interesaba de verdad, pero eso no impidió que le metiera una mano entre los muslos y la empezara a masturbar de nuevo, lentamente, como si no estuvieran manteniendo una conversación.

—¿Tenemos que hablar ahora? —dijo ella—. ¿No podríamos hacer el amor?

—Es que quiero saber lo que te gusta.

—Ya has descubierto mucho. Y ha estado bien... ha estado maravillosamente bien —replicó, apretándose contra él—. Por favor, Quinn.

—Me encanta que pronuncies mi nombre. Sobre todo, cuando llegas al orgasmo.

—Yo no he pronunciado tu nombre.

—Oh, sí que lo has hecho.

Courtney quiso discutírselo, pero lo que le estaba haciendo le gustaba demasiado. De hecho, empezaba a sentir la familiar tensión que llevaba al clímax.

—Dame tu mano —dijo él.

—¿Qué?

—Tu mano.

Courtney se la dio, y Quinn la llevó al mismo sitio que estaba acariciando, en sustitución de la suya.

—Sigue tú. No queremos que pierdas el tempo.

—Yo... —acertó a decir, nerviosa.

—Sigue —insistió—. Solo serán unos segundos.

Antes de que ella pudiera protestar, Quinn se apartó y abrió la caja de preservativos para sacar uno. Pero, a pesar de su incomodidad, le hizo caso y se masturbó.

—Continúa, preciosa —la animó, mirándola con expresión de depredador.

—No sé si puedo.

—Pues lo estás haciendo muy bien.

Quinn se puso el preservativo, se colocó entre sus piernas y la penetró. Courtney intentó dejar de tocarse, pero ya no podía. Le gustaba demasiado.

−¿Qué me estás haciendo? −preguntó, sin dejar de masturbarse.

−Tomar lo que quiero −contestó.

−¿Y qué es?

Él la penetró un poco más, y ella soltó un grito ahogado.

−Esto.

Quinn empezó a entrar y a salir de su cuerpo, cada vez más deprisa, hasta que Courtney no tuvo más opción que rendirse. Soltó un grito al llegar nuevamente al orgasmo, y cerró las piernas alrededor de su cintura hasta que él obtuvo su satisfacción.

Los momentos posteriores fueron incómodos para ella. No sabía qué hacer ni qué decir. Pero Quinn solventó el problema por el procedimiento de besarla.

−¿Quieres quedarte toda la noche? −preguntó él.

Courtney, que no esperaba esa pregunta, contestó sin dudar.

−Sí.

−Excelente.

Ella no pudo estar más de acuerdo. Era excelente. Verdaderamente excelente.

La casa en venta era un chalet de tres habitaciones. Se había construido en la década de los años cincuenta, y no habían cambiado casi nada. Según el folleto, tenía un jardín desde el que se veía el mar y estaba a solo tres manzanas del colegio de primaria. En resumidas cuentas, era una casa perfecta para una familia joven.

Sienna cruzó el alegre y luminoso salón y entró en la

cocina. Las encimeras eran modernas, pero los armarios, de madera auténtica, parecían los originales. Al verlos, pensó que quedarían fantásticos después de lijarlos y barnizarlos.

Jimmy estaba hablando con una pareja en el comedor y, como ella no quería interrumpirlo, siguió con su inspección y echó un vistazo a las habitaciones y al único cuarto de baño, de azulejos turquesa. El color le pareció típico de la época, aunque no estaba segura de que ella lo hubiera cambiado si la casa hubiera sido de su propiedad. Quedaba extrañamente moderno en cierto sentido. Pero un cuarto de baño era poco. Necesitaba otro.

Después, salió al jardín y descubrió que era enorme. Tenía árboles grandes, una valla bonita y una mesa junto a una barbacoa. Se sentó en una de las sillas e intentó disfrutar del cálido sol de primavera.

Su mente estaba llena de dudas y preocupaciones, pero las despreció y se concentró en su respiración hasta que empezó a relajarse.

No tenía intención de pasar por la casa. Sin embargo, al ver el cartel de la agencia inmobiliaria de Jimmy, entró en la zona residencial donde se encontraba y aparcó. Ahora se alegraba de haberlo hecho. Esos minutos de tranquilidad le estaban sentando verdaderamente bien.

—¿Qué te parece?

Era Jimmy, que se había acercado de improviso.

—Que tiene espacio de sobra para ampliarla —contestó, levantándose—. Yo añadiría una habitación grande, lo cual implica un segundo cuarto de baño. Y pondría otra sala a este lado.

—Casi duplicarías los metros de la casa. ¿Te parece una buena idea?

—Basándome en los precios y los tamaños de las casas de la zona, sí. No sería ni la más grande ni la más cara.

Jimmy sonrió.

—Vaya, entiendes este negocio. ¿Te apetece una cerveza?

—¿Vas a beber en el trabajo?

—No, estaba bromeando. Pero tengo agua mineral, si quieres.

—Gracias.

Sienna lo siguió hasta la cocina, donde tomó la botella que Jimmy le ofreció. El cartel de la entrada había desaparecido, y ya no quedaba ningún cliente potencial.

—Hoy ha venido mucha gente, ¿no?

—Y tanto. Han sido tres horas sin parar, y creo que vamos a tener una o dos ofertas serias —comentó.

—Me alegro.

Sienna pensó que Jimmy tenía buen aspecto. Iba bien vestido, pero sin excesos. Se había puesto unos pantalones de color caqui, una camisa de color azul claro y una corbata que llevaba ligeramente suelta.

—¿Qué tal estaban las olas? —continuó ella.

—Hoy no he salido a hacer surf. Tenía demasiado papeleo.

—Qué horror.

—Sí, pero son cosas que hay que hacer.

—Recuerdo una época en la que el surf era tu prioridad absoluta.

—Sí, yo también me acuerdo —replicó, antes de clavar la vista en su anillo—. Por cierto, felicidades.

El buen humor de Sienna desapareció al instante.

—Gracias.

—¿Os vais a comprar una casa en la ciudad?

Ella abrió la botella de agua y echó un trago.

—Sinceramente, no lo sé.

—¿Te quieres quedar en Los Lobos?

Sienna pensó que la pregunta correcta no era esa, sino

en qué diablos estaba pensando cuando aceptó casarse con David. Pero nadie se atrevía a decírselo a la cara.

–No estoy segura –respondió.

Jimmy dio un paso hacia ella y la miró con cariño.

–Sienna, nos conocemos desde hace mucho tiempo. Somos amigos, y me importas mucho –afirmó–. Si alguna vez necesitas algo, recuerda que estoy aquí. Solo tienes que decirlo.

–Te lo agradezco.

–¿Te encuentras bien?

Ella forzó una sonrisa.

–Nunca he estado mejor –mintió–. Pero me tengo que ir...

Jimmy la miró como si fuera a decir algo importante. Sin embargo, cambió de opinión y se limitó a asentir.

–Saluda a tu madre de mi parte.

–Por supuesto.

Capítulo 15

Courtney estaba agotada, y no por la falta de sueño.

No, su agotamiento se debía a que estaba aterrorizada y a que tenía que disimularlo todo el tiempo, dos cosas que habrían cansado a cualquiera.

Habían pasado tres días desde la gloriosa noche con Quinn; tres días de cruces de miradas y sonrisas secretas; tres días de mensajes tórridos por el móvil; tres días de galletas de chocolate, que a ella le gustaban bastante más que las flores y, en suma, tres días de felicidad, porque había descubierto que Quinn le encantaba.

No se parecía a ninguno de sus amantes anteriores. No era de la clase de hombres que necesitaban someter a una mujer para sentirse bien. Era sexy, inteligente y cariñoso. Era tan bueno en la cama que tenía que hacer verdaderos esfuerzos para no pensar en ello, y no porque no le apeteciera, sino porque tenía miedo de que Joyce se diera cuenta de lo que pasaba y la interrogara al respecto.

Hasta entonces, había conseguido rehuir a su jefa, pero aquella tarde tenían otra reunión con Maggie, y no se podía ausentar. Así que sacó fuerzas de flaqueza, intentó expulsar a Quinn de sus pensamientos y entró en el amplio despacho de Joyce, donde se pusieron a hablar sobre el sitio en el que iban a poner el pabellón principal.

Tras decidir que lo instalarían en el norte de la pradera y que pondrían otro en el lado sur, pasaron al color de las sillas, el menú y, por último, la tarta.

—Lo he hablado con Gracie —dijo Courtney, consultando sus notas—. Tiene tanto éxito y le hemos dado tan pocas semanas de margen que ha estado a punto de rechazarnos, pero, afortunadamente, uno de sus clientes ha cancelado un encargo y le ha dejado con tiempo libre. Le he pedido una cita para que Neil y tú toméis una decisión sobre el diseño y el sabor. Si quieres, os puedo acompañar.

Maggie sonrió de oreja a oreja.

—No puedo creer que Gracie Whitefield vaya a preparar mi tarta de boda. Si hasta ha salido en la revista *People*...

Joyce suspiró.

—Ah, la querida Gracie —dijo—. Nunca olvidaré lo que pasó.

Courtney sintió pena de la pobre mujer. Habían pasado casi veinte años desde el suceso al que Joyce se refería, pero estaban en una localidad pequeña y la gente no olvidaba las cosas con facilidad.

Durante su adolescencia, Gracie se enamoró perdidamente de un chico que se llamaba Riley Whitefield. Él era algo mayor, y no estaba interesado en ella, pero Gracie no perdió la esperanza y, al saber que Riley estaba saliendo con otra, llegó a extremos tales como meterle una mofeta en el coche y clavarle la puerta de la casa para que no pudiera salir.

Pero eso no fue todo. Al cabo de un tiempo, la novia de Riley se quedó embarazada, y Riley se sintió en la obligación de pedirle el matrimonio. Entonces, Gracie se plantó delante de su coche, se tumbó en el asfalto y le rogó que la atropellara con el argumento de que su vida no tenía sentido sin él.

Los padres de Gracie la enviaron a otra localidad para que no pudiera sabotear la boda, y Gracie no volvió a Los Lobos hasta catorce años después. Courtney recordaba haber oído que la novia de Riley no estaba realmente embarazada, y que su matrimonio había durado poco tiempo, pero, fuera como fuera, Gracie terminó consiguiendo lo que quería: casarse con el chico de sus sueños.

—¿Le has dicho que quiero una tarta rosa?

—Sí, claro. Y ha comentado que se le ocurren un montón de ideas divertidas.

—Magnífico –dijo Maggie.

—Cambiando de tema, me han confirmado que Jill Strathern Kendrick será el juez de paz –le informó su hija.

—Ah, cuánto me alegro… Jill me cae muy bien. Nos hemos visto muchas veces en las reuniones del Ayuntamiento –declaró Maggie–. Pero tengo entendido que está embarazada. ¿No será un problema?

Courtney consultó sus notas.

—Según parece, no dará a luz hasta dos semanas después de la boda. ¿Quieres que busque un posible sustituto, por si acaso?

—No, no, quiero que sea ella –contestó–. Y ahora, pasemos a las flores.

Maggie y Joyce se pusieron a discutir sobre las opciones posibles. Courtney hizo unas cuantas sugerencias, aunque la gama de colores propuesta por su madre limitaba las posibilidades. Y, al cabo de un rato, su jefa comentó:

—Voy a estar fuera varios días, pero no te preocupes. Courtney se encargará de todo.

—¿Vas a dejar la boda en sus manos? —dijo Maggie, frunciendo el ceño.

—Por supuesto que sí. Tu hija hace muchas cosas en el hotel, y ya ha organizado bastantes actos. De hecho, te recuerdo que organizó tu fiesta de compromiso.

Maggie miró a su hija, perpleja.

—Pensaba que solo eras una criada...

—Y, generalmente, lo soy. Pero también sirvo mesas, llevo el bar y coordino bodas. Hago lo que sea necesario.

—Y muy bien, debo añadir —intervino Joyce—. Pregunta por ahí si no me crees.

Maggie asintió, aunque no pareció convencida.

Terminada la reunión, Maggie se fue del hotel y Courtney y su jefa salieron del despacho y se dirigieron al vestíbulo.

—Deberías decirle la verdad —declaró Joyce—. Tu madre se preocupa por ti.

—Se lo diré en su momento.

—Has conseguido muchas cosas, y estaría orgullosa de lo que has hecho. ¿Por qué te empeñas en esperar?

—Porque todavía no estoy donde quiero.

—Les estás haciendo daño, y tengo miedo de que te hagas daño a ti misma.

Courtney pensó que Quinn le había dicho básicamente lo mismo, y se preguntó si era una característica cultural de su familia.

—Te agradezco la preocupación, pero lo voy a hacer así.

Joyce sonrió.

—Es una forma muy elegante de decirme que no me meta donde no me llaman. Pero está bien, no me meteré. Al fin y al cabo, la decisión es tuya.

—Lo es. Y eso es lo que necesito.

Courtney lo dijo con firmeza, aunque empezaba a dudar. ¿Seguro que lo necesitaba? Joyce y Quinn pensaban lo contrario. ¿No estaría cometiendo un error?

La puerta del chalet se abrió de golpe, y un alto y atractivo hombre de color declaró en voz alta:
—¡Quiero ser el próximo Prince!
Quinn se quitó los cascos, se levantó y corrió a saludar a su cliente y amigo.
—¡Tadeo! —dijo, abrazándolo.
—¿Qué haces aquí, hermano? —preguntó Tadeo, que le dio una palmadita en la espalda—. Esta ciudad no te pega nada.
—Todo es cuestión de acostumbrarse.
—Sí, pero te puedes acostumbrar a un sarpullido, y eso no significa que sea bueno —alegó—. Es un lugar tan pequeño que no tiene ni tiendas ni restaurantes. ¿Qué haces para divertirte?
Quinn pensó inmediatamente en Courtney. Era de lo más divertida, aunque no hicieran el amor.
—Bueno, me las arreglo.
Tadeo dejó su guitarra en el suelo.
—Lo de ser el próximo Prince lo decía en serio.
—Lo dudo mucho. Pero ¿a qué has venido? ¿Te has vuelto a pelear con Leigh?
—¿Por qué me preguntas eso?
—¿Qué ha pasado esta vez?
Las peleas de Leigh y Tadeo eran legendarias; se amaban a gritos, y ni su matrimonio ni sus tres hijos habían cambiado esa curiosa manía. Los que esperaban que el tiempo menguara su pasión se habían equivocado miserablemente. Y, aunque a Quinn le parecieran demasiado exagerados, debía reconocer que nunca eran aburridos.

—Me intenta coartar —declaró Tadeo, dejándose caer en una de las sillas—. Si estoy toda la noche escribiendo música, no me puedo levantar a primera hora para llevar a los niños al colegio. Tiene que ser razonable. Soy un artista.

—También eres padre.

—Eso es lo que dice ella. ¿Es que te ha llamado?

—No hace falta que me llame.

Tadeo sacudió la cabeza.

—No voy a volver. Y esta vez lo digo en serio —afirmó—. Me quedaré aquí. Me quiere atar en corto, y ya no lo soporto más.

—Oh, vamos, estarías perdido si no te llevara con una correa —Quinn miró la hora y vio que faltaba poco para la una de la tarde—. Voy a pedir algo de comer. ¿Quieres algo?

—Claro.

Tadeo miró el menú del servicio de habitaciones y dijo lo que quería. Quinn hizo el pedido unos minutos después, e incluyó los platos de Wayne y Zealand, que estaban al llegar.

—Zealand me ha comentado lo del estudio nuevo. Si me enseñas los planos, te daré unas cuantas ideas.

—¿Por qué crees que necesito tus ideas? —preguntó Quinn.

—Porque yo soy el artista, hermano.

—Y yo soy el hombre que firma tus cheques.

—Ah, sí. Había olvidado esa parte.

Quinn soltó una carcajada. Luego, le enseñó el plan que habían proyectado para la nueva sede y dio explicaciones sobre las modificaciones que pensaban hacer.

—¿Habrá habitaciones donde pueda escribir? —preguntó Tadeo—. Tengo que componer, y no lo puedo hacer en casa.

—Tú vives en Los Ángeles —le recordó—. ¿Es que piensas mudarte a Los Lobos?

—No, pero me puedo quedar en el hotel. Es un sitio agradable —dijo—. Además, Leigh tiene que recordar que soy un hombre.

—Lo que tiene que hacer es darte una buena patada en el culo, y sospecho que lo va a hacer muy pronto. Si me llama por teléfono, no tendré más remedio que decirle que estás aquí —le advirtió Quinn.

—Tú no sabes dónde estoy.

—Estás en el salón de mi casa.

—Me refiero a que no sabes dónde me alojo.

Quinn estaba seguro de que el músico se habría alojado en el hotel de Joyce, pero no lo dijo porque era una perogrullada. Además, no le quería seguir la corriente. Tadeo era un gran artista y, como muchos grandes artistas, podía llegar a ser verdaderamente irritante, aunque su relación con Leigh le hubiera dado estabilidad.

Ahora bien, ¿quién era él para echarle sus rarezas en cara? Tampoco se podía decir que fuera un tipo normal. Y, mientras intentaba decidir si eso era bueno o malo, alguien llamó a la puerta y dijo:

—Servicio de habitaciones.

Quinn reconoció la voz y abrió a Courtney, que empujaba un carrito.

—O tienes compañía o estás muerto de hambre —dijo ella.

Él la miró con detenimiento. Llevaba una chaquetilla de chef, y le quedaba tan bien como su nuevo corte de pelo y su sempiterna coleta, siempre sexy.

—Te he echado de menos —replicó.

Courtney parpadeó.

—Guau. Te gusta ir al grano, ¿eh? Yo también te he echado de menos —le confesó—. Pero observo que tienes compañía..

—Ah, sí. Tadeo, te presento a Courtney —dijo sin dejar

de mirarla–. Courtney, te presento a Tadeo. Es uno de mis cantantes.

–Encantado de conocerte –dijo el músico–. Pero soy bastante más que un cantante. Soy un compositor. Soy un artista. El nuevo Prince.

–Eso dices tú. Yo no estoy tan seguro.

Courtney rio.

–Veo que estáis ocupados. Dejaré esto y me iré.

–No te vayas tan pronto –le pidió Quinn.

–No tengo más remedio. Una de las camareras está de baja, y debo volver a la cocina.

Courtney dejó las cosas en la mesa, le dio la factura para que la firmara y preguntó:

–¿Es uno de tus clientes?

–Lo encontré en un club de Riverside. Me debe todo lo que ha conseguido.

Quinn dijo lo último en tono de broma, pero Tadeo asintió.

–Es verdad. Me siento tan en deuda con él que hasta dejé que me arrastrara al altar.

Courtney arqueó una ceja.

–Vaya, no sabía que también te gustaran los hombres, Quinn.

Tadeo soltó una carcajada.

–No, no se trata de eso. Solo me casó.

–¿Te casó? ¿Los productores pueden casar a la gente?

–En California, sí –contestó Quinn–, aunque tuve que hacer un cursillo y sacarme la licencia. Díselo a Sienna. Quizá quiera que la case.

Courtney volvió a reír.

–Se lo diré.

Tadeo suspiró.

–Leigh y yo nos casamos en la playa, durante una puesta de Sol.

—Oh, no te pongas romántico ahora —protestó su amigo.

—Fue un día precioso —insistió Tadeo, mirándolo fijamente.

—Eso es verdad.

—Y Leigh estaba impresionante —afirmó—. Pensándolo bien, será mejor que la llame por teléfono y le diga algo bonito.

—Sí, será mejor. Y de paso, pídele disculpas.

Tadeo alzó una mano y le sacó el dedo corazón antes de meterse en el dormitorio y cerrar la puerta.

—¿Siempre es así? —preguntó Courtney.

—Eso me temo —respondió Quinn—. No te he visto mucho últimamente.

—Lo sé. He estado muy liada, aunque dejaré de estarlo pronto.

Quinn se acercó a ella con intención de tomarla entre sus brazos y besarla, pero, justo entonces, oyó a Wayne y a Zealand, que estaban a punto de entrar.

—Te tomo la palabra —replicó—. Pero que sea muy pronto.

Courtney estuvo dos días en el servicio de cocina, y no estaba acostumbrada a ese ritmo de trabajo: periodos de inactividad casi absoluta y rachas de locura, cuando todos los clientes pedían cosas al mismo tiempo y ella tenía que ir corriendo a todas partes.

El hotel ya se estaba preparando para la temporada alta, la del verano. Además, faltaba menos de un mes para el Cuatro de Julio, la fiesta nacional de Los Estados Unidos, que atraía a turistas de todo el país. Joyce había ampliado la plantilla, y Courtney tenía que formar a las temporales del servicio de habitaciones. También había gente nueva en el restaurante y en el bar. Y su amiga Kelly había ascendido a jefa de camareras.

Tras llevar una botella de Drama Queen a la habitación 312, bajó a la primera planta y salió al exterior. Eran casi las ocho, lo cual significaba que el Sol se estaba a punto de poner. El cielo del oeste se empezaba a poner de color rojo, y el aire olía al cercano mar, sobre el que volaba una gaviota.

Eran los momentos del día que más le gustaban, los momentos de paz y belleza. Además, se estaba haciendo tarde, y ya no tendría mucho que hacer.

Sin darse cuenta, tomó el camino del chalet de Quinn. No tenía intención de llamar a la puerta, pero si él la veía y la invitaba a entrar, quién era ella para negarse. Y aún se estaba riendo de su propia malicia cuando la vio en una de las mesas de su jardín, tocando una guitarra y tomando notas. Iba descalzo, y llevaba unos vaqueros y una camiseta vieja.

—Hola —dijo Quinn, sonriendo.

—Hola. La guitarra te sienta muy bien, aunque supongo que ya lo sabes.

—Sí, me lo han dicho alguna vez —Quinn la invitó a sentarse—. Si te apetece, te puedes quedar aquí hasta que te vuelvan a llamar.

—Gracias. La tarde de hoy ha sido muy movida —dijo, tomando asiento—. ¿En qué estás trabajando?

—En un par de canciones que Tadeo me ha traído. Tiene buenas ideas, pero no sería capaz de terminar una canción ni aunque lo ahorcasen. Yo las limpio un poco y las refino.

No era la primera vez que hablaban de eso. Definitivamente, Quinn no se limitaba a descubrir talentos y pulsar botones en un estudio de sonido. Pero Courtney seguía sin entender bien su profesión.

–No sabía que tocaras la guitarra.

–Y el piano. Fue cosa de Joyce, que insistió en que fuera a clases de solfeo. Yo tenía cinco años y las odiaba con toda mi alma, pero al final me enamoré de la música. Me ofrecía una vía de escape cuando las cosas se ponían difíciles con mi madre –le explicó–. Joyce puso un piano en una de las salitas de la planta baja, y yo practicaba todos los días. Dudo que a los clientes de las habitaciones cercanas les hiciera gracia.

Ella rio.

–Bueno, podría haber sido peor. Podrías haber tocado la batería.

Quinn soltó una carcajada.

–No, no tengo tanto sentido del ritmo.

–Yo no estoy tan segura.

Él la miró con intensidad.

–No me tientes. Te recuerdo que sigues trabajando.

La advertencia de Quinn llegó demasiado tarde, porque el ambiente ya se había cargado de tensión sexual. De hecho, Courtney se preguntó si era lícito que una empleada del hotel besara a un cliente o lo llevara a la cama y le hiciera el amor.

Y, justo entonces, sonó su teléfono.

–¿Quién es? –preguntó Quinn.

–Mi madre –contestó–. Como estoy organizando su boda, puse un tono especial a sus mensajes para saber que es ella quien me escribe. Pero ya no estoy segura de que fuera una buena idea.

–¿Es que habéis discutido?

–No, es que no me deja en paz en ningún momento. Tiene ideas nuevas constantemente. Mira… Ahora quiere confeti y pompones.

Él frunció el ceño.

–¿Pompones? ¿Como los de las animadoras?

Courtney soltó una risita.

—No, se refiere a unos muy pequeños que se pueden lanzar como el confeti. Pero no sé si serían fáciles de limpiar. Aunque supongo que los podríamos quitar del suelo con una aspiradora —contestó.

Courtney le dijo a su madre que le parecía genial y se guardó el teléfono móvil.

—No sabía que fuera tan imaginativa —continuó—. ¿Te he dicho ya que se ha empeñado en que todo sea de color rosa? En distintos tonos, eso sí, y con algún toque de color vainilla. Pero, esencialmente, será rosa. Hasta el champán será rosa.

—No es rosa, sino rosado.

—Oh, vamos, menuda diferencia.

—Es una gran diferencia —insistió Quinn.

—¿Ah, sí? —dijo con ironía—. ¿Por qué?

—Los únicos champanes de color literalmente rosa son los malos, y lo son porque los ponen colorante. Los buenos son más claros. Sacan el color del tipo de uva con el que se hacen.

—Vaya, ahora resulta que también eres especialista en vinos.

—No, pero tengo buena memoria para esas cosas. Siempre gano cuando juego al Trivial.

—Lo recordaré.

Quinn volvió a tocar unos acordes de guitarra.

—¿Tú has compuesto eso?

—Casi todo, aunque Tadeo me ha ayudado —respondió con una sonrisa—. Pero, si le preguntaras a él, diría que ha sido al revés.

—Tienes un grupo interesante de amigos. Zealand, Wayne, Tadeo... ¿Cómo conseguiste que Wayne se metiera en vuestro negocio? Por lo que tengo entendido, no tenía nada que ver con la industria musical.

Quinn dejó de tocar y de sonreír.

—Es una historia larga.

—Bueno, si no me la quieres contar, no me la cuentes. Solo era curiosidad.

Él dejó la guitarra en su soporte.

—No es que no te la quiera contar. De hecho, es una historia bastante conocida, que hasta puedes encontrar en Internet. Casey, el hijo de Wayne, también era soldado. Resultó gravemente herido, y acabó con daños cerebrales y condenado a una silla de ruedas. Los médicos hicieron lo que pudieron, pero no fue suficiente. Lo único que lo hacía reaccionar era la música. Concretamente, la música de Tadeo.

Courtney asintió. Por lo que sabía de Tadeo, hacía un tipo de música bastante fuerte.

—Wayne compró entradas para uno de sus conciertos —prosiguió Quinn—, pero los empleados del estadio donde se iba a celebrar se negaron a buscar un sitio donde Casey pudiera estar en su silla. Wayne se plantó en el ensayo y montó un lío.

—¿Qué quieres decir?

—Que golpeó a uno de los técnicos. El director de la gira quiso llamar a la policía, pero lo llevaron a mí, y le pregunté por qué había hecho eso. Wayne estaba emocional y físicamente roto. Solo quería que su hijo estuviera cómodo y disfrutara del concierto antes de morir. Nada más. Una petición bastante razonable, diría yo.

—Y se la concediste, claro.

—Por supuesto. De hecho, Casey conoció a Tadeo y estuvo en los tres conciertos de la gira. Luego, hicimos unas llamadas para conseguirle ayuda, porque Wayne estaba solo y ya no podía más —comentó con tristeza—. Casey murió dos meses después y, seis meses más tarde, Wayne se presentó en mi despacho. Tenía muy mal aspecto. Dijo que solo quería darme las gracias por lo que había hecho, y yo me apiadé de él y lo contraté de ayudante.

Los ojos de Courtney se llenaron de lágrimas. No era de la clase de personas que lloraban por cualquier cosa, pero su historia la había emocionado.

—Te odio —le dijo, mirándolo con intensidad.

—¿Cómo? ¿Qué he hecho para que me odies?

Courtney pensó que no había hecho nada y que lo había hecho todo. Pero, antes de poder contestar, sonó su busca.

—Lo siento, tengo que volver a la cocina. Hasta luego.

—¿Qué pasa, Courtney?

Ella hizo caso omiso. ¿Qué podía decir? Se sentía muy atraída por él. Era un amante magnífico. Y ahora, después de oír la triste historia de Wayne, que se había salvado gracias a la intervención de Quinn, tuvo miedo de enamorarse.

Pero el amor era un peligro. El amor dolía siempre. Todas las clases de amor dolían. Y, si sus amantes anteriores le habían hecho daño, ¿qué le haría un hombre como Quinn, que era infinitamente mejor?

Si se arriesgaba a amarlo, le partiría el corazón.

Capítulo 16

El sábado era un día complicado en las peluquerías. Tenían mucho trabajo y, aunque la forma física de Rachel había mejorado bastante con su programa de ejercicio, ya estaba agotada a las seis.

Cuando por fin salió, se subió al coche y se puso a pensar en lo que tenía que hacer durante el fin de semana: lavar la ropa, hacer la compra, planear las comidas de la semana siguiente, limpiar la cocina y los dos cuartos de baño y adecentar un poco el jardín, que estaba lleno de malas hierbas.

Al llegar a su barrio, vio que el coche de Greg estaba delante de su casa. Durante un par de segundos, se sintió tan entusiasmada como si volviera a ser una adolescente, pero se recordó que no había ido a verla a ella, sino a dejar a Josh, con quien había estado todo el día. Seguramente se había quedado porque quería hablar de alguna cosa. Y, después de hablar, se marcharía.

Pero, mientras aparcaba el coche, vio algo más inesperado que la camioneta de su ex. Alguien había limpiado el jardín y quitado las malas hierbas: la misma persona que se acercó un momento después con el corta césped, Greg.

—Ah, ya estás aquí. Acabo de terminar con la parte de atrás.

—¿Has cortado el césped?

—Sí, y Josh me ha ayudado. Un año más y será capaz de arreglar el jardín por su cuenta.

—Gracias —dijo ella, asombrada—. En serio. Nunca me ha gustado trabajar en el jardín. Te lo agradezco mucho.

—Pues me estarás aún más agradecida cuando sepas que también hemos arreglado el aspersor —comentó.

—Gracias —dijo ella, pensando que se estaba repitiendo.

—Bueno, deja que termine esto y te limpiaré el garaje. Por cierto, hemos comprado comida china. Está en el frigorífico.

Rachel se quedó sin habla. No sabía qué le sorprendía más, si el hecho de que hubiera comprado comida o el hecho de que quisiera quedarse a cenar con ellos, como se deducía de su comentario.

¿A qué estaba jugando?

—¿Te encuentras bien? —preguntó él.

—Sí, claro —mintió—. Te veré dentro.

Rachel sacó su bolso del coche y entró en la casa, donde se quitó la ropa de trabajo y se puso unos vaqueros y una camiseta.

Durante unos momentos, estuvo a punto de maquillarse y ponerse algo bonito, pero la idea le pareció ridícula. La semana había sido muy larga. Estaba hambrienta y cansada, y no quería impresionar a Greg.

Entró en la cocina y sacó la comida del frigorífico. Greg había comprado sus platos favoritos, lo cual significaba que su mayor problema consistía en no excederse con las porciones; en eso, y en no pesarse durante tres días, en beber más agua que de costumbre y en añadir dos kilómetros más a su paseo diario. Pero, en cualquier caso, estaba decidida a comer lo que quisiera sin sentirse culpable, sobre todo, porque Greg había comprado una botella de su tinto preferido.

–Hola, mamá.

Rachel sonrió al ver a su hijo.

–Hola. Me han dicho que hoy has trabajado mucho.

–Sí, pero el jardín ha quedado fantástico. Papá dice que un hombre se tiene que enorgullecer de su casa.

–¿Ah, sí?

–Sí. Y, a partir de ahora, limpiaré más.

–Excelente –dijo ella, sacando la botella de vino.

Greg apareció al cabo de unos minutos, y dijo:

–Si esperas a que me lave las manos, pondré la mesa mientras tú calientas la comida. Y también abriré el vino.

Rachel estuvo a punto de decir que no era necesario, pero, cuando él se quitó la camiseta y la dejó en la encimera, se quedó sin habla por segunda vez en la noche. Había olvidado que Greg siempre hacía lo mismo después de trabajar en el jardín o con el coche: se quitaba la camiseta y, a continuación, se lavaba las manos y la cara y se limpiaba con una de sus toallas perfectamente limpias.

Durante su matrimonio, le había gritado muchas veces por ensuciar sus toallas buenas. ¿Cómo se atrevía a cometer ese delito? Pero entonces estaban casados, y lo veía desnudo o semidesnudo con mucha frecuencia.

Y ya no lo estaban.

Rachel se quedó hipnotizada con la visión de su Greg, vestido con vaqueros, botas y nada más. Su pecho y su espalda eran tan anchos como morenos y sus músculos, tan potentes como su trabajo exigía. Además, llevaba varios días sin afeitarse, y la sombra de la barba le daba un aspecto rebelde que le sentaba maravillosamente bien.

Cuando él cerró el grifo, ella se obligó a apartar la vista. ¿Qué le estaba pasando? Tenía una sensación extraña en la parte baja del estómago. ¿Estaría otra vez con la regla? No lo creía posible. Y, tras unos segundos de sopesar el asunto, llegó a la única conclusión posible: estaba excitada.

Atónita, alcanzó la comida y la calentó. Greg se puso una camiseta, abrió el vino y llevó platos y cubiertos a la mesa. Josh apareció de inmediato.

–Los Dodger juegan un partido muy importante –anunció–. ¿Puedo comer en el salón, para verlo en la tele?

Greg miró a Rachel y, como ella seguía haciendo esfuerzos inútiles por superar su tensión sexual, se alegró de que Josh no quisiera cenar con ellos. Si se quedaba en la cocina, se daría cuenta de que estaba nerviosa y lo diría en voz alta.

–Sí, claro –dijo su madre, aliviada.

–¡Genial! ¿Y puedo tomar un refresco?

–Vale, pero solo uno.

–¡Bien!

Greg arqueó las cejas.

–¿A qué ha venido eso? Nunca dejas que tome refrescos con las comidas.

–Bueno, nosotros vamos a tomar vino, y me ha parecido lo justo.

Se sentaron uno enfrente del otro, en las mismas sillas de siempre. Pero, a diferencia de tantas ocasiones, Rachel se sintió como si el pasado y el presente se hubieran fundido, y se quedó con la mente en blanco.

–¿Qué piensas? –dijo él, pasándole los rollitos de primavera.

–Que, técnicamente, te has autoinvitado a cenar.

–Sí, supongo que sí, pero también te he arreglado el jardín.

–¿Por qué?

—¿Recuerdas la conversación que mantuvimos en el campo de béisbol?

Ella intentó no ruborizarse.

—No estoy segura de que fuera una conversación, pero sí, la recuerdo.

Greg sonrió.

—Cuando me fui, tomé una decisión. Siempre te ofrezco ayuda y siempre la rechazas. A partir de ahora, me limitaré a hacer lo que haya que hacer.

—¿Y si no quiero que lo hagas? Te puedes meter en un buen lío.

—Sí, pero imagino que te enfadarás menos conmigo, y eso ya es una victoria —dijo, alcanzando el arroz con gambas—. ¿Sienna sigue comprometida con David?

A Rachel le pareció bien que cambiara de conversación. Era lo mejor para los dos. O, por lo menos, para ella.

—Eso tengo entendido. Qué locura, ¿no? No le hizo gracia que le propusiera matrimonio delante de todos —dijo—. Pero no sé si se debe a que le sorprendió o a que no quiere casarse.

—¿Cuántas veces se ha comprometido ya? ¿Cuatro?

—No, esta es la tercera. Jimmy, Hugh y ahora, David.

—No llegué a conocer a Hugh, pero Jimmy es un gran tipo.

—¿Y qué te parece David? —preguntó, sintiendo curiosidad por su opinión.

—No está mal, pero no me parece que estén hechos el uno para el otro. Es como si no hubiera química entre ellos. Aunque también podría ser que Sienna esté embarazada.

Ella estuvo a punto de atragantarse con el vino.

—¿Embarazada? No, no. Me lo habría dicho.

—Solo era una idea.

Rachel ni siquiera se había planteado la posibilidad de que su hermana estuviera embarazada, pero hacía el amor con David, y siempre había algún riesgo. ¿Le habría pasado lo mismo que a ella?

—Ahora que lo pienso, es posible. Se podría haber quedado embarazada sin querer.

—Maldita sea, Rachel...

Ella lo miró con sorpresa.

—¿Qué pasa?

—Sé que no queríamos tener un hijo tan pronto, pero lo tuvimos. No fue culpa tuya. Son cosas que pasan.

—No habría pasado si no me hubiera olvidado de tomar la píldora.

—¿Te arrepientes de haber tenido a Josh?

Rachel tomó un poco más de vino.

—Por supuesto que no. Pero ¿cómo has sabido que estaba pensando eso?

—Lo he sabido porque te conozco —contestó—. Y, hablando de Josh, se está haciendo mayor. Debe empezar a aprender que tiene obligaciones. Podríamos encargarle cosas para que se gane una asignación con su trabajo.

—Sí, es una buena idea. ¿Qué crees que podría hacer?

—Bueno, tú eres la persona que vive con él. ¿Qué es lo que más te molesta de su actitud? —preguntó.

—Eso es fácil: el cuarto de baño. Siempre lo deja fatal. No se molesta ni en vaciar el lavabo, y se niega a limpiar el baño después de ducharse.

Greg se levantó, abrió un cajón, sacó un bolígrafo y una libreta y se volvió a sentar.

—Muy bien, el cuarto de baño. ¿Qué más?

Media hora más tarde, habían terminado de cenar y tenían una lista con tareas para Josh, quien seguía viendo el partido de béisbol.

—Si quieres, prepararé un programa semanal y lo pegaré en el frigorífico para que lo vea todos los días –dijo Greg–. Si hace todo lo que tiene que hacer, le daremos una paga extra.

—Apoyo la moción. Y debo decir que estoy encantada ante la perspectiva de que limpie el servicio.

—Es un chico capaz. Lo hará bien.

Rachel supuso que tenía razón, y que no se había dado cuenta porque no le había dado la oportunidad de demostrarlo. Era otra de las consecuencias de hacerlo todo sola, sin pedir ayuda a los demás.

—¿Qué pasa con el campamento de verano? –continuó él–. ¿Cuándo empieza?

—Poco después de que termine el colegio. Al lunes siguiente –contestó–. Estudiará ciencias por la mañana y hará deporte por la tarde.

—Bueno, comprobaré mis horarios. Cuando esté libre, lo llevaré yo y pasaré después a recogerlo. Hasta puedo prepararle la comida.

—¿Sabes cocinar?

Él rio.

—Claro que sé. Y, si tengo alguna duda sobre las cosas que le preparas, se lo consultaré a Josh.

—¿Por qué estás haciendo esto?

Él se inclinó sobre la mesa y tocó suavemente su mano.

—Porque también es mi hijo. Pero tendría que haberlo hecho antes.

El contacto de Greg la relajó. Se llevaban bien para estar divorciados, pero lo suyo era algo más que una buena relación. Su ex le gustaba, y ese era el motivo por el que no había salido con nadie desde el divorcio.

—Me gustaría que esperaras más de mí –continuó él.

—Y esperaba más de ti, pero no sirvió de mucho.

—No fue así, Rachel. Me pediste una vez que hiciera algo y, como no lo hice, no me lo volviste a repetir.

Ella frunció el ceño.

—Francamente, no sé si me estás criticando a mí o te estás criticando a ti mismo.

—Estoy culpando a los dos, pero, sobre todo, a mí. Lo siento mucho, Rachel. Siento no haber sido un buen marido. Te quería con locura, pero no estaba preparado para las responsabilidades del matrimonio —le confesó—. Y no estoy diciendo que quisiera salir con otras mujeres, ni mucho menos. Solo quería un poco de libertad.

—Ya —replicó ella, sin saber qué decir.

—Sin embargo, no sé si nuestro matrimonio fracasó porque yo no estuve a la altura o porque tú necesitas ser una mártir. Y no es una pregunta, por cierto. No espero una respuesta.

Greg no parecía enfadado. De hecho, la miró con curiosidad, lo cual la confundió.

—No sé si llegaremos a saberlo —dijo ella.

—No, seguramente no... En fin, te ayudaré a quitar la mesa y me iré. Supongo que tendrás cosas que hacer.

Rachel tenía plan para la noche, pero ya no le interesaba. Quería que Greg se quedara con ella. Quería acurrucarse contra su cuerpo en el sofá y charlar o ver una película. Quería que la besara y la tomara entre sus brazos. Quería que le hiciera el amor.

Acababa de descubrir que lo echaba terriblemente de menos, y lo había descubierto entre algo tan poco romántico como unos rollitos de primavera y un arroz con gambas. Dos años después de su divorcio, seguía enamorada de él.

Tras limpiar la mesa, Greg dio las buenas noches a su hijo y se dirigió a la salida, donde le esperaba Rachel.

—Gracias por la cena y por arreglarme el jardín —declaró ella.

—No hay de qué —dijo él—. Me alegro de que hayamos trazado ese plan para Josh.

—Y yo.

Greg abrió la puerta. El cielo nocturno estaba completamente despejado, y se podía oler la brisa del mar, a pocas manzanas de distancia.

Rachel quiso decir algo gracioso o interesante, algo que le arrancara una carcajada, algo que lo instara a quedarse, pero la mente se le quedó en blanco, así que se limitó a cruzarse de brazos y sonreír.

—Que descanses.

—Lo mismo digo.

Greg se inclinó y le dio un beso en los labios. El acto fue tan inesperado como breve, y ella no tuvo tiempo de reaccionar. Antes de que se diera cuenta de lo que había pasado, dio media vuelta y se alejó.

Rachel cerró la puerta y se dijo a sí misma que solo había sido un beso amistoso y que no significaba nada, aunque eso no impidió que en el interior de su pecho se hinchara la burbuja de la esperanza.

En todo caso, no tenía intención de darle vueltas. Seguiría con su vida, y esperaría a ver lo que pasaba.

Courtney miró la caja que estaba encima de su cama. Tenía una etiqueta de Nordstrom, e iba dirigida a ella. Pero no había comprado nada en Nordstrom. Con lo que le costaba el coche y la universidad, no habría podido comprar ni un calcetín en ese sitio.

Entonces, ¿qué hacía una caja de Nordstrom en su cama?

En principio, solo había una respuesta posible. Y no tenía más formas de salir de dudas que hablar con su principal sospechoso, así que tomó la caja, salió de la habitación y se plantó en el chalet de Quinn.

—Ah, vaya —dijo él cuando abrió la puerta—. Veo que ha llegado.

—¿Qué me has comprado?

—Ábrelo y lo sabrás.

Courtney llevó el paquete al mueble bar y lo abrió. Bajo el embalaje había una caja de zapatos de color negro, en cuya tapa decía: Saint Laurent París.

—¿Me has comprado zapatos? —preguntó, asombrada.

—Eso parece.

—¿De París?

—Técnicamente, de la página web de Nordstrom. Pero sí, creo que son de París.

—¿Y sabes mi talla? No serás un fetichista de los pies, ¿verdad?

Quinn rio.

—No. Le pedí a mi abuela que lo averiguara.

Courtney volvió a mirar la caja. Era la caja más bonita que había visto en su vida.

—¿Por qué diablos me has comprado zapatos?

Él le puso las manos en los hombros.

—Porque he visto cómo caminas. Hundes los hombros como si quisieras parecer más pequeña, o incluso invisible.

—¿Te has dado cuenta? —dijo, humillada—. Es que soy muy alta. Demasiado alta. Y no quiero que la gente se dé cuenta.

—Ni lo puedes ocultar ni tiene sentido que lo hagas. ¿Qué hay de malo en ser alta? Eres una mujer alta y bella. Asúmelo de una vez.

Courtney se quedó sin habla. Había dicho que era bella. Se lo había dicho de verdad.

—Abre la caja.

Ella habría preferido que repitiera el cumplido, pero respiró hondo, abrió la caja y se llevó una decepción enorme; no por los zapatos, que eran una preciosidad de ante turquesa y punta afilada, sino por los tacones, que debían de tener diez centímetros.

—No puedo ponerme esto.

Quinn arqueó una ceja.

—Mido uno ochenta y cinco. Si me pongo eso, estaré cerca de los dos metros...

—¿Y qué?

—Tú no conoces a la gente. Me tomarían por una especie de monstruo —contestó—. Además, no estoy acostumbrada a llevar tacones.

—¿Lo has intentado alguna vez?

—No.

—Pues ya es hora de que lo intentes. Póntelos.

Quinn acercó una de las sillas. Ella suspiró, se sentó, se quitó sus conservadoras sandalias y se puso los zapatos de Saint Laurent.

Le quedaban perfectos, y le sentaban aún mejor.

—¿Preparada para levantarte?

Quinn le ofreció una mano. Ella la aceptó y se levantó.

—Ah, no es tan terrible como pensaba. Hasta puedo mantener el equilibrio —dijo.

Decidida, dio un paso adelante. Y estuvo a punto de caerse.

—Vaya, no estabas bromeando al decir que no te habías puesto tacones en toda tu vida —observó él con humor—. Ven, apóyate en mí.

Courtney se apoyó en él y dejó que la llevara hasta el espejo del cuarto de baño.

—¿Y bien? ¿Qué te parece?

Ella se miró en el espejo. Llevaba vaqueros y una camiseta, nada especial, pero los zapatos eran exquisitos.

—Dudo que pueda andar con ellos, pero son alucinantes. Gracias.

—Entonces, ¿te los vas a quedar?

Courtney frunció el ceño.

—Mírame, Quinn... estoy más alta que tú.

—Y me encanta.

Ella pensó en las modelos con las que habría salido, todas altas. Quinn estaba acostumbrado a ese tipo de cosas. Y, por otra parte, era un hombre tan independiente y poco convencional que se atrevía a ir en un Bentley con un minúsculo caniche.

Obviamente, la altura no le preocupaba.

—Tendré que aprender a caminar con ellos –dijo, tentada por la idea.

—Cuando conquistes esos tacones, habrás conquistado todos tus miedos.

Courtney soltó una carcajada.

—Puede que sea cierto, lo cual me asusta –le confesó–. Y yo que quería ser una persona normal y corriente...

Él le pasó un brazo alrededor del cuerpo.

—Olvídalo, Courtney. Tú no eres normal y corriente.

Capítulo 17

Courtney creía firmemente en probar la comida antes de servirla en una boda. Lo último que los novios querían era descubrir que estaba mala, así que su madre y ella quedaron con Gracie para hablar del menú y de la tarta.

Como la boda iba a ser un acontecimiento de carácter familiar, Courtney sugirió a Maggie que Rachel y Sienna las acompañaran. Hubo una breve discusión sobre la conveniencia de que David fuera con ellas, pero Maggie le puso fin con el argumento de que se iba a casar con Sienna y de que, por tanto, debía ir. Además, también invitó a Joyce en calidad de amiga, abuela honoraria de sus hijas y dueña del hotel.

Courtney reservó una mesa en uno de los salones pequeños del restaurante, aprovechando que era jueves y no tenían muchos clientes, pero, cuando llegó el momento, se empezó a poner nerviosa. A fin de cuentas, no era una cata de comida como las demás. No estaba organizando la boda de un desconocido, sino la de su madre.

—Gracias por todo esto, Courtney —le dijo Neil cuando llegó—. Maggie y yo estamos ansiosos por probar los platos.

—Espero que os gusten —replicó—, pero ¿dónde está mi madre?

—Vendrá con Sienna y David, que han ido a recogerla.

Courtney lo llevó a la barra del bar, donde le explicó las distintas posibilidades en materia de cócteles, todos de color rosa.

—Por cierto, necesito saber si queréis que sirvamos copas antes de la ceremonia. Hay gente que quiere y gente que no. Es cuestión de gustos.

—Lo consultaré con Maggie.

Neil pidió un cosmopolitan y se acercó a la enorme mesa que habían puesto en mitad de la sala, donde se sentó y probó la copa.

—Está bien. No es demasiado dulce —dijo.

Ella sonrió.

—¿No te molesta que todo sea de color rosa?

—Si a Maggie le gusta, a mí me gusta. Solo quiero que sea feliz.

—Una ambición admirable —comentó ella.

Neil se encogió de hombros.

—He estado casado casi toda mi vida. Supongo que he aprendido un par de cosas.

—Tu primera esposa murió de cáncer, ¿verdad?

Neil dejó la copa en la mesa.

—Sí. Karen y yo estuvimos veinte años juntos. Cuando descubrió que tenía un bulto en el pecho, no le dimos excesiva importancia. Pensamos que se resolvería con una operación y un poco de quimioterapia, pero no fue así —dijo, muy serio—. Su muerte me hundió en la desesperación. Karen lo era todo para mí.

—Lo siento mucho.

—Un par de años después, comencé a salir con mujeres. Y fue un desastre. Echaba de menos a Karen, así que no iba lejos con ninguna. Al final, decidí olvidar el asunto y vine a los Los Lobos buscando un sitio donde pasar mis años de jubilación –le explicó–. Me alojé en vuestro hotel, como quizá sepas. Y un buen día, vi a tu madre... Estaba comiendo con un cliente. Me acerqué a ella en cuanto se quedó a solas.

Courtney rio.

–Sí, me acuerdo que hablé con ella aquella noche. No sabía si eras el hombre más interesante del mundo o un asesino en serie.

Neil también rio.

–Lo sé, lo sé. Me enamoré de Maggie a primera vista, aunque me lo tomé con calma porque no la quería asustar –dijo–. Siempre he sido un hombre de una sola mujer, y quiero que tus hermanas y tú lo sepáis. Cuando estoy con una, no estoy con nadie más. Maggie es mi princesa, y me siento muy afortunado de tenerla en mi vida.

–Ella también tiene suerte de tenerte a ti –comentó con una sonrisa.

–En cualquier caso, te doy mi palabra de que cuidaré de ella hasta el fin de mis días, y de que nunca le faltará nada.

–Gracias, Neil.

–De nada. Pero, hablando de princesas...

La cara de Neil se iluminó al ver a su prometida, que acababa de entrar en compañía de Sienna y de David. Courtney se levantó y se acercó a su hermana.

–Todo está precioso –dijo Sienna–. Has hecho un gran trabajo. Porque es cosa tuya, ¿verdad? Mamá me lo comentó hace poco.

–Bueno, ya sabes que hago de todo en el hotel –replicó–. Y como es un acontecimiento familiar, quise ayudar.

–Si al final nos casamos en Los Lobos, hablaré contigo –intervino David–. Se nota que sabes lo que haces.

–¿Aún no sabéis dónde os vais a casar?

—Nos lo estamos pensando. Puede ser aquí, en San Luis o en algún lugar del extranjero.

Courtney miró a Sienna mientras David hablaba. Estaba sonriendo, pero su mirada no era la de una mujer contenta. O a ella no se lo pareció.

Momentos después, vio a Rachel y se excusó.

—Por fin llegas —dijo, dando un abrazo a su hermana mayor.

—¿Pensabas que me lo iba a perder? —preguntó Rachel—. Hoy he caminado tres kilómetros más que de costumbre, así que me puedo permitir el lujo de no pensar en las calorías.

—Se nota que has perdido peso... Te felicito. Tienes un aspecto excelente.

—Gracias. Detesto admitirlo, pero me siento mucho mejor. ¿Será verdad que el ejercicio es bueno? Espero que no, porque me desagrada la idea de hacerlo toda mi vida.

Courtney soltó una carcajada.

—Hay cosas peores.

—¿Ah, sí? ¿Cuáles? —Rachel señaló el bar—. Quiero un cóctel. Maggie y Neil me han dicho que me llevarán a casa, lo cual significa que puedo beber tanto como quiera.

—Pues bebe. Pero sentémonos a la mesa. Hay muchas cosas que discutir.

Cuando todos se sentaron, Courtney les habló de lo que iban a probar y de lo que tenían que hacer.

—Como veis, todos tenéis una libreta y un bolígrafo para poner puntuación a los distintos platos. Si tenéis algún comentario que hacer, escribidlo.

—¿Qué tipo de comentarios? —preguntó Maggie.

—Lo típico. Que algo es difícil de comer, que tienes miedo de mancharte...

—Ah, sí, los invitados odian ese tipo de problemas —dijo Sienna—. Nadie quiere acabar lleno de manchas.

Su hermana pequeña se quedó sorprendida. Estaba esperando que Sienna hiciera un chiste sobre la comida y su dicho de «marcarse un Courtney», pero, por una vez, la apoyó.

—Efectivamente —replicó—. Por esa razón, os he propuesto un menú tradicional de aperitivos, entrantes, platos principales, ensaladas y postres. Los serviremos en porciones pequeñas, para que los podáis probar todos sin saciaros.

Su jefa entró entonces con dos bandejas, y Courtney corrió a ayudarla. Luego, Joyce se sentó junto a Maggie y su empleada se dedicó a pasar los platos.

—Esto son rollitos Caprese. Llevan tomate, mozzarella y albahaca, además de vinagre balsámico. Si os gusta el sabor pero no el aspecto, se pueden hacer de otras formas.

Maggie pegó un bocado a uno.

—Están divinos —dijo, entusiasmada—. Tienes que probarlos, Neil.

—¿Probarlos? Me voy a comer media docena —bromeó.

A continuación, probaron varios aperitivos más y pasaron a los platos principales y las ensaladas. Mientras todos comían, Courtney puso las copas de vino.

—¿Seis copas para cada uno? —preguntó Sienna—. No puedo beber tanto y conducir.

—Eso es verdad —dijo David.

—Es una cata. No os lo tenéis que beber —puntualizó Courtney—. Serán dos blancos y cuatro tintos; todos, de la bodega de Joyce.

Joyce sonrió.

—Creo que os van a gustar las sugerencias de Courtney. Son vinos magníficos, y con nombres sugerentes, de los que quedan bien en una boda.

—¿Sugerentes? —intervino Maggie, intrigada.

—Sí, como Tinto Rebelde y Santo de los Dos Zapatos

—contestó Courtney—. Son tan divertidos que podemos dejar las botellas vacías en las mesas con la seguridad de que no molestarán a los invitados.

—¿Y esta marca? ¿La Hermana del Medio? —dijo Sienna—. Vaya, creo que me va a encantar.

Rachel se inclinó hacia Courtney y susurró:

—Espero que el vinicultor no padezca también del síndrome de la hermana del medio.

Courtney tuvo que hacer un esfuerzo para no reír.

—Ah, la historia de ese vino es interesante —dijo Joyce—. Le pusieron ese nombre por una hija del mejor amigo del fundador de la bodega. Al parecer, la chica es un espíritu libre, un ser muy especial. Como tú, Sienna.

—Gracias, Joyce...

—Bueno, no os preocupéis con el vino. Podéis beber tanto como queráis —dijo Rachel—. Greg no trabaja esta noche, así que le puedo pedir que os lleve a vuestras respectivas casas. Ya recogeréis los coches por la mañana.

Courtney miró a Rachel con desconcierto, como queriendo saber desde cuándo se llevaba tan bien con Greg. Era obvio que su relación había cambiado.

—Ya hablaremos después —le dijo en voz baja.

—No hay nada que hablar —afirmó Rachel, ruborizándose.

Courtney salió un momento, volvió con la bandeja de los entrantes y puso una cazuelita de barro delante de su madre.

—¿Qué es esto?

—Pollo con espinacas.

—Odio las espinacas.

—Lo sé, y me llevé una sorpresa cuando las incluiste en la lista del menú. ¿No te acuerdas? Lo estuvimos hablando.

—Sí, bueno, será que entonces me pareció una buena idea —replicó Maggie—. Está bien, lo probaré. Pero no me va a gustar.

Neil le dio un beso en la mejilla y dijo:

—Admiro tu madurez, amor mío.

Courtney no tuvo tiempo para sentarse a comer, pero se llevó una alegría porque los platos le gustaron a todo el mundo. Bueno, con excepción del pollo con espinacas, que su madre no quiso en el menú.

Al final, se decidieron por unos entrantes a base de antipasto de aceitunas, pimientos asados y champiñones marinados, con Drama Queen como vino de acompañamiento. Como plato principal, los invitados podrían elegir entre bistec con Tinto Rebelde o salmón a la plancha con El Santo de los Dos Zapatos. Y, naturalmente, terminarían la velada con champán.

En determinado momento, Sienna se levantó, se acercó a su hermana pequeña y le dijo en voz baja:

—Esto va muy bien. Tú nos estás engañando, ¿verdad? No te limitas a echar una mano en la organización de las bodas. Las organizas tú misma.

—Bueno, es cierto que a veces coordino la organización de esos actos. Sobre todo, si las personas que se encargan se ponen enfermas, como pasó hace dos veranos —dijo Courtney—. Es lo más lógico. Me gusta el trabajo y conozco a todos los empleados del hotel.

Sienna la observó con detenimiento.

—¿Qué más nos estás ocultando?

Joyce las interrumpió entonces, y salvó a Courtney de tener que contestar.

—¿Qué estáis cuchicheando por ahí? —preguntó.

—Nada. Le estaba diciendo a Courtney que ha hecho un gran trabajo con la boda —respondió Sienna.

—Desde luego que sí.

Courtney sonrió con incomodidad y volvió a la mesa, donde anunció:

—Los postres llegarán en cualquier momento. Tenemos seis opciones posibles.

Rachel gimió.

—Ya estoy atiborrada de comida. No creo que pueda tomar postre.

—Pues tendrás que tomarlo, porque quiero la opinión de todos —intervino su madre—. Por cierto, Courtney, ¿has vuelto a pensar en lo de hacer un curso de fisioterapia?

Sienna miró a Courtney y frunció el ceño.

—¿Es que quieres ser masajista? —se interesó—. ¿Por qué? Ya tienes un trabajo.

—Courtney tiene que llegar más alto —declaró Maggie, que se giró hacia su hija pequeña—. No te ofendas, pero no eres más que una criada. Y podrías ser lo que quisieras.

Neil tocó a su prometida y dijo:

—No es momento apropiado para hablar de esas cosas.

—Lo sé. Será que el vino se me está subiendo a la cabeza... No te quería molestar, Courtney. Lo digo porque me preocupo por ti.

Courtney pensó que Maggie no lo decía porque le preocupara su bienestar, sino porque le incomodaba la idea de que una de sus hijas se dedicara a limpiar habitaciones. Pero, en cualquier caso, no iba a permitir que la deprimiera. Afrontaría sus críticas con una sonrisa en los labios.

Y, justo entonces, Joyce decidió poner fin a la farsa.

—Díselo —le ordenó.

Courtney la miró con sorpresa, y su madre las miró a las dos sin entender nada.

—¿Qué es lo que tiene que decir?

—Nada, nada. ¿Dónde estarán los postres? Están tardando mucho. Será mejor que vaya a preguntar.

—Courtney Louise Watson, ¿a qué se refiere Joyce?

A Courtney se le encogió el corazón. Solo la llamaba por su nombre completo cuando había hecho algo malo.

—Olvídalo, mamá, no es nada importante. Trabajo aquí, y me gusta lo que hago.

—Eso, olvidadlo de una vez —intervino Rachel—. No queremos estropear una velada tan maravillosa... Courtney, has hecho un trabajo excelente. Felicidades.

Courtney aprovechó la ocasión para llamar a la cocina y preguntar por los postres. Por lo visto, se les había caído una de las bandejas.

—Bueno, traed lo que tengáis —replicó—. Pero traedlo deprisa. Os lo ruego.

Cuando volvió a la sala, descubrió que Maggie había acorralado a Joyce y la estaba interrogando sobre lo que había dicho.

—¿Qué sabes tú que no sé yo?

—Disculpad, pero tenemos un problema con los postres, aunque nos traerán unas muestras en cualquier momento —corrió a decir Courtney—. Tengo entendido que han preparado una *mousse*, si es que no ha terminado en el suelo. ¿No te parece fantástico, mamá?

Maggie no le hizo caso, y siguió presionando a la dueña del hotel.

—¿Qué me está ocultando? Si lo sabes, dímelo —bramó—. Maldita sea, Joyce, estamos hablando de mi hija.

—No me vengas con esas, Margaret —replicó Joyce, tan firme como su amiga—. Sé que te preocupas por ella a tu modo, pero nunca has estado a su lado cuando lo necesitaba, y lo sabes tan bien como yo. Es lógico que no te cuente algunas cosas. ¿Por qué te lo iba a contar? Pero, en este caso, no estoy de acuerdo con ella. Si supieras lo que está haciendo, no la tratarías como si fuera idiota. Tu hija es una mujer tan inteligente como capaz.

Todo el mundo se quedó en silencio. Hasta el hilo musical pareció perder potencia. Y Courtney pensó que aquella iba a ser una de las peores noches de su vida, sobre todo, cuando su madre la miró con ojos llenos de lágrimas y preguntó:

–¿Qué está pasando? ¿Qué me ocultas?

Courtney pudo controlar su enfado, pero no podía controlar su decepción. Maggie la había subestimado durante demasiado tiempo y, si no hubiera sido porque era su madre, le habría dicho que no merecía saberlo.

Pero era su madre.

–No quiero ser fisioterapeuta –dijo con tranquilidad–. No quiero ser ni técnico de veterinaria ni ninguna de las cosas que has sugerido a lo largo de los años. Quiero dirigir un hotel.

–Adelante –la animó Joyce–. Dile lo que has hecho.

Courtney suspiró.

–Terminé la secundaria, hice el curso de acceso a la universidad y empecé a estudiar una carrera. Solo me faltan seis meses para tener un título en gestión de hoteles.

Joyce se puso a su lado, le pasó un brazo alrededor del cuerpo y declaró:

–Tu hija ha hecho bastante más que eso. Es tan buena estudiante que su tutor la ha invitado a un seminario al que solo asisten los mejores. Es tan buena que se ha pagado casi toda la carrera con becas de la universidad.

Maggie dio un paso atrás y se dejó caer en una silla. Se había quedado pálida.

–¿Cómo es posible que no me dijeras nada? –declaró Rachel, dolida–. Ni siquiera me lo insinuaste...

Courtney se sintió culpable.

–Lo siento. No lo había planeado, pero las cosas salieron así. Al principio, solo quería terminar la secundaria y daros la buena noticia, pero luego me metí en la universidad y decidí esperar a tener un título. No lo he hecho con mala intención.

–Pero lo has guardado en secreto durante años –dijo su madre–. Somos tu familia, y no nos habías dicho nada.

Maggie se llevó las manos a la cara y rompió a llorar. Neil corrió hacia ella, se puso de cuclillas y la abrazó.

–Estoy seguro de que tenías tus razones, pero has hecho daño a tu madre –dijo.

Sienna se levantó, indignada.

–¿Se puede saber qué os pasa? Vale, no nos lo había dicho. ¿Y qué? ¡Mirad lo que ha conseguido! No sabes cuánto me alegro, Courtney. Y tú también deberías alegrarte, mamá. Tu hija pequeña no es la perdedora que tú creías. Deberías estar orgullosa de ella. Como yo lo estoy.

Courtney quiso decir algo que mejorara la situación, pero no se le ocurrió nada. Y no tenía intención de disculparse, porque no había hecho nada malo. Sin embargo, Maggie estaba llorando, Rachel se había enfadado y la velada corría el peligro de terminar de manera desastrosa.

–Sienna tiene razón –sentenció Joyce–. Deberías estar orgullosa.

–Habría sido mejor que no dijeras nada –dijo Courtney.

–Ya era hora de que se lo contaras.

–Quizá, pero la decisión era mía, no tuya. Esto es algo entre mi familia y yo, y no estaba preparada.

Su jefa no pareció arrepentida.

–Te conozco bien, y sé que nunca habrías estado preparada. Me he limitado a darte un empujoncito.

–Ya, pues no tenías derecho –dijo, caminando hacia Rachel.

–No sé lo que me vas a decir, pero no quiero saberlo –le advirtió su hermana mayor–. Por Dios, Courtney, te he intentado ayudar durante todos estos años. Pensaba que nos llevábamos bien. Creía que confiabas en mí. Pero, al parecer, me he equivocado contigo.

Rachel se marchó, y Maggie y Neil la siguieron.

—Ya se les pasará —dijo entonces Sienna, que abrazó a Courtney—. No te preocupes.

Courtney asintió porque no podía hablar. Estaba demasiado alterada, y se sentía demasiado culpable.

Sienna y David se despidieron de ella y, como Joyce también se fue, Courtney se quedó sola en mitad de la sala. Y dos segundos después, apareció uno de los camareros con la bandeja de los postres.

—¿Dónde está todo el mundo? —preguntó—. ¿Aún los quieren probar?

Courtney sacudió la cabeza.

—No. Esta noche, no.

Capítulo 18

Quinn se llevó una sorpresa cuando llamaron a la puerta a primera hora de la mañana y se encontró con Joyce y sus perros. No era normal que se presentara a esas horas. Parecía cansada, como si no hubiera dormido bien. Y ni siquiera se había maquillado.

–¿Qué ocurre? –preguntó con preocupación.

Ella entró en la casa, y Sarge y Pearl la siguieron.

–Anoche pasó algo malo.

Quinn frunció el ceño. Sabía que Courtney se había esforzado mucho con el menú, y que era muy importante para ella. De hecho, la había ayudado a elegir la carta de vinos, y le extrañó que no se pasara a verlo después de la cata, pero pensó que estaría cansada y que se habría acostado directamente.

–¿Qué pasó? –dijo, llevándola hasta el sofá–. Cuéntamelo.

Joyce se sentó en el borde. Sarge se tumbó a su lado y Pearl saltó a una de las sillas.

–Ha sido culpa mía.

–¿De qué estás hablando?

–Maggie presionó a Courtney para que estudiara fisioterapia, aunque sabe tan bien como yo que no le interesa. Y no lo pude soportar. Sé que Courtney no les quería decir nada hasta tener su título universitario, pero se lo conté yo.

–¿Se lo contaste? –preguntó con aspereza.

–¿Por qué me hablas así? Solo intentaba ayudar.

Quinn se sintió atrapado entre el amor por su abuela y la solidaridad con Courtney.

–No era tu secreto. No tenías derecho a decírselo.

–Bueno, no fue exactamente así. No fui yo quien se lo dijo.

–Si eso es cierto, ¿qué haces aquí a estas horas de la mañana?

El labio inferior de Joyce tembló.

–Estás enfadado conmigo.

–No, estoy decepcionado.

–No digas eso.

Quinn se inclinó sobre ella y le dio un beso en la frente.

–Te adoro, pero cometiste un error y lo sabes. Si dijera otra cosa, mentiría. Aunque no deberías hablar conmigo, sino con Courtney.

–No puedo...

–Entonces, iré yo.

Quinn salió del chalet y entró en el hotel. Había un cincuenta por ciento de posibilidades de que Courtney estuviera trabajando, pero subió a su habitación y llamó a la puerta.

Y Courtney abrió.

Llevaba su coleta habitual y su uniforme de doncella. Parecía tan cansada como Joyce, pero se enderezó un poco al verlo.

–Si vienes a hablar en favor de Joyce, ahórrate el discurso.

Quinn entró, llevó las manos a su cara y la besó.

—¿Por qué no viniste a verme?

Ella se apretó contra él.

—Porque necesitaba llorar, y no quise estropearte la noche.

—Haría cualquier cosa por ti, Courtney —Quinn la volvió a besar—. La próxima vez, ven a verme. A cualquier hora del día o de la noche.

Ella asintió y retrocedió. Los ojos se le habían humedecido, pero no perdió el control.

—¿Y qué pasará si te encuentro en la cama con una cantante?

—Eso es imposible. Dejé las cantantes hace tiempo —contestó—. Ahora, solo me acuesto con criadas universitarias.

—Es una gama un poco corta, ¿no?

—Quizá, pero yo soy un tipo muy especial.

Courtney respiró hondo.

—Todos están enfadados conmigo. Bueno, es peor que eso... no están enfadados, sino dolidos. Y es posible que mi madre se lo merezca, pero Rachel no merecía algo así.

—¿Has hablado con ella?

—Le he dejado un par de mensajes en el contestador y le he enviado un SMS, pero no contesta —dijo—. ¿Sabes qué es lo más extraño?

—¿Qué?

—Que Sienna es la única que se ha puesto de mi lado. Se alegró mucho al saberlo. ¿Quién lo habría imaginado?

—Las dinámicas familiares son siempre interesantes.

—Sí, ya lo veo. Pero estoy muy enfadada con Joyce.

—Y yo.

—¿Tú? Es tu abuela. No deberías involucrarte.

—Ya estoy involucrado. Te ha hecho daño a ti, y eso lo convierte en algo personal.

—Sinceramente, no sé qué decir a eso...

—¿Cuándo sales de trabajar? Te invitaré a cenar, vendremos a tu habitación y nos encargaremos de que olvides todos tus problemas.

Ella sonrió levemente.

—¿Cómo? ¿Jugando a las cartas?

—Me has adivinado el pensamiento —ironizó.

Ella lo abrazó con fuerza.

—Gracias.

—De nada.

—Pero, hablando de trabajo, me tengo que ir.

—Lo sé. Te veré luego.

Mientras Courtney se alejaba, Quinn pensó en lo sucedido. Joyce siempre había tenido la fea costumbre de meterse en los asuntos de los demás, aunque, esta vez, las consecuencias podían ser más graves. Sin embargo, lo de su abuela no le preocupaba tanto como lo que había sentido al saberlo: un deseo de proteger a Courtney a toda costa.

Aquella mujer se había ganado su afecto. Quizá, por su curiosa mezcla de valentía y falta de confianza en sí misma. O quizá, por su forma de ser.

Quinn se había mudado a Los Lobos para estar cerca de Joyce, alejarse de Los Ángeles y pensar en su futuro. Courtney era un regalo inesperado, pero un regalo que le complicaba las cosas. Ya no se trataba de tomar una decisión sobre su vida y su trabajo, ahora era eso y algo más: qué hacer con ella.

—Reconozco que me has sorprendido —dijo Lena mientras aparcaba—. Y muy positivamente.

Rachel se quitó el cinturón de seguridad.

—Tenías razón. Ya es hora de que salga un poco.

Su amiga la había llamado por teléfono para preguntarle si le apetecía tomar unas copas, y Rachel aceptó la invitación. Josh iba a pasar la noche en casa de un amigo y, en cuanto a Greg, no había tenido noticias suyas. Además, aún estaba dando vueltas a lo sucedido durante la cata del menú, y le pareció que salir con Lena era una distracción perfecta.

–¿Te he dicho ya que tienes un aspecto magnífico? –preguntó Lena cuando bajaron del coche–. Lo digo en serio.

–Gracias –replicó.

La dieta y los paseos matinales estaban surtiendo efecto. Había perdido cinco kilos más y, gracias a ello, llevaba un vestido que no se había puesto en tres años porque no le cabía. De hecho, se sentía mejor que nunca. E incluso se había tomado la molestia de maquillarse bien y arreglarse el pelo, no por impresionar a nadie, sino por ella misma.

–Necesitamos un plan –dijo Lena antes de entrar en el club.

Rachel rio.

–Solo vamos a tomar un par de copas.

–¿Y qué pasa si conocemos a un tipo atractivo?

–Nada, que nos reiremos un rato.

Lena gimió.

–¿Y si nos quiere invitar?

–Eso no va a ocurrir.

–¿Y si ocurre?

Rachel sabía lo que intentaba Lena. Llevaba dos años divorciada, y su amiga creía que estaba malgastando su vida. A fin de cuentas, aún era joven. Y necesitaba salir con hombres, aunque solo fuera para olvidar a Greg.

–Por mi parte, le daré las gracias y rechazaré la invitación.

–Sabía que ibas a decir eso.

—Bueno, pero al menos me he vestido bien y he salido contigo, ¿no?

—Sí, tienes razón. Me contentaré con eso.

El Harry's Bar estaba en el muelle de Los Lobos. La clientela era una mezcla de vecinos y turistas, pero resultaba bastante refinado para ser un local de una ciudad pequeña. La decoración era tan bonita como la iluminación, y tenían cócteles bastante buenos.

Se sentaron en una mesa que estaba junto a la ventana. Rachel miró la carta de cócteles y se la pasó a Lena.

—¿Qué se puede tomar aquí? —preguntó.

—No sé. Yo me voy a tomar un mojito —contestó Rachel.

—Qué atrevida...

—Intento serlo.

Rachel se giró hacia el exterior y admiró el viejo muelle, donde varias familias y parejas disfrutaban de la cálida noche de finales de junio. Era el principio de la temporada alta, y todos los establecimientos estaban llenos de gente. Sobre todo, el hotel.

Pero, al pensar en el hotel, se acordó de Courtney.

—¿Qué te pasa? —dijo Lena, frunciendo el ceño.

—Que no sé qué pensar sobre mi hermana pequeña. Siempre hemos estado muy juntas. Hablamos casi todos los días, y salimos con frecuencia. ¿Cómo es posible que no me contara lo de sus estudios? ¿Qué ha pasado?

—Lo desconozco. Me parece raro que os lo ocultara. ¿Has hablado con ella?

Rachel sacudió la cabeza.

—Me ha dejado un par de mensajes en el contestador, y no le he contestado porque no sé qué decir.

—Supongo que estás enfadada, y es lógico. Yo también lo estaría. Pero no le des una importancia que no tiene —le aconsejó Lena—. Tenéis una relación magnífica, y no me gustaría que la perdierais.

El camarero apareció entonces, y Rachel aprovechó para cambiar de conversación.

—¿Qué vas a hacer en vacaciones?

Rachel lo preguntó porque sabía que Lena y su familia tenían intención de subirse al coche y marcharse a la aventura, en un viaje de cuatro semanas. Desde su punto de vista, unas vacaciones en coche eran lo más parecido a una tortura, pero, evidentemente, su amiga no opinaba lo mismo.

—La casa está llena de mapas —contestó con humor—. Ahora estamos discutiendo cuánto tiempo nos vamos a quedar en casa de los padres de Toby. Adoro a mis padres políticos, pero no puedo estar con ellos más de tres días.

Lena siguió hablando durante unos minutos, hasta que se fue al cuarto de baño. Rachel se quedó sola, y se dio cuenta de que era la primera vez que estaba sola en un club. Se había casado muy joven, y había tenido un hijo a los veintiún años. Los bares nunca habían formado parte de su estilo de vida.

Momentos después, sonó su teléfono móvil; era Greg, que le había enviado un mensaje para interesarse por su paradero. Rachel le contestó que estaba con Lena en el Harry's Bar y, para su sorpresa, él le preguntó si quería compañía.

Tras dudarlo unos segundos, contestó que sí. A fin de cuentas, Lena la estaba animando a salir con hombres atractivos, y Greg era las dos cosas, aunque violara el espíritu de lo que su amiga pretendía.

Ya estaban bebiendo cuando el vello de la nuca se le erizó, en señal inequívoca de que Greg acababa de llegar.

—¿Qué has hecho? —dijo Lena al verlo.

—Me ha enviado un mensaje para preguntarme si podía venir, y me ha parecido bien. Pero ¿por qué me miras así? ¿No quieres que salga con hombres?

—Con desconocidos, no con tu ex.

Greg llegó entonces a la mesa y, después de saludarlas, se sentó.

—¿Qué estáis tomando?

—Mojitos —contestó Rachel.

—Hum. Creo que prefiero una cerveza.

Greg pidió una cerveza a la camarera.

—Bueno, ¿de quién estabais hablando? —continuó.

—¿Por qué piensas que estábamos hablando de alguien? —dijo Lena.

—Porque siempre tenéis que hablar de alguien.

Rachel los escuchó en silencio, contenta de que se llevaran tan bien. Siempre habían congeniado, al igual que Tobby y ella. De hecho, habían salido juntos con mucha frecuencia hasta que se divorció de Greg.

Al cabo de un rato, la camarera apareció de nuevo y les preguntó si querían una segunda ronda, pero Lena sacudió la cabeza.

—No, yo no quiero nada más. Me voy a ir.

—¿Tan pronto? —dijo Rachel.

—No os lo toméis a mal, pero os veo juntos y me apetece estar con Tobby —replicó—. Greg te llevará de vuelta a casa.

—Por supuesto.

Rachel se levantó y abrazó a su amiga.

—Hablaremos mañana.

—De acuerdo. Y que os divirtáis.

Lena se fue inmediatamente, y la camarera les volvió a preguntar si querían algo.

—Por mí, sí —contestó Greg—. Si a ti te apetece, claro.

—Me apetece —declaró Rachel.

La camarera asintió y Greg se inclinó hacia su ex.

—Bueno, ¿me vas a decir lo que te pasa? Y no me digas que no te pasa nada, porque te conozco. Lo veo en tu rostro.

Rachel no se molestó en negarlo. Greg la conocía demasiado bien.

—Se trata de Courtney.

—¿De Courtney?

Rachel le contó lo sucedido y añadió:

—No puedo creer que no me lo dijera.

—No es culpa tuya, Rachel.

—¿Que me guarde secretos? No, claro que no.

—Me refería a sus antiguos problemas de aprendizaje. Tú no tuviste la culpa.

Rachel parpadeó, sorprendida.

—Lo sé.

—No estoy seguro de que lo sepas. Eras una niña cuando tu padre murió, e hiciste lo posible por ayudar a tu madre y a tus hermanas, pero seguías siendo una niña. El problema de Courtney no tenía nada que ver contigo.

Ella asintió, aunque Greg estaba en lo cierto. Por lo menos, en parte.

—Ya, pero es posible que no me dijera nada porque me culpa de que le fuera mal en el colegio.

—Lo dudo mucho. Eres una buena hermana, y ella lo sabe.

—Espero que sí. Pero ¿no podríamos hablar de otra cosa?

—Faltaría más —dijo—. Quiero llevar a Josh de acampada. ¿Te parece bien?

—Naturalmente. ¿Ya se lo has dicho?

—No. Quería hablar contigo antes.

—Gracias. Seguro que os divertiréis.

Greg sonrió.

—¿Quieres venir con nosotros?

—No iría ni por dinero.

Él rio.

—Sabía que dirías eso.

Durante las dos horas siguientes, hablaron de Josh, del trabajo y de sus amigos. Luego, pagaron la cuenta y se fueron.

Rachel había estado muchas veces en el vehículo de Greg. Conocía el camino a casa y cuánto tiempo duraba. Pero estaba nerviosa, y su nerviosismo aumentaba por momentos. La boca se le había quedado seca, y sus manos temblaban ligeramente.

En su incomodidad, intentó rescatar sus viejos rencores para enfadarse con Greg y aliviar la tensión sexual que sentía, pero no funcionó. Greg no era el problema. El problema era ella, porque lo echaba de menos. Quería tenerlo a su lado y volver a vivir con él como en los viejos tiempos, pero sin el dramatismo de entonces. Quería un amante y un marido en quien pudiera confiar.

Además, llevaba tanto tiempo sin hacer el amor con nadie que su cercanía física era una verdadera tortura. Ardía en deseos de pedirle que se quedara y de acostarse con él. Necesitaba el contacto de su cuerpo. Necesitaba su pasión y su ternura. Pero estaban divorciados, y tenía miedo de que la rechazara. ¿Quién le decía que no estaba saliendo con otra? Por lo que sabía, era posible. Y le dolió profundamente.

Minutos después, llegaron a la casa. Rachel abrió su portezuela y dijo:

—Gracias por traerme.

—¿Estás bien?

—Sí, claro —contestó, saliendo del vehículo—. Hasta luego.

—¿Qué ocurre, Rachel?

—Nada. Buenas noches.

Rachel cerró la portezuela y entró en la casa a toda prisa.

¿Qué le estaba pasando? ¿Por qué le molestaba tanto la posibilidad de que Greg se acostara con otras? Ya no era su esposo. Podía hacer lo que quisiera y con quien quisiera. Al fin y al cabo, era un gran amante. Sus noches de amor habían sido sencillamente increíbles.

Pero ¿lo habían sido de verdad? ¿O se había engañado a sí misma? Greg tenía experiencia sexual cuando se casó con ella, pero ella no tenía ninguna y, en consecuencia, no podía comparar. Bien podía ser que aquellas noches asombrosas hubieran sido noches normales y corrientes, nada memorables. Y también era posible que su exmarido disfrutara más con otras mujeres.

De tanto pensar, le empezó a doler la cabeza. Y, como no tenía nada que hacer, tomó el camino que llevaba a su solitaria habitación: la que había compartido tiempo atrás con el hombre del que estaba enamorada.

Capítulo 19

Tras cinco días de silencio materno, Courtney se empezó a preocupar. Era evidente que Maggie estaba enfadada con ella, pero ¿qué podía hacer? Faltaban menos de dos meses para la boda, y tenían que hablar para tomar decisiones, sin mencionar el hecho de que seguían siendo familia y de que la familia era importante.

No era la primera vez que se retiraban la palabra. Courtney había estado un año entero sin hablar con su madre cuando se fue de casa. Pero esta vez era distinto, no era ella quien había cortado la relación, sino Maggie.

Justo entonces, entró en el vado de la vieja mansión de Gracie, y se llevó una sorpresa agradable al ver que Maggie estaba aparcando en ese preciso momento. Desgraciadamente, las cosas no se iban a solucionar con un simple saludo. Y tampoco podía decir que no tenía derecho a estar enfadada, por muy cierto que fuera.

Maggie y Courtney salieron de sus respectivos coches a la vez, y se miraron.

–Hola, mamá. Te van a encantar los dulces de Gracie. Tiene mucho talento… –Courtney guardó silencio un segundo y carraspeó–. En cuanto a lo del jueves, siento que te molestara.

—No quiero hablar de eso. Estoy aquí por el asunto de los postres.

Courtney se sintió como si le hubiera dado una bofetada.

—¿Neil no va a venir?

—No, tiene una reunión con su junta directiva. Va a vender la empresa.

—Creía que ya la había vendido.

—Inició los trámites, pero el proceso es largo.

Tras caminar hasta la entrada, llamaron a la puerta. Gracie abrió instantes después. Era una rubia bonita, que las saludó con una sonrisa encantadora.

—¡Estoy deseando que veáis la tarta! —dijo, llevándolas hacia la cocina.

La cocina de Gracie era muy grande, de techos altos y electrodomésticos de acero. Las paredes estaban pintadas de blanco, y las encimeras eran de mármol gris. En otras circunstancias, podría haber parecido un lugar frío y algo impersonal, pero era el trasfondo perfecto para sus extraordinarios postres.

Gracie las acompañó hasta una mesa larga, con ocho sillas, que estaba en una esquina. En un extremo había una carpeta de bocetos; en el otro, platos con porciones de tartas y una jarra de café. Además, había preparado una maravillosa tarta de cuatro pisos, parcialmente cubierta de lo que parecían ser flores azules y otra con pequeñas mariposas.

—He estado pensando en los colores que quieres, y en que aún no sepas si la prefieres de vainilla o de chocolate. ¿Qué opinas de esto?

Gracie abrió la carpeta y le enseñó una fotografía de un pedazo de tarta muy particular, porque la vainilla y el chocolate del interior estaban dispuestos como las casillas de un tablero de ajedrez.

—Es preciosa —dijo Maggie, asombrada—. ¿Podrías hacerla?

—Claro. No es nada difícil. ¿Queréis probarla?

—Por supuesto que sí.

Gracie les acercó el plato de la tarta en cuestión y les dio dos tenedores.

—Decidme qué os parece.

Courtney la probó.

—Está deliciosa —dijo—. No había visto nada parecido, aunque hemos servido muchas tartas de boda en el hotel.

—¿El hotel que prácticamente diriges? —preguntó su madre con agresividad.

Courtney hizo caso omiso.

—¿Te gusta, mamá?

Maggie la probó y se encogió de hombros.

—Está bien —dijo.

—Si no te gusta, se puede hacer de otros sabores.

—No, está bien —insistió, tensa.

Gracie se dio cuenta de que a Maggie le pasaba algo, y le preguntó si quería dejar el asunto para otro día.

—De ninguna manera —contestó la madre de Courtney—. Ya estamos aquí, y no quiero que pierdas el tiempo por nuestra culpa. Además, la tarta está bien.

—En ese caso y, basándome en lo que hemos hablado por teléfono, he estado buscando algo relativamente sencillo para cubrir la tarta. Conozco una técnica que deja una textura muy especial.

Gracie les enseñó fotos de tartas preparadas con dicha técnica, y añadió:

—Podría poner una cascada de flores por un lado, como en la tarta que habréis visto al entrar. Dijiste que tienes trescientos invitados, ¿verdad?

—En efecto —dijo Maggie, mirando la fotografía—. ¿Será de este color?

—Si te gusta el rosa pálido, por supuesto. En cuanto a las flores, serían de los colores que ves, sin pasar nunca del rosa fucsia.

—Me la quedo. Y gracias por habernos recibido.

Maggie se levantó y se fue de la casa antes de que Courtney pudiera detenerla.

—Lo siento mucho —dijo, disculpándose ante Gracie—. Estamos enfadadas, como ya habrás notado.

Gracie sonrió.

—No te preocupes. Te sorprendería saber la cantidad de cosas que pasan cuando quedo con mis clientes. Nunca me aburro.

—La tarta es una maravilla. Me aseguraré de que le gusta de verdad y te llamaré para confirmártelo, si te parece bien.

—De momento, no hay prisa. Aunque tengo que saberlo antes de mediados de julio.

—Gracias por todo, Gracie.

Courtney suponía que su madre se habría ido ya, pero la encontró junto a su coche. Por lo visto, estaba decidida a plantar batalla.

—¿Cómo has sido capaz de ocultarme eso? —bramó Maggie—. ¿Cómo has sido capaz de mentirme día a día, durante tantos años?

Courtney le podría haber dado mil respuestas distintas, pero perdió los papeles.

—¿Y tú? ¿Cómo fuiste capaz de no preocuparte por mí en ningún momento? Repetí curso dos veces, mamá, dos veces. ¿Sabes lo difícil que fue? ¿Sabes lo mal que lo pasé?

—Tenías un problema. No es culpa de nadie. No es culpa mía.

—Lo sé perfectamente, pero tú tienes la culpa de que los médicos no lo descubrieran antes. No te importaba tanto como para pedir que me hicieran pruebas –le recordó–. Y me ninguneaste por completo cuando empecé a recuperarme. Ni siquiera te diste cuenta de que empezaba a sacar notables y sobresalientes.

–Oh, vaya, ahora va a ser culpa mía –dijo de mala manera–. Te recuerdo que hacía lo posible por mantener a la familia a flote. Tu padre había muerto, dejándonos en la pobreza. No tienes idea de lo que tuve que hacer para salvarnos.

–Y tú no tienes idea de lo que yo pasé. Pero hay una diferencia entre las dos: que tú eras una mujer adulta y yo, una niña. Se suponía que debías estar a mi lado, apoyándome. Y no me apoyaste. Me dejaste sola, y crecí convencida de que no te importaba y de que me considerabas un verdadero fracaso.

Su madre rompió a llorar.

–¡No es cierto! ¿Cómo puedes decir eso? ¡Yo te quiero!

–Lo sé, pero querer a una persona no implica creer en esa persona –afirmó–. No te dije nada porque estaba intentando demostrar algo. Pensé que, si me presentaba ante ti con un título universitario, cambiarías de opinión y te darías cuenta de que estoy a la altura de tus expectativas.

–Siempre lo has estado.

–No, no es verdad. Siempre has querido que hiciera algo diferente. Te avergüenzas de mí y de lo que hago.

–Porque solo eres una criada. ¿Qué hay de malo de que quiera algo más para ti?

–Nada. Yo también lo quiero –dijo–. Pero nunca me has hablado como hablas a Rachel y Sienna. ¿Te acuerdas de tu fiesta de compromiso? Dijiste que te sentías muy orgullosa de tus hijas, y luego añadiste que también de mí, como si no fuera hija tuya. Siempre he sido la última de la fila.

—No, yo no dije eso.

—Si quieres, te enseño el vídeo de la fiesta. Lo grabaron.

Maggie se encogió un poco, sin dejar de llorar.

—¿Por qué me haces esto? ¿Por qué eres tan cruel?

—No soy cruel. Me estoy intentando explicar. Solo quería hacer las cosas por mi cuenta.

—Sin mí, quieres decir.

Courtney suspiró y dijo:

—Mira, no pretendía hacerte daño. Siento que te haya disgustado tanto.

—Pero no te arrepientes de lo que has hecho.

—¿Terminar la secundaria y estar a punto de conseguir un título? No, claro que no me arrepiento —respondió.

—Yo te podría haber ayudado.

—Quería hacerlo sola.

Su madre se secó las lágrimas.

—No, querías hacerlo sin mi ayuda, que es distinto.

Maggie dio media vuelta, se subió a su coche y se fue, dejando a Courtney más preocupada que antes. Sin embargo, se dijo que solo había sido otra discusión. Nada que el tiempo no pudiera arreglar.

Sienna se sentó al otro lado de la mesa, frente a su hermana pequeña.

—¿A qué viene esta invitación? —preguntó Courtney—. ¿Solo quieres que comamos?

Sienna frunció el ceño.

—Claro. ¿Qué otra cosa iba a querer?

—Toda la familia está enfadada conmigo —dijo—. Solo pretendía asegurarme de que tú eres la excepción.

—Y lo soy. Me siento muy orgullosa de ti —declaró con una sonrisa—. Las dos sabemos que, si yo hubiera hecho lo mismo, me habrían sacado en los periódicos locales.

Courtney se relajó.

—Gracias. Necesito hablar con alguien que me entienda.

—Pues soy la persona adecuada.

Estaban en el Treats and Eats, en el muelle de Los Lobos. Sienna le había escrito varias veces para interesarse por su estado, y se alegraba de que hubiera aceptado la invitación a comer. La revelación de Courtney lo había cambiado todo. Por supuesto, lamentaba que su hermana tuviera problemas con Rachel y Maggie, pero había descubierto que tenían muchas cosas en común, y eso le encantaba.

—Es por lo del secreto —continuó Sienna—. Mamá se siente estúpida porque no lo sabía, y Rachel se siente traicionada.

Courtney gimió.

—Gracias por meter el dedo en la herida.

—No lo he dicho con esa intención. Todos tenemos secretos, Courtney. Pero los tuyos son más interesantes que los de los demás.

El camarero se acercó entonces. Las dos pidieron refrescos bajos en calorías, y prometieron mirar la carta, pero no lo necesitaban, porque conocían el local desde niñas y se la sabían de memoria.

—¿Y qué secretos ocultas tú?

—¿Yo? ¿Secretos?

—Sí, tú.

Sienna pensó que tenía una lista enorme, pero, por alguna razón, que ni ella misma comprendió, dijo:

—Mi relación con Hugh.

—¿A qué te refieres?

—A la forma en que terminó.

Courtney se inclinó hacia delante.

—Si no recuerdo mal, dijiste que, cuando llegaste a Chicago, te diste cuenta de que lo vuestro no iba a funcionar.

–Sí, eso dije, pero no es la verdad. Rompimos porque Hugh decidió que yo no era suficientemente buena para él. Sé que la culpa la tuvo su familia, pero la decisión fue suya. Me abandonó.

–¿Cómo? ¿A ti? –preguntó, asombrada–. Pero si eres tan inteligente como bella... ¿Creía que podía encontrar algo mejor?

–Gracias por el comentario –dijo Sienna, halagada–. Ahora pienso lo mismo que tú, que él se lo perdió, pero, en su momento, me dejó completamente hundida.

–No me extraña. Menudo idiota. Espero que David no se le parezca.

–No, ni mucho menos. Pero, como ves, yo tampoco dije la verdad –declaró, retomando el asunto del que estaban hablando–. Todos tenemos secretos. Hacen que nos sintamos mejor. Nos ayudan a salir adelante.

–Bueno, yo tenía miedo de que todo el mundo me dijera que no podría conseguirlo –le confesó Courtney.

–Un miedo más que justificado. Yo habría dicho eso. Pensaba que tenías... una discapacidad, por así decirlo.

–Pensabas que soy una retrasada.

–Sí, supongo que sí. O, por lo menos, lo pensé cuando eras más joven –admitió, avergonzada–. Pero estoy muy orgullosa de ti. Y no solo porque estudiar y trabajar al mismo tiempo sea extraordinariamente difícil, sino porque has tenido que superar obstáculos tremendos... Eres un ejemplo a seguir, Courtney.

Su hermana sonrió.

–Gracias. Tu opinión significa mucho para mí.

Sienna le devolvió la sonrisa.

–Me alegro –dijo–. Pero ahora, ¿se puede saber qué ha pasado con mamá? Le pregunté sobre la tarta, y no pudo decirme nada salvo que es de color rosa. ¿Es cierto que os peleasteis en la cocina de Gracie?

—No, qué va, eso habría sido hasta elegante. Nos peleamos en la calle, a la vista de todos los vecinos.

Sienna rio.

—Esa es mi chica. Venga, cuéntamelo todo.

Courtney secó cuidadosamente la encimera del lavabo antes de asegurarse de que el cliente tenía las toallas necesarias. Después, echó un vistazo a la habitación por si se había dejado algo, salió al pasillo y cerró la puerta.

Joyce estaba deambulando por la planta, así que Courtney empujó el carrito hacia ella. No la había visto desde el día de la cata, y le pareció agotada, como si no hubiera dormido desde entonces.

—Hola —le dijo, intentando sonar amable.

—Quería hablar contigo —dijo su jefa.

—Por supuesto. Dejaré el carrito en su sitio e iré a tu despacho.

—No hagas eso, Courtney.

Courtney ladeó la cabeza.

—¿A qué te refieres?

—A hablarme como si fuera tu jefa.

—Es que eres mi jefa.

—También somos amigas, y me preocupo por ti. Siempre he sido amiga de tu madre, pero me llevo mucho mejor contigo. Y no quiero que nuestra relación se rompa.

Courtney se dijo que tendría que haber pensado eso antes de decir lo que no debía, pero apretó los labios porque no quería decir algo de lo que se arrepintiera después.

—Sé que estás enfadada, y tienes derecho a estarlo —continuó Joyce—. Lo siento mucho. No pretendía crearte un problema.

Si Joyce hubiera sido una simple amiga, Courtney le

habría dicho lo que pensaba con toda claridad, pero, ciertamente, era su jefa y, si se mostraba demasiado brusca, se podía quedar sin empleo. Además, el hotel le gustaba. Y su horario de trabajo le permitía estudiar.

—Estoy segura de que tus intenciones eran buenas —dijo al fin—. Y también lo estoy de que todo saldrá bien.

—Pero sigues enfadada.

—Se me pasará.

—Courtney, te conozco desde que eras una niña. Tenemos que arreglar esto.

—No hay nada que arreglar. Estoy bien.

—¿Lo dices en serio?

—Sí, claro.

—No te creo —Joyce sacudió la cabeza—. Pero está bien, como quieras. Te dejaré trabajar.

Joyce se alejó, y Courtney se marchó en dirección contraria, hacia la sala donde guardaban los carritos. Luego, fichó a la salida y se dirigió a su dormitorio, pero, a mitad de camino, cambió de opinión y se fue al chalet de Quinn, que abrió enseguida.

—¿Qué tal estás? —preguntó él.

—Enfadada con el mundo —dijo, entrando—. Tu abuela quiere arreglar las cosas entre nosotras, pero es mi jefa, y no le puedo decir lo que pienso de verdad. Además, Rachel no me habla, mi madre no quiere saber nada de mí y Sienna se ha vuelto mi amiga de repente. Es una verdadera locura. ¿Cómo estás tú?

Quinn la miró durante unos segundos y entró en el dormitorio. Courtney lo siguió, sin saber lo que pretendía hacer. No estaba de humor para hacer el amor con él, aunque lo creía perfectamente capaz de tocar los botones adecuados para conseguirlo.

Sin embargo, Quinn no intentó seducirla. Sacó una caja del armario y se la dio.

Al ver lo que contenía, Courtney se dejó caer en una silla.

—¿Los zapatos de tacón alto?

—Póntelos y camina. Confía en mí.

Courtney pensó que estaría ridícula con un polo, unos pantalones de color caqui y unos zapatos de Saint Laurent, pero confiaba en Quinn, así que se quitó las zapatillas y los calcetines blancos que llevaba y se puso los zapatos.

Tardó unos segundos en encontrar el punto de equilibrio. Cuando lo consiguió, cruzó el chalet de lado a lado. Y, sorprendentemente, descubrió que su tensión había desaparecido y que su corazón volvía a latir con normalidad.

—¿Mejor? —preguntó él.

—Sí.

Quinn le dedicó la mejor de sus sonrisas y se sentó en el sofá.

—Como ves, no soy solo una cara bonita. También puedo ser de ayuda.

—De gran ayuda —puntualizó ella, acomodándose a su lado—. Ay... No quiero estar enfadada con Joyce.

—Pues no lo estés.

—Como si fuera tan fácil.

—¿Por qué tiene que ser todo tan complicado?

—Porque las relaciones lo son.

—Solo si tú lo permites. Mi abuela se equivocó. Dudo que se arrepienta realmente de lo que hizo, pero es obvio que lamenta sus consecuencias. Si eres capaz de aceptar eso, la perdonarás y seguirás adelante, si no, seguirás en guerra.

—¿Y cuál es tu bando en ese conflicto?

—El tuyo. La estoy castigando.

—Ah, vaya. Por un lado, me aconsejas que la perdone y, por otro, haces lo mismo que estoy haciendo yo.

—Con la pequeña diferencia de que Joyce es mi abuela. A mí no me puede despedir –le recordó–. Además, no mantendré esa actitud durante mucho tiempo. Solo quiero que se sienta mal y que reflexione sobre lo sucedido. Te ha hecho daño, y eso me disgusta.

Quinn lo dijo con toda tranquilidad, como si estuviera hablando del clima, pero a Courtney le encantó que se mostrara tan protector. No estaba acostumbrada a que cuidaran de ella, y no supo qué hacer. Deseó tomarlo entre sus brazos y repetir ese momento una y otra vez. Deseó rendirse a la esperanza y convencerse de que lo suyo era algo más que una simple relación sexual.

—Gracias –dijo en voz baja.

—De nada. ¿Qué vas a hacer entonces?

Ella suspiró.

—Le diré que no estoy de acuerdo con lo que hizo y que no quiero que lo vuelva a repetir, pero añadiré que comprendo sus motivos y le daré un abrazo.

—Parece un buen plan.

—Sí, supongo –Courtney se levantó–. Gracias por escucharme.

—Ha sido un placer.

—Ya puestos, ¿puedes ayudarme con lo de mi madre? Tampoco quiero estar enfadada con ella.

Él alzó las dos manos.

—Hasta yo tengo limitaciones.

—Cobarde...

—No, prudente.

—Cobarde –insistió.

Quinn soltó una carcajada y la abrazó con fuerza. Courtney estaba tan alta con los tacones que pudo apoyar los brazos en sus hombros e inclinarse para besarlo, lo cual le encantó.

—Estos zapatos hacen que me sienta poderosa. La próxima vez que hagamos el amor, me pondré arriba.
—Ah, otra fantasía hecha realidad.
Ella rio.
—Eres fácil de satisfacer.
—Me alegra que lo pienses —Quinn le acarició la mejilla—. ¿Estás bien?
—Sí, mucho mejor.
—¿Te vas a llevar los zapatos? ¿O los vas a dejar otra vez en mi casa?
—Me los llevaré —contestó—. Son preciosos. Y, por muy guapo que seas, no creo que te quedaran bien.

Capítulo 20

Quinn estaba en el sofá, con las piernas estiradas y el ordenador portátil en la mesita. Pearl se había tumbado a su lado, y Sarge descansaba en una otomana. Pero Wayne había elegido la mesa del comedor porque tenía varios montones de documentos que examinar.

—¿Ha visto esto tu abogada? —preguntó.

—Dos veces.

—¿Y por qué me lo das a mí?

—Porque me matarías si no te dejara leerlos —contestó Quinn—. No confías en mi abogada.

—Nadie confía en los abogados.

—¿Y si hubiera sido militar? ¿Confiarías en ella?

Wayne ni siquiera lo miró.

—Esa mujer no ha sido militar.

Justo entonces, sonó el teléfono de Quinn, que echó un vistazo a la pantalla.

—¿Has visto las noticias de hoy? —le preguntó a Wayne.

—Sí, y no he visto nada de nuestra gente. ¿Por qué lo dices? ¿Ha pasado algo?

—Aún no, pero quería saberlo antes de hablar con ellos.

Quinn puso el altavoz del teléfono, para que Wayne

pudiera oír la conversación. Un segundo después, se oyeron las voces de Bryan, Collins y Peter, hablando al mismo tiempo. Eran los integrantes de And Then, un grupo muy prometedor. Sus tres primeros álbumes habían conseguido tres discos de platino y varios números uno en las listas de éxitos musicales.

–¿Se puede saber qué queréis? –les preguntó.

–No nos hables así, Quinn. Somos tu grupo preferido, por mucho que lo niegues –dijo Bryan, el cantante–. No te podíamos localizar. Empezábamos a estar preocupados.

–¿Y no se os ha ocurrido que tengo mis motivos para estar ilocalizable?

–¿Es que te has muerto? –intervino Peter, el batería–. ¿Qué tal se siente uno cuando está muerto?

–No estoy muerto.

–¿Seguro que no? Lo digo porque no estás aquí.

–Hay muchos *aquí*, Peter, aunque quizá no lo creas.

–¿Y dónde está el tuyo? –insistió el batería.

–Queremos firmar contigo –intervino Bryan–. Si nos dices dónde estás, iremos a verte de inmediato.

–Eso me temía.

–Mira, te vas a rendir más tarde o más temprano. ¿Por qué no te ahorras la molestia de fingir que no es verdad?

Bryan era la antítesis de Peter en muchos sentidos; a diferencia del batería, que estaba algo chiflado, tenía la cabeza muy bien puesta. En cuanto a Collins, que tocaba la guitarra eléctrica, era un compositor sencillamente magistral, aunque hablaba tan poco como Zealand.

–Estoy en los Lobos –dijo Quinn–. Podéis venir en coche y reservar habitaciones en el hotel del mismo nombre. Pero mi abuela es la propietaria y, si os portáis mal, le diré a Wayne que os fusile. ¿Entendido?

—Bueno, hay formas peores de morir —dijo Peter.

—Llegaremos tan pronto como sea posible —declaró Collins—. Tengo unas cuantas ideas que te quiero consultar.

Su afirmación despertó el interés de Quinn.

—¿De cuántas canciones estamos hablando?

—De ocho o diez.

Quinn sonrió para sus adentros. La mayoría de los artistas solo hacían una o dos canciones buenas de cada diez, pero, tratándose de Collins, todas podían ser un éxito.

—Estoy deseando oírlas.

—Me alegro. Gracias, Quinn.

Los integrantes del grupo cortaron la comunicación, y Wayne dijo:

—Me vuelvo a Los Ángeles. Ahora mismo.

—No, nada de eso.

—Pues quiero que me subas el sueldo.

—Vale.

—¿Cómo que vale? Ni siquiera sabes cuánto quiero.

—Me da igual. Tendrás lo que quieras.

Su ayudante lo miró con cara de pocos amigos.

—Te odio cuando te rindes tan fácilmente.

—Lo sé. Por eso lo hago.

El teléfono volvió a sonar, y Quinn contestó la llamada mientras le decía a Wayne que se fuera y lo dejara en paz un rato.

—¿Cómo? —preguntó Joyce al otro lado de la línea.

—¿Abuela? No, no te lo decía a ti, sino a Wayne...

—Ah, comprendo.

La voz de Joyce sonó tan débil que Quinn se preocupó al instante.

—¿Ocurre algo?

—Me he resbalado en el restaurante —empezó a decir—.

Estoy en urgencias y, aunque no creo que me pase nada, me gustaría que vinieras.

–Dame quince minutos. Salgo ahora mismo.

–Ellie le preguntó si se podía hacer un tatuaje, y le ha dicho que sí. No me lo puedo creer.

Rachel, que estaba tiñendo el pelo a Belinda, comentó:

–¿No es un poco joven para eso? Creo recordar que tu hija tiene trece años.

–Te juro que voy a matar a ese hombre. Ahora, tendré que decir a Ellie que no se lo puede hacer. Él quedará como un padre fantástico y yo como una madre insensible –declaró–. ¿No te parece injusto?

Belinda siguió protestando, y Rachel se alegró de que Greg no fuera como el marido de su clienta. Nunca había socavado su autoridad, ni siquiera, en los peores tiempos de su matrimonio. Y, últimamente, se mostraba tan amable, comprensivo y dispuesto a colaborar que no encontraba ningún motivo de queja.

De hecho, se había empezado a preguntar por qué se esforzaba tanto. ¿Querría volver con ella? Y, de ser así, ¿quería ella volver? No podía negar que lo echaba de menos, pero ¿sería capaz de confiar en él otra vez? Se había acostado con otra. Había hecho algo que no le podía perdonar. ¿O sí? Ya no estaba segura de nada.

–En fin, te dejaré así veinte minutos y te lo cortaré un poco –dijo después de teñirla–. ¿Quieres otra revista? ¿Algo de beber?

Belinda alcanzó un ejemplar de *Vogue*.

–No, gracias. Venir aquí es todo un descanso. Es el único momento en el que me puedo relajar y leer una revista sin que mis hijos me molesten.

Rachel sonrió y se llevó sus cosas a la sala de descanso, donde se tomó un vaso de agua. Ya estaba a punto de volver a salir cuando apareció Martina, la recepcionista.

—Acaban de llamar para decir que a Greg le ha pasado algo —anunció—, pero han colgado enseguida.

Rachel corrió al teléfono y marcó uno de los pocos números que recordaba: el del cuerpo de bomberos, donde trabajaba su ex.

—Hola, soy Rachel Halcomb —dijo, intentando mantener la calma—. Llamo por Greg.

—Hola, Rachel. Greg ha sufrido un accidente. No conozco los detalles, pero sé que estaba consciente cuando lo llevaron al hospital. ¿Tienes intención de ir?

—Ahora mismo.

Rachel colgó, alcanzó el bolso y habló con Sara, que estaba trabajando en su portátil.

—Greg está en el hospital. No sé si es grave, pero me tengo que ir —dijo a su compañera—. ¿Puedes terminar con Belinda?

—Claro que sí. ¿Estás bien?

—No sé ni cómo estoy... El pelo de Belinda estará dentro de cinco minutos. Solo hay que cortarle un poco. Nada que no hayas hecho mil veces —dijo—. Gracias por sustituirme. Te debo una.

Sara se levantó y le dio un abrazo.

—No te preocupes por eso. Anda, márchate ya.

Rachel corrió al coche. No sabía lo que había pasado, pero imaginaba docenas de situaciones posibles, a cual peor: desde que se hubiera quemado en un incendio hasta que se hubiera caído de un tejado.

Cuando llegó al hospital, estaba histérica. ¿Qué le iba a decir a Josh? ¿Qué haría si Greg se moría y la dejaba sola? Pero no se podía morir. No se iba a morir.

—Soy Rachel Halcomb —anunció en recepción—. Mi marido está en urgencias. Es un bombero. Se llama Greg.

La enfermera comprobó los datos en el ordenador.

—Sí, está en la sala cuatro. Puede entrar si quiere. Es por ahí —dijo, señalándole el camino.

Rachel le dio las gracias y avanzó por el pasillo a toda prisa, aunque se paró un segundo al ver a Joyce en una silla de ruedas que empujaba Quinn. Estuvo a punto de preguntar si le había pasado algo, pero se limitó a saludarlos con la mano y siguió hasta la sala cuatro, en cuyo exterior se encontró con tres bomberos a los que ya conocía. El más alto, Zack, sonrió al verla.

—No te preocupes, Rach, está bien. Un policía se ha quedado atrapado en un incendio, y Greg lo ha ayudado a salir. Desgraciadamente, se ha hecho un corte en el brazo y, como sangraba mucho, lo hemos traído a urgencias. Pero le quedará una pequeña cicatriz... y a las chicas les encantan las cicatrices, ¿no? —dijo con humor.

—Sí, supongo que sí —contestó, abrumada.

Rachel entró en la habitación. Greg estaba en la cama, con un brazo vendado. Y abrazando a una pelirroja impresionante.

Al ver a la mujer, Rachel dio media vuelta y se fue.

—¡Rachel! ¡Espera! —gritó él.

Rachel no hizo caso. Salió del hospital, entró en el coche y rompió a llorar, pensando que había sido una estúpida. Greg estaba con aquella pelirroja. No había cambiado de actitud porque quisiera volver con ella, sino porque quería ser un buen padre y, para conseguirlo, necesitaba que se llevaran bien.

Deprimida, volvió a la peluquería e intentó concentrarse en el trabajo, prometiéndose a sí misma que aquella noche haría dos kilómetros más y que buscaría un gimnasio para ponerse en forma. Se pondría tan guapa que cualquier hombre querría estar con ella. Sería su venganza. Su forma de devolverle la pelota a Greg.

Cuando terminó su turno, se fue a recoger a Josh, que estaba en el campamento. Lo encontró fuera, vestido con una camiseta y un bañador.

–Hola, mamá –dijo el chico, que entró en el coche y se puso el cinturón de seguridad–. Hoy hemos estado nadando.

–Quién lo habría imaginado –ironizó.

–Ha sido muy divertido. Nos han enseñado a jugar al waterpolo, y es un deporte muy duro. Tienes que nadar todo el tiempo y meter el balón en una portería. Se parece al fútbol, pero se juega con las manos, no con los pies.

–Entonces, no se parece.

Josh rio.

–Bueno, supongo que tendré que aprender más para salir de dudas.

Ella dudó. No sabía si decirle que su padre estaba en el hospital, entre otras cosas porque se había ido antes de conocer su estado. Pero, minutos después, descubrió que su camioneta estaba en el vado de la casa.

–¡Papá está aquí! –exclamó Josh.

Josh intentó salir del vehículo, y ella lo agarró del brazo.

–Tu padre ha sufrido un accidente. Se encuentra bien, pero no lo canses mucho.

La sonrisa de Josh desapareció al instante.

–¿Qué le ha pasado?

–Estaba ayudando a un policía y se ha hecho un corte en el brazo.

Josh no esperó más. Se bajó y corrió hacia la casa, gritando:

–¡Papá! ¡Papá!

Rachel lo siguió lentamente. Greg estaba sentado en el salón, y no tenía buen aspecto.

—¿Estás bien? —preguntó Josh en voz baja.

Greg sonrió.

—Claro que sí. Anda, acércate y dame un abrazo.

Josh lo abrazó con todas sus fuerzas.

—No te preocupes, que no me pasa nada —insistió su padre.

—¿Seguro?

—Seguro.

El chico suspiró.

—En ese caso, me voy a dar una ducha. ¿Podemos pedir una pizza, mamá? Papá está malo, y le vendría bien.

Su madre asintió.

—Claro. Tú dúchate. La pediré cuando salgas.

Josh se fue, y Rachel dijo:

—No esperaba verte aquí.

—Tenía que hablar contigo —dijo con dificultad—. Sé lo que has pensado al ver a Heidi, y quería aclararte las cosas... Heidi es la prometida de Tommy, el policía al que he rescatado hoy. Lo habían llevado al quirófano, así que estaba muy asustada... Solo intentaba tranquilizarla un poco. Tú conoces nuestro trabajo y estás acostumbrada a estas cosas, pero, para ella, es algo nuevo.

—Oh, Dios mío...

Greg se levantó y se encogió de dolor.

—No quería que pensaras que estoy con otra, porque no lo estoy —dijo—. No he estado con otra desde aquella maldita noche... Es una pena que no te hayas quedado en el hospital. Me gustaría haberte presentado a Heidi.

—Lo siento muchísimo, Greg —dijo, terriblemente avergonzada—. Pero no tienes buen aspecto. ¿Seguro que te quieres quedar? ¿No sería mejor que te llevara a casa?

—No, no, prefiero quedarme contigo.

Ella supo que solo se quería quedar a cenar. Pero le habría gustado que quisiera algo más, que la echara de menos como ella, en un sentido enormemente más profundo.

—Greg, yo...

Rachel no pudo terminar la frase, porque Greg dio un paso adelante, la tomó entre sus brazos y la besó.

Durante unos segundos, no sintió nada, ni calor ni deseo. Y, durante esos segundos, se podría haber apartado de él y haber puesto fin a la situación. Pero lo ansiaba demasiado. Llevaba demasiado tiempo esperando ese instante. Y, cuando su sorpresa se disipó, lo sintió todo, desde el contacto de sus manos a la firmeza de sus labios.

Entonces, se acordó de cada uno de los momentos que habían compartido cuando estaban juntos. Recordó sus caricias y su forma de mirarla a los ojos cuando entraba en ella. Recordó su forma de animarla cuando estaba a punto de alcanzar el orgasmo. Recordó el juego de buscar nuevas posiciones y los ataques de risa que les daban a los dos cuando acababan en algo verdaderamente absurdo.

Lo recordó todo, con toda claridad; desde el día que hicieron el amor en el servicio de un restaurante de Hawái hasta la vez que lo hicieron en casa de Maggie, minutos antes de cenar con ella. Eran expertos en el arte de aprovechar el tiempo, como cualquier hombre y cualquier mujer que tuviera un hijo en casa.

—¿En qué estás pensando? —preguntó Greg.

Rachel quiso decir que lamentaba haberse divorciado, que quería volver con él y que seguía enamorada de él, pero no se atrevió.

—Estoy pensando que Josh volverá enseguida —dijo—. Deberías irte a dormir. Has sufrido un accidente, y estás agotado... Cuando te despiertes, no te acordarás de lo que ha pasado esta noche.

—Claro que me acordaré. Te echo de menos, Rachel. Extraño lo que teníamos —le confesó—. Tenemos que hablar.

—Y hablaremos, pero no ahora. Tú estás bajo los efectos de la medicación que te han dado, y yo...

—¿Sí?

Rachel respiró hondo. ¿Qué le podía decir? ¿Que estaba aterrorizada? ¿Que no se atrevía a volver con él porque tenía miedo de que la volviera a traicionar?

Evidentemente, no podía decir eso, así que contestó:

—Nada, olvídalo. Ya hablaremos.

Capítulo 21

Courtney cruzó el jardín del hotel a buen paso, y Sarge y Pearl la siguieron del mismo modo, como si también estuvieran preocupados. Quinn había llamado por teléfono para decirle que su abuela se había resbalado en el restaurante y se había torcido un tobillo. Por lo visto, se iba a poner bien, pero tendría que descansar unos cuantos días.

Al llegar al chalet de Quinn, llamó a la puerta y entró sin esperar. Joyce estaba sentada en un sillón, con la pierna apoyada en una otomana, y cuando Courtney la vio, su enfado desapareció al instante. Allí no estaba la dueña del hotel, la mujer poderosa que le había complicado la vida al decir algo que no debía decir, sino una anciana de aspecto frágil.

—¿Qué ha pasado?

—Que soy una patosa. No me di cuenta de que había agua en el suelo, y me caí de mala manera —contestó Joyce.

—Le dolerá un poco durante una temporada —intervino su nieto—, pero no es nada importante. Solo ha sido un esguince.

Joyce apretó los labios, como intentando controlar sus emociones.

—No lo he hecho a propósito. Quiero dejarlo bien claro —dijo.

Courtney sonrió.

—Nadie piensa que hayas forzado un accidente para que deje de estar enfadada contigo.

—Bueno, yo no estaría tan seguro de eso. Mi abuela es una mujer de armas tomar.

Joyce acarició a los perros, que se habían tumbado a sus pies y dijo:

—Siento lo que te hice. Mientras estaba en el suelo, esperando a la ambulancia, me puse a pensar en lo que dije y me di cuenta de que cometí un error terrible. Pero no quiero que sigas molesta conmigo, Courtney. Te quiero como a una hija.

Courtney se arrodilló ante ella y la abrazó.

—Y yo te quiero del mismo modo. Te admiro, Joyce. Siempre he querido ser como tú.

—Solo lo dices por halagarme.

—No, ni mucho menos.

Las dos mujeres se volvieron a abrazar, y Courtney vio que Quinn las estaba mirando. ¿Qué pensaría en ese momento? ¿Qué era el perdón para él? ¿Una demostración de fortaleza? ¿O un signo de debilidad? Quinn la había animado a hacer las paces con su abuela, pero ¿lo había hecho por el bien de Joyce? ¿O porque creía sinceramente en el perdón?

Courtney pensó que carecía de importancia. Adoraba a Joyce, y no quería estar enfadada con ella. Si eso la convertía en una mujer débil, estaba dispuesta a asumirlo.

—Tengo una sorpresa para ti —dijo David mientras aparcaba en el garaje de su casa—. Estoy deseando ver tu reacción.

David parecía entusiasmado, y Sienna cruzó los dedos para sentir lo mismo cuando le enseñara la sorpresa en cuestión. Era el fin de semana del Cuatro de Julio, y ella no tenía intención de hacer gran cosa, pero David le había informado de que tenía un plan especial y había pasado a recogerla a las nueve de la mañana del sábado.

–¿No me vas a dar ninguna pista?

–Lo verás en un par de minutos.

Cuando salieron del coche, él la tomó de la mano.

–Te quiero, Sienna. Me haces muy feliz. Y creo que vamos a ser muy felices.

Ella sonrió, aunque no estaba precisamente convencida de que casarse con él fuera lo mejor. Sin embargo, aún no habían tomado una decisión sobre la fecha de la boda, así que tenía tiempo de echarse atrás.

Entraron en el edificio por la puerta trasera y subieron al domicilio de David.

–Ya estamos aquí –anunció él en voz alta.

–¿A quién le hablas? –preguntó Sienna.

En ese momento, apareció una mujer de mediana edad. Era baja, algo regordeta y de cabello oscuro.

–¡Por fin! –dijo, abriendo los brazos–. ¡Sienna! Bienvenida a la familia.

La mujer se acercó y le dio un beso.

–¿Quién es? –preguntó Sienna a David.

–Mi madre, Linda.

Sienna se quedó atónita. ¿Su madre estaba de visita y no le había dicho nada?

–¡Qué alta eres! –exclamó Linda–. David me lo había comentado, pero no imaginaba que lo serías tanto. Espero que tus hijos no se parezcan a ti. Luego quedan raros en las fotografías familiares.

–Encantada de conocerla, señora Van Horn –acertó a replicar.

—Por Dios, llámame Linda. O incluso mamá, si quieres. Ahora somos familia —declaró—. Pero tenemos que hablar de muchas cosas... Mi estancia va a ser breve, porque tengo que volver a casa para pasar el Cuatro de Julio con los míos.

Los tres entraron en el salón, donde Linda había dejado su maleta. Era una maleta normal y corriente, pero Sienna se alejó como si hubiera visto al diablo.

—¿De qué quieres que hablemos?

—De la boda, por supuesto —Linda se sentó con ella en el sofá—. David mencionó la posibilidad de que fuera en diciembre, pero es un mes muy frío en San Luis. La primavera estaría mejor. Si no hay tornados, claro.

—O inundaciones —puntualizó su hijo.

—No sabía que el tiempo fuera tan malo en el medio Oeste...

—Te acostumbras —dijo Linda—. Cuando lleves unos años allí, ni lo notarás.

Sienna tragó saliva. ¿Vivir allí? ¿Quién había dicho que quisiera vivir allí?

—Mamá, Sienna y yo no hemos tomado ninguna decisión sobre nuestro domicilio.

—Oh, vamos, viviréis en San Luis —dijo su madre, que se giró hacia Sienna—. Es lo más conveniente para él. Tendrá más oportunidades profesionales que en California. Y también es mejor para tener hijos.

David no parecía sorprendido, sino satisfecho. Y Sienna sospechó que lo había planeado todo desde el principio.

—No sabía que tuvieras intención de venir a visitarnos. Estás lleno de sorpresas, David.

—Mamá me llamó hace unos días y me lo dijo.

—Sí, es verdad. Le dije que quería conocer a la mujer que ha conquistado su corazón —confirmó Linda—, y pensé que este fin de semana era el momento perfecto. Llegué anoche y me iré mañana, también en avión. Ah... quiero sacarte un montón de fotografías, para que todo el mundo te pueda ver.

—Genial —dijo Sienna.

—¿Sabíais que he abierto una página en Facebook para la boda? Toda la familia está entusiasmada. Pero, antes de que lo olvide, tengo algo para ti.

Linda señaló la maleta.

—¿Me has traído una maleta?

Linda rio.

—Por supuesto que no. Ábrela. Tu regalo está dentro.

Sienna se levantó, y David la siguió.

—¿Sabes qué es? —preguntó ella.

—No tengo ni idea.

Tras arrodillarse en el suelo, abrió la maleta y se encontró ante varias capas de papel de seda, que retiró cuidadosamente. Debajo había un vestido de novia.

—Fue de mi madre —dijo Linda con orgullo—. Me habría gustado que lo usara mi hija, pero solo tuve hijos varones.

Sienna sacó el enorme y pesado vestido, de manga larga y faldones hasta los pies.

—Mi madre era una mujer bastante grande, así que habrá que arreglarlo un poco.

Sienna pensó que se había quedado increíblemente corta con lo de arreglarlo un poco. Le faltaban varios centímetros de largo y le sobraban muchos de ancho.

—Eres muy alta —continuó Linda—. Eso puede ser un problema.

Sienna pensó que la estaban castigando. ¿A qué venía lo del vestido de novia? Ya le había regalado el anillo de compromiso.

—¿Te casaste con este vestido? —le preguntó.

—Oh, no. Yo quería uno nuevo. Pero seguro que a ti te gusta.

Sienna miró a David, que se encogió de hombros.

—Nos lo pensaremos —dijo él—. Aunque, en última instancia, la decisión es de Sienna.

—Faltaría más —replicó Linda—. Pero, evidentemente, querrá satisfacer a su futuro marido. ¿Verdad, querida?

—Sin duda alguna —dijo Sienna, devolviendo el vestido a la maleta—. En fin, voy a servir café. ¿Está hecho?

—Sí —contestó David.

Al llegar a la cocina, se apoyó en la encimera y respiró hondo. No se habría puesto ese vestido ni por un millón de dólares. Aunque le hubiera gustado, era demasiado ancho y demasiado corto. Y, por lo demás, ¿qué problema tenía Linda con su altura?

Momentos después, apareció su futura suegra. Sienna se giró hacia ella y sonrió.

—¿Tú también quieres café?

—No, gracias —dijo Linda—. Mi esposo y yo estamos encantados de que David haya encontrado el amor. El matrimonio es una bendición, ¿no crees?

—Por supuesto.

—David me comentó que ya te habías comprometido antes, y que las cosas no salieron bien. No lo irás a abandonar, ¿verdad?

A Sienna se le encogió el corazón.

—De ninguna manera. David es un gran hombre. Soy muy afortunada.

—Sin duda —replicó Linda, sonriendo—. Tengo entendido que trabajas en una ONG, y que estás buscando financiación para comprar una casa nueva...

A Sienna le extrañó que cambiara tan súbitamente de conversación, pero dijo:

—En efecto. Ofrecemos albergue a mujeres que han

sufrido abusos. Necesitan un sitio donde vivir, un sitio alejado del lugar donde tuvieron el problema.

–Me parece lógico, y quiero que sepas que mi esposo y yo contribuiremos a la causa después de la boda. Recibiréis un cheque para comprar la casa en cuestión.

Sienna sacó la leche del frigorífico y la echó al café que se acababa de servir. Tenía la sensación de que la madre de David la estaba intentando comprar, pero no podía rechazar una donación a The Helping Store. A fin de cuentas, su trabajo consistía en conseguir donaciones. Y, si se iba a casar con David de todas formas, ¿qué importancia tenía?

Pero ¿se iba a casar con David?

A decir verdad, estaba preocupada por las consecuencias de romper un compromiso matrimonial por tercera vez. ¿Qué diría la gente? Y, aunque eso no le importara demasiado, ¿en qué lugar la dejaba? Aunque, por otra parte, tampoco se podía casar por un motivo tan nimio.

–Eres muy generosa, Linda. Gracias.

Su futura suegra sonrió.

–Sabía que me gustarías –dijo.

–El sentimiento es mutuo.

Sienna probó el café con leche y se preguntó si habían mentido las dos o solo había mentido ella.

Cuando los músicos de And Then entraron en la casa, Quinn pensó que eran un grupo juvenil étnicamente perfecto; Brian, negro; Peter, un blanco de ojos azules y Collins, un blanco de ascendencia asiática. Además, los tres superaban el metro ochenta de altura y eran tan guapos que gustarían a las chicas de todo el mundo. Pero, por muy conveniente que fuera ese detalle, Quinn quería trabajar con ellos por la sencilla razón de que tenían talento.

—Wayne nos ha comprado una casa –anunció Peter.

—Yo no os he comprado una casa. La he alquilado, que es distinto –dijo Wayne, que miró a Quinn–. Es un chalet para turistas. He pagado el triple del depósito que pedían para cubrir los daños que puedan causar.

—Eh, no vamos a destrozar la casa –protestó Bryan.

—¿Me pones eso por escrito? –preguntó Quinn mientras les estrechaba la mano–. ¿Preparados para trabajar?

—¿Ahora? Quería hacer surf. Las olas tienen buen aspecto –dijo Peter.

Collins le dio una palmadita en la espalda.

—Tú puedes hacer lo que quieras, pero Quinn y yo tenemos que componer. Y Bryan querrá echarnos una mano.

—¿No me echaréis de menos?

—Para nada.

—Entonces, me voy a la playa.

Bryan se acercó entonces a la mesa del comedor.

—¿Estos son los planos del estudio nuevo? Es muy grande.

—Es un almacén. La sala de grabación estará aquí y las de trabajo, allá –explicó Quinn, señalándolas en el plano–. Los despachos estarán en el piso de arriba.

—¿Quieres surfear conmigo? –preguntó Peter a Wayne.

—No.

—¿Seguro? Te puedo enseñar.

Wayne miró a su jefe como pidiendo ayuda, pero Quinn pensó que un antiguo militar se las podía arreglar por su cuenta.

—No, gracias.

—Podríamos cenar más tarde. Ya sabes, salir por ahí.

Wayne frunció el ceño.

—¿Para qué?

—Para charlar de nuestras cosas.

Quinn sonrió para sus adentros. A pesar de su éxito, los miembros de la banda estaban viviendo en una furgoneta cuando él los conoció. Todos habían tenido un pasado difícil. Peter había crecido en un internado, la madre de Bryan había muerto en un tiroteo y en cuanto a Collins, ni siquiera quería hablar de su pasado. Ninguno había conocido a su padre. Y, quizá por eso, habían adoptado a Wayne como figura paternal.

—Está bien, cenaré contigo...

—Me apunto —dijo Bryan.

—Y yo —intervino Collins.

Quinn soltó una carcajada mientras Wayne salía del chalet con cara de desesperación. Por lo visto, iba a ser un gran día.

Rachel dudó antes de entrar en la cafetería. Las cosas le iban relativamente bien, estaba en mejor forma, había adelgazado y se sentía mejor con ella misma. Pero no las tenía todas consigo. Su frágil equilibrio se había roto con un simple beso, el que Greg le había dado noches atrás, y, cuando empezaba a recuperarlo otra vez, Courtney le mandó un mensaje para decirle que quería hablar con ella.

Rehuir a su hermana habría sido mucho más fácil que hablar sobre lo sucedido, pero no podía hacer eso, especialmente, cuando su madre estaba a punto de casarse. Así que se sentó, pidió una café y se sentó a esperar a Courtney porque había llegado antes de tiempo. Solo tenían treinta minutos para resolver su problema. Después, se reunirían con Sienna en una boutique y tomarían una decisión sobre los vestidos que se iban a poner en la boda.

—Hola.

Courtney se sentó a su lado después de saludar. Parecía nerviosa, pero también esperanzada, y Rachel sintió un amor profundo que borró inmediatamente su enfado. Al fin y al cabo, siempre había cuidado de su hermana pequeña. Ella era quien le preparaba la comida en su infancia, y quien se aseguraba de que hiciera los deberes del colegio.

—Lo siento, Rachel. Debería habértelo dicho. Me lo callé al principio porque tenía miedo de no conseguirlo... Pero lo conseguí, y uno de mis profesores me animó a ir a la universidad —le explicó—. Luego, se me ocurrió la idea de sorprenderos a todas con un título, y las cosas se complicaron. ¿Qué te puedo decir? Sabes que lo pasé bastante mal en el colegio. Solo quería tener éxito. Aunque solo fuera una vez.

Rachel se inclinó hacia ella y la abrazó. Courtney le devolvió el abrazo con tanta fuerza que casi la dejó sin respiración.

—Sé que te he hecho daño, y lo siento mucho —siguió hablando—. Nunca quise que os enterarais de ese modo.

—Yo también lo siento, pero estoy orgullosa de ti. Absolutamente orgullosa.

—Entonces, ¿ya no estás enfadada?

—Claro que lo estoy, aunque se me pasará.

Courtney se levantó a pedir un café, y volvió a la mesa segundos más tarde.

—Me siento mucho mejor —dijo Rachel—. Te he echado de menos. Sobre todo, con lo que está pasando.

—¿Qué está pasando?

Rachel se encogió de hombros.

—De todo y nada, según se entienda. Hago ejercicio, como mejor y, en consecuencia, he adelgazado mucho. Eso está bien. A veces mataría por comerme una simple magdalena, pero procuro contenerme.

—Me alegro por ti. Yo también debería hacer ejercicio.
—Ya lo haces. Tu trabajo es puro ejercicio.
—Sí, aunque tú también pasas mucho tiempo de pie.
—Pero sin moverme —puntualizó.
—¿Y qué más te ha pasado?
—Que tengo un problema con una de las madres del equipo de béisbol. No cumple lo que promete. Siempre me deja en la estacada.
—¿Has hablado con ella?

Rachel rio.

—¿Hablar con ella de madre a madre, para hacerle saber que no estoy contenta?
—Vamos, que no has hablado con ella.
—Lo he intentado, pero siempre encuentra una excusa, y la odio con todo mi corazón. Empiezo a pensar que soy una pasiva agresiva de tomo y lomo.
—¿Tú crees? —dijo con ironía.
—Eh, se supone que tienes que apoyarme —protestó Rachel.

Courtney sonrió.

—Bueno, yo diría que eres más agresiva que pasiva.
—Eso espero.
—¿Y qué más pasa?
—Que Josh ha empezado sus vacaciones, lo cual significa que Greg y yo tenemos que llevarlo al campamento y recogerlo todos los días.
—¿Greg te está ayudando?

Rachel tomó un sorbo de café.

—Sí, para bien de Josh. Necesita a su padre. Especialmente ahora, con la edad que tiene.

Courtney la miró con intensidad.

—¿Greg y tú os lleváis mejor que antes?
—Siempre nos hemos llevado bien.
—No, no siempre. Vuestro matrimonio terminó de mala

manera –le recordó–. Pero ¿sabes una cosa? Creo que estáis hechos el uno para el otro. Si vieras cómo te mira cuando no te das cuenta... Te envidio.

–Nos casamos demasiado jóvenes, y él no estaba preparado para ser padre. Supongo que nuestra relación estaba condenada desde el principio.

–Pues es una pena. Pero me alegra que ahora os llevéis bien.

Rachel apartó la mirada con incomodidad.

–Bueno, será mejor que nos vayamos –dijo–. Sienna nos estará esperando en la boutique. Betty me comentó que los vestidos que nos gustan están disponibles en todas las tiendas de su cadena, así que no habrá problema por ese lado.

Tras pagar la cuenta, salieron de la cafetería y entraron en la boutique, que estaba a la vuelta de la esquina. Sienna apareció un segundo después.

–Oh, menos mal... pensaba que llegaba tarde –dijo–. Y no sabéis cuánto me alegro de veros. La nuestra es una familia mínimamente racional.

Rachel frunció el ceño.

–¿Por qué dices eso?

Sienna suspiró.

–La madre de David está en Los Lobos, para mi horror absoluto. Está obsesionada con mi altura, y no sé por qué. No deja de hacer comentarios despectivos al respecto. Y, por si eso fuera poco, me ha traído el vestido de novia de su madre, que es verdaderamente espantoso –contestó–. Además, ha abierto una página de Facebook para la boda y está empeñada en que nos mudemos a San Luis.

Sienna tomó aire y añadió:

–No es que David no me guste. Es un gran tipo. Pero estoy tan confundida...

—¿No sabes si estás enamorada de él? —preguntó Rachel.

Sienna la miró a los ojos.

—Sí, claro que estoy enamorada de él. Bueno, creo que lo estoy. Pero todo ha pasado tan deprisa que no sé qué pensar.

Rachel le dio una palmada en el brazo.

—Es un poco pronto para empezar a beber —dijo—. Pero algo me dice que necesitarás un par de margaritas cuando den las cinco.

—Sí, es posible que sí.

Capítulo 22

Treinta minutos más tarde, ya habían visto todos los colores y estilos que necesitaban ver. Solo tenían que elegir. Y Courtney sabía cuál le gustaba, pero la decisión no dependía exclusivamente de ella.

–Vuestra madre va a llevar un vestido de color rosa pálido –les recordó Betty–, y ha dicho que vosotras podéis elegir entre el blanco, el negro, el color marfil o un tono de rosa más oscuro que el suyo.

–Negro –dijeron Sienna y Rachel al unísono.

Courtney asintió.

–Sí, negro –se sumó.

Desde su punto de vista, ir de blanco o de color marfil habría quedado raro y, en cuanto al rosa oscuro, habría resultado excesivo en una boda donde el rosa lo dominaba todo.

–Entonces, queréis que sean de estilos similares pero ligeramente distintos, ¿verdad?

Las tres hermanas asintieron.

–Bueno, veamos lo que tenemos.

Betty las llevó al lugar donde estaban los vestidos de novia y les enseñó las opciones que tenían. Al final, acordaron que los tres vestidos fueran de la misma tela, pero con detalles diferentes, para que fueran más interesantes.

Tras elegir el que más les gustaba, cada una entró en un probador. Y Courtney se acababa de quitar los vaqueros cuando sonó el teléfono.

—Oh, oh.

—¿Qué pasa? —dijo Rachel desde su probador.

—Es mamá. Quiere saber si tenemos *disc jockey*.

—No sabía que quisiera un *disc jockey*.

—Ni yo —comentó Sienna—, pero conozco a uno bastante bueno. ¿Queréis que le diga algo?

—Sí, por favor —contestó su hermana pequeña.

Courtney se quitó la camiseta y se puso el vestido, pero se dio cuenta de que el sostén no iba a quedar bien, así que se lo quitó.

—Necesitaré un sostén que no se vea —dijo.

—Y yo —dijo Sienna.

—Pues a mí me pasa lo mismo —comentó Rachel.

El vestido de Courtney era sencillo, y tan cómodo como sorprendentemente ligero para ser un vestido de dama de honor. Tenía dos tiras finas y un corpiño ajustado, que daba paso a una falda más suelta.

Cuando salió del probador, se encontró con sus hermanas. Los tres vestidos se parecían bastante, pero con detalles vagamente diferentes, como era su intención.

—No estamos mal —dijo Sienna, mirándose en un espejo.

—No, en absoluto —comentó Rachel—. De hecho, estoy pensando que tengo un cuerpo precioso. Debería apreciarlo más.

—Vaya, hoy tenemos un ataque de modestia, ¿eh? —bromeó Courtney.

—Oh, vamos, acabo de perder un montón de kilos. Tengo derecho a ser presumida.

—Chicas, chicas —protestó Sienna—. Dejad de discutir. Disfrutad del momento.

Courtney se acordó de los zapatos que Quinn le había regalado, y pensó que quedarían de perlas con el vestido negro.

—Estáis mejor de lo que imaginaba —comentó Betty al verlas—. Sencillamente impresionantes. Si no os lleváis esos vestidos, me llevaré una decepción.

—A mí me gustan —dijo Sienna.

—Y a mí.

—Lo mismo digo —comentó Rachel, mirándose—. No me había sentido tan sexy en mucho tiempo. ¿Puedo usarlo después de la boda?

Todas rieron y volvieron a sus respectivos probadores.

Cuando Courtney se puso su ropa, se sintió menos sexy que antes, y le pareció curioso. Nunca había prestado demasiada atención a esas cosas. Pero los zapatos de Saint Laurent lo habían cambiado todo. O quizá no habían sido los zapatos, sino Quinn.

Y, una vez más, sonó el teléfono.

—¿Dígame?

—¿Courtney? Soy Jill Strathern Kendrick, la juez de paz.

—Sí, sé quién eres —dijo, extrañada con su llamada—. ¿Hay algún problema?

—Espero que no. Sabes que estoy embarazada, ¿verdad?

—Sí, lo sé.

—Pues me acaban de cambiar la fecha del parto. El médico dice que será dos semanas antes de lo que pensábamos, es decir, alrededor de la fecha de la boda.

—Oh, vaya.

—Quería que lo supierais, por si preferís cambiar de juez. Pero me retrasé en mi primer parto, y sospecho que también me retrasaré en el segundo –comentó–. Sea como sea, la decisión es vuestra.

Courtney dudó.

–Bueno, mi madre quiere que seas tú quien oficies la ceremonia. Como sabes, es amiga de tu padre, y le está agradecida por lo que hizo por nosotras cuando el mío falleció. Hablaré con ella y le diré lo que me has contado, pero dudo que desee cambiar de planes.

–Eso espero, porque me encantaría casarla. Tu madre es un encanto –dijo–. En fin, haré lo posible por estar.

–Excelente. Y gracias por avisarnos, Jill.

Sienna y Rachel entraron entonces en su vestidor.

–Hemos oído la conversación. ¿Qué piensas hacer?

–Hablar con mamá, aunque no creo que vaya a cambiar de opinión. Pero buscaré una persona para que sustituya a Jill llegado el caso.

Sienna sonrió.

–Te gusta tenerlo todo bajo control, ¿eh?

–Lo intento.

–No, no lo intentas. Lo consigues.

Quinn estaba sentado con Joyce en el patio del chalet de su abuela. Era por la tarde, así que hacía bastante calor, pero la brisa marina equilibraba tanto la temperatura como el vino blanco que se estaban tomando. También tenían un plato de fruta y otro de queso, que los perros miraban con atención, esperando que se cayera un pedazo.

–¿Cuándo vas a firmar el contrato? –preguntó Joyce.

–¿El del estudio nuevo? A finales de semana –contestó–. Wayne ya tiene contratistas. Empezaremos las obras este mismo mes.

Quinn iba a decir algo más cuando vio que Maggie se

acercaba a ellos. Supuso que querría hablar con su abuela, así que se levantó con intención de marcharse, pero Joyce le puso una mano en el brazo, como pidiéndole que se quedara. Y Quinn se volvió a sentar.

Tras dedicarle una sonrisa rápida, Maggie clavó la vista en Joyce y dijo:

—Me han contado lo de tu accidente. ¿Qué tal estás?

Joyce la invitó a tomar asiento.

—Estoy bien. Afortunadamente, solo ha sido un esguince —dijo—. Pero podría haber sido peor. A nuestra edad, es fácil que te rompas un hueso.

—Y tanto.

Joyce le sirvió una copa de vino y se la dio.

—Gracias —dijo Maggie—. Quería hablar contigo. Sobre Courtney.

—Me lo imaginaba —Joyce se inclinó para dar un pedazo de queso a Sarge—. Siento lo que pasó. Cometí un error imperdonable. No tenía derecho a decirlo.

Maggie frunció el ceño.

—Sigo sin entender por qué no me lo dijo. Es mi hija, pero se lleva mejor contigo —declaró—. Cuando Phil murió, las cosas estaban tan mal que me concentré en el trabajo. Pero creía que mis hijas eran felices. No pretendía hacerles daño.

—Hiciste lo que pudiste —la tranquilizó Joyce—. Tenías tres niñas, y acababas de perder la casa y a tu marido. No te preocupes por eso. Lo hiciste bastante bien.

—¿Tú crees? Si les hubiera prestado más atención, no me odiarían.

—¿Odiarte? No digas estupideces. Nadie te odia. Y si te refieres a Courtney, recuerda que está haciendo todo lo posible para que tengas la mejor boda del mundo. Y te aseguro que no lo hace a desgana.

La cara de su amiga se iluminó.

—¿Lo dices en serio?

—Por supuesto.

Quinn acarició a Pearl, pensando que aquella conversación era del todo absurda. Obviamente, él estaba del lado de Courtney, pero, en cualquier caso, ¿qué sentido tenía que Maggie lo discutiera con Joyce? Si Maggie quería solucionar el problema con su hija, debía hablar con su hija. Además, se comportaba de un modo muy egoísta. Su dolor le preocupaba mucho más que todo lo que Courtney había sufrido.

Al pensarlo, se acordó del tatuaje que se había hecho en la parte inferior de la espalda, y de la promesa que se había hecho a sí misma. Había tenido una infancia difícil, y una adolescencia igualmente complicada. Había repetido curso dos veces sin que su madre le hiciera ningún caso. Había dejado el instituto a los dieciocho años porque estaba harta de ser el bicho raro de la clase. Pero había aprendido a luchar. Y no se iba a rendir.

—¿Te ha dicho que vamos a tener un *disc jockey*? —preguntó Maggie.

—No, aunque me parece fantástico.

—He estado pensando en la decoración, y se me ha ocurrido que podríamos poner un árbol con flores en alguna parte.

Quinn dio queso a Pearl, pero solo para distraerse y no decir alguna barbaridad. Por lo visto, el dolor de Maggie era poco duradero.

—Los árboles son difíciles de mover —replicó Joyce—. Sin embargo, podríamos poner algo que haga un efecto parecido, como un par de astrantias en flor. Son muy bonitas. ¿Me podrías traer el portátil, Quinn? Quiero enseñárselas a Maggie.

Quinn se levantó y le dio un beso en la mejilla.

—Tus deseos son órdenes para mí.

Joyce rio.

—Ojalá fuera cierto —dijo.

—Sabes que estoy ocupada, ¿verdad? Falta poco para la boda.

Técnicamente, Courtney tenía el día libre. Era domingo, pero eso no significaba que estuviera cruzado de brazos. Y, cuando Quinn la llamó para pedirle que se pasara a verlo, aceptó a regañadientes.

—Hay tiempo de sobra —dijo él.

—Ya —replicó—. De repente, tengo que buscar no se qué arbusto, comprarlo y encargarme de que lo envíen. Mi madre se ha dignado a hablarme otra vez, aunque no ha hecho nada por arreglar las cosas. Y ahora dice que también quiere pastelitos.

—De color rosa, supongo.

—Como todo lo demás, empezando por los manteles y continuando por los recipientes de los centros de mesa.

—Vale, pero ¿que pretendes decir?

—¡Que estoy muy ocupada! —exclamó—. ¿Por qué me has llamado?

—Bueno...

—Y los zapatos —lo interrumpió.

—¿Cómo? —dijo, perplejo.

—Como sabes, ya hemos elegido los vestidos de damas de honor. Son negros, lo cual está bien. Pero quiero llevar zapatos de tacón alto, y no me quiero poner los azules, los que me regalaste tú.

—Pues cómprate otros.

—Estamos en Los Lobos, Quinn. ¿Dónde voy a encontrar unos zapatos elegantes?

—No te preocupes por eso. Te compraré unos... Quizá, de Jimmy Choo.

Súbitamente, Quinn se acercó a la puerta y echó la llave.

—No tengo tiempo para hacer el amor —protestó ella.

Él sonrió.

—Me alegro, porque no vamos a hacer el amor. Acércate.

Courtney se acercó. Quinn la llevó al sofá y la sentó junto a la mesita, donde había un par de frascos pequeños, un paño y un cuenco con un líquido.

—¿Qué vas a hacer con eso?

—Es jena.

—¿Qué?

Quinn se acomodó a su lado y le limpió el dorso de las manos con el paño.

—Te voy a hacer un dibujo de jena.

—¿Por qué?

—¿Y por qué no?

Courtney suspiró.

—¿He mencionado ya que estoy ocupada?

—Sí, eso creo. Tómatelo como un descanso mental, por así decirlo.

Él alcanzó uno de los frasquitos y le empezó a poner su denso contenido. Trabajaba con rapidez, y le hizo un dibujo tan sencillo como hermoso. Pero, para asombro de Courtney, se lo hizo sin plantilla ni ejemplo de ninguna clase, a golpe de destreza e imaginación.

—Esta no es tu primera vez, ¿verdad?

—No. Me gusta ser creativo de vez en cuando. De hecho, he diseñado varias portadas de discos —le informó.

Courtney guardó silencio y se dedicó a observarlo. Era muy agradable y, con el ritmo que llevaba, no le iba a robar más que unos cuantos minutos.

—¿Qué tengo que hacer con esto? —preguntó en determinado momento.

—Nada. Cuando se seque, quítate la jena sobrante. El dibujo durará varios días.

Quinn terminó con la mano derecha y cambió de sitio para hacer lo mismo con la izquierda. Courtney cerró los ojos y volvió a pensar en todo lo que tenía que hacer.

—Joyce se presentó con mi madre y me pidió que encontrara ese maldito arbusto, con la condición de que esté en flor. Pero no echan flores en esta época del año. Y, además, mi madre vio unas servilletas en Internet que van a juego con la textura de la tarta, así que las tengo que comprar.

—Vamos, que estás ocupada.

—Lo estoy. ¿Y tú? ¿Cómo te va?

—Bien.

—¿Y los músicos?

—Incordiando a Wayne.

Ella sonrió.

—Algo que tú disfrutas enormemente.

—Desde luego que sí —Quinn le dio una palmadita en la rodilla—. Ya he terminado.

Courtney bajó la cabeza y se miró las manos.

—¡Qué preciosidad! ¿Cuánto tiempo tardan en secarse?

—Dos horas.

—¿Dos horas? —Courtney se levantó—. ¡Te he dicho que estoy ocupada! ¡No puedo estar dos horas sin hacer nada!

Quinn sonrió mientras se levantaba del sofá.

—Pues no tienes más remedio. Si te pones a trabajar, estropearás el dibujo.

—¿Es que te has vuelto loco? Tengo responsabilidades.

—Lo siento, pero tendrás que esperar.

Courtney se dio cuenta de que no lo sentía en absoluto, y bramó:

—Si no tuviera las manos llenas de jena, te daría una bofetada.

—Pero las tienes y no puedes. Oh, Dios mío... ¿Qué podemos hacer en dos largas horas? ¿Se te ocurre algo?

—Quinn... —dijo ella, en tono de advertencia.

—Es una situación ciertamente lamentable. Y la culpa es mía. Tendré que hacer algo en compensación, ¿no te parece?

Él la miró detenidamente y añadió:

—Ah, ya sé.

Quinn le desabrochó los vaqueros y le bajó la cremallera. Courtney quiso apartarlo, pero no podía usar las manos, así que dejó que le quitara la prenda y, a continuación, que le quitara también las braguitas. De repente, se había quedado desnuda de cintura para abajo en el comedor de su chalet. Era una tarde verdaderamente rara.

Y, entonces, él la besó.

La ya escasa resistencia de Courtney desapareció al momento. Sus bocas se fundieron, y el deseo apareció con la misma rapidez. Sí, estaba ocupada. Sí, su vida era una inmensa complicación. Pero estar con Quinn era lo más excitante que había hecho en su vida y, por si eso fuera poco, confiaba en él.

—Si prefieres hacer otra cosa, te puedo traer una revista —dijo, cerrando las manos sobre su trasero.

Ella soltó una carcajada y le mordió el labio inferior.

—No, esto es más interesante.

—¿Seguro? Tengo la última edición de *Rolling Stone*.

—Suena bien, pero esto me gusta más.

Quinn le acarició los pezones por encima de la camiseta y el sujetador, pero la tela no impidió que Courtney se excitara un poco más.

—Siéntate.

Ella se sentó en una silla. Él se arrodilló delante y acercó las caderas de Courtney de tal modo que se quedó en el borde del tapizado. Luego, Quinn le separó las piernas y acarició su sexo con suavidad.

El placer fue instantáneo. Courtney apoyó la espalda en el respaldo y cerró los ojos, preparándose para otra sesión de magia. Y Quinn no la decepcionó. La acariciaba y lamía una y otra vez, implacable. Cambiaba de ritmo y de intensidad, y ella se movía al son de la partitura que tocaba, sin hacer nada salvo dejarse llevar. De hecho, abrió las piernas todo lo que pudo, como queriéndolo todo y más.

Quinn sabía lo que estaba haciendo y, al cabo de un rato, dejó de jugar y adoptó un ritmo firme que le arrancó varios gemidos. Estaba completamente concentrada en sus atenciones, casi jadeando. Estaba al borde del clímax. Y, como si aquello no fuera suficiente, Quinn le metió dos dedos sin dejar de lamer y los dobló lo justo para estimular su punto G.

Los músculos de Courtney se pusieron en tensión. Se aferró a la silla y clavó los dedos en el tapizado, segura ya de lo que iba a ocurrir. Y el orgasmo llegó; un orgasmo increíblemente largo, que la dejó sin fuerzas.

Durante los momentos siguientes, no pudo hacer nada salvo seguir sentada e intentar recuperar el aliento. Aún no había abierto los ojos y, cuando los abrió, se llevó otra sorpresa: Quinn estaba a punto de penetrarla.

Sin previo aviso, entró en su cuerpo y volvió a salir. La erección de Quinn era tan feroz como su mirada, y se lo demostró de nuevo, penetrándola otra vez. Luego, le metió las manos por debajo de la camiseta y le acarició los pechos con las dos manos mientras empezaba a mover las caderas. Pero no se lo tomó con calma. Le hizo el amor salvajemente, buscando su propia satisfacción.

–Más, quiero más –dijo ella, fuera de sí.

Quinn le hizo caso. Aceleró el ritmo hasta arrancarle un segundo orgasmo y, solo entonces, se rindió al alivio que buscaba.

Si ella hubiera podido, lo habría abrazado, pero tenía las manos llenas de jena, y se tuvo que contentar con clavar la vista en sus intensos ojos, que parecían devorarla.

—¿Estás bien? —preguntó él.

Ella sonrió.

—Sí. Parece que la jena me sienta bien.

Quinn soltó una carcajada y dijo:

—Pues habrá que repetir la experiencia.

Capítulo 23

—¿Os gustan los vestidos de dama de honor? —preguntó David.

—Sí, mucho. Son de color negro, bastante clásicos. Después de la boda, llevaré el mío a una modista para que lo recorte. Me lo pondré más si solo llega hasta la rodilla.

Estaban cenando en el restaurante Audrey, una marisquería del muelle de Los Lobos. Sienna intentaba fingirse relajada, pero no lo conseguía. Tenía la sensación de haber caído en una trampa, y la tenía exactamente desde que la madre de David se presentó de improviso.

—¿No te molestó lo de tener que comprarlo en una boutique? Lo digo porque siempre te han gustado las gangas, y no habrá sido barato.

—Sí, es verdad que me gustan. No lo puedo evitar. Además, trabajo con una tienda de ropa de segunda mano que es fantástica.

El camarero apareció en ese momento y les sirvió el vino que habían pedido.

—He estado pensando que podríamos ir juntos de compras —dijo él.

—¿De compras?

—Sí, cuando tengas que comprar tu vestido de boda.

No te lo tomes a mal, pero me gustaría opinar al respecto. Yo quiero la tuya sobre mi traje, así que sería lo justo –contestó con una sonrisa.

–Sí, sería lo justo, pero ¿no se supone que el novio no debe ver el vestido de la novia hasta el día de la boda?

–Y no lo veré. Solo te daré sugerencias.

–Como quieras. Pero no puedo ir a ninguna parte antes de la boda de mi madre. Tengo demasiadas cosas que hacer. Quiero ayudar a Courtney.

–Lo va a necesitar.

Ella frunció el ceño.

–¿Por qué lo dices?

–Vamos, Sienna... siempre has dicho que tu hermana es una patosa incompetente.

–Ah, te refieres a eso –replicó ella, avergonzada–. Sí, supongo que lo he dicho en alguna ocasión. Pero te aseguro que está haciendo un gran trabajo.

–Si tú lo dices, será verdad –declaró–. Pero, volviendo a nuestra boda, aún no hemos decidido dónde vamos a vivir. A mí me parece que San Luis está bien.

–Salvo por los tornados y las inundaciones.

–Eso no será un problema –afirmó David–. Tengo una familia grande, y sería más fácil para ellos si viviéramos cerca.

Sienna no lo dijo, pero estuvo a punto de recordarle que ella también tenía familia y que preferirían que se quedara en Los Lobos. Además, sospechaba que, si se mudaban a San Luis, Linda querría organizar la boda y le llevaría la contraria constantemente. Le había parecido una mujer agradable, pero también estricta.

–Ya hablaremos de la boda. Ahora no estoy de humor para eso.

–De acuerdo, buscaré otro tema de conversación... ¿Qué te parece la luna de miel? He pensado que podíamos ir a algún lugar exótico. Jennifer y Justin estuvieron en el Four Seasons de Bora Bora. Podríamos ir allí. Tú estás preciosa en biquini, y sacaríamos un montón de fotografías para enseñárselas a todo el mundo.

–¿Justin? ¿Jennifer? ¿De quién me estás hablando?

–De Jennifer Aniston y su marido, cuyo apellido no recuerdo. ¿No viste sus fotos en la revista *People*?

–Sinceramente, no me acuerdo. Pero ¿por qué quieres ir a un hotel de famosos?

–Porque he pensado que sería divertido. Tendríamos muchas cosas que contar a nuestros amigos.

Rachel arqueó una ceja. No tenían amigos comunes y, en cuanto a los de ella, no estaban interesados en la vida de los famosos.

–No sé qué decir. Bora Bora está un poco lejos, ¿no te parece? Hay lugares muy bonitos a una distancia más razonable.

–Está bien. Pero quiero que sea un sitio con playa, para que todo el mundo vea a mi mujer en bikini.

Ella frunció el ceño.

–Hoy estás muy insistente por mi aspecto. ¿A qué se debe?

David se encogió de hombros.

–A nada en particular. Será que te encuentro muy atractiva. ¿Es algo malo?

–No, ni mucho menos, pero tengo miedo de que mi físico sea lo único que te gusta de mí. El tiempo no perdona, David. No seré joven eternamente.

–Por supuesto que no. Pero siempre te puedes hacer la cirugía estética.

–¿Cómo? –dijo ella, indignada.

–No te enfades conmigo. Solo era una broma –afirmó–. Y, por si tienes dudas, te diré que tu físico no es lo único que me gusta de ti. Eres una mujer inteligente y cariñosa. De hecho, me enamoré de ti por tu carácter. Te preocupas por la gente, y eso me encanta. Perdóname si te he ofendido.

Sienna asintió porque era lo correcto y porque su disculpa había sonado sincera. Sin embargo, se quedó con la impresión de que el comentario sobre la cirugía estética había sido mucho más sincero que la disculpa. ¿O eran imaginaciones suyas? Quizá, sin darse cuenta, estaba buscando una excusa para romper con él.

Desde el punto de vista de Courtney, no había nada mejor para relajarse después de un día de trabajo que una margarita bien preparada. Y eso era lo que estaba haciendo: preparar unas margaritas en casa de Maggie, quien había convocado a sus hijas. Pero Courtney no se lo tomó como una velada de tantas. Después de lo sucedido, la invitación de su madre implicaba que quería hacer las paces con ella.

Además, Neil se había ido a Los Ángeles, lo cual significaba que las Watson iban a estar solas por última vez antes de la boda.

Tras preparar las margaritas, entró en el comedor y le dio una a su madre, que sonrió.

—Como veis, he pedido comida mexicana —anunció Maggie—. Espero que os parezca bien.

—A mí me parece perfecto —dijo Sienna, que echó un trago especialmente largo de su copa—. ¿Sabéis si el alcohol acelera el envejecimiento?

Todas se la quedaron mirando.

—Es una pregunta bastante extraña —observó Rachel—. ¿Estás bien?

—Mejor que bien. Me he dado cuenta de que, si empiezo a parecer vieja, puedo acudir a un cirujano plástico.

Courtney se inclinó sobre ella y le puso una mano en el brazo.

—¿Qué te pasa? —preguntó.

—Nada, no me hagáis caso —contestó su hermana—. ¿Algo nuevo sobre la boda, mamá?

Maggie volvió a sonreír.

—Tengo unas cosas que os quiero enseñar.

—Pues ve a buscarlas —la animó Sienna.

Maggie se levantó y corrió a su habitación mientras sus hijas se empezaban a pasar los platos de comida. Volvió un minuto después, con varias cajas.

—Tengo unas zapatillas nuevas —anunció—. Adoro Internet. ¿Os lo había dicho ya? ¿Sabíais que Converse tiene una página web con calzado especial para bodas?

Maggie les enseñó un par de zapatillas de color blanco, con bordes rosa. En uno de los tacones estaba su nombre y en el otro el de su prometido.

—Qué monada —dijo Rachel—. ¿Qué más has comprado?

Su madre les mostró dos copas de champán que también tenían sus nombres grabados y un liguero personalizado.

—Puede que sea demasiado mayor para enseñar piernas, pero Neil y yo sabremos que el liguero está donde está —comentó Maggie con una sonrisa pícara—. Ah, va a ser una boda maravillosa. Y todo, gracias a ti, Courtney.

Courtney se quedó encantada con el comentario.

—Bueno, ¿qué tal os va? —continuó su madre—. Tienes muy buen aspecto, Rachel. Estás mejor que nunca.

—Gracias. Esta noche me permitiré algún pecado con la comida. Pero mañana, volveré a hacer ejercicio —dijo.

—¿Qué tal está Greg?

Rachel se puso tensa.

—¿Por qué me preguntas eso?

Maggie se encogió de hombros.

—Por nada, es que me he acordado de él. Os llevabais tan bien... Es una lástima que sea un idiota.

—Yo también lo lamento. Pero tenemos una buena relación, y es un gran padre.

Courtney miró a su hermana con atención. No había dicho nada que no fuera real, sin embargo, lo había dicho con un tono extraño, como si albergara la esperanza de volver a estar con su exmarido.

—¿Te sigue gustando? –preguntó Sienna, siempre directa.

—¿Cómo? No, por supuesto que no –se apresuró a contestar–. Estamos divorciados. Y supongo que saldrá con otras mujeres.

—Pues yo no lo he visto con nadie –comentó Sienna.

—Ni yo –dijo Maggie, antes de beber un poco más–. Pero, en todo caso, es asunto tuyo. No te quiero presionar. ¿Qué me dices de ti, Sienna? ¿Cómo está David?

—Bien. Hemos decidido que no hablaremos de nuestra boda hasta después de la tuya.

—¿Y eso? –se interesó Courtney–. ¿Es que ha pasado algo?

—¿Qué iba a pasar? Estoy felizmente comprometida.

Rachel la miró con sorna.

—Nadie se cree eso, Sienna. Así que, si necesitas hablar...

—Lo que necesito es otra copa. ¿Qué tal tú, Courtney? ¿Cómo va tu vida amorosa?

—No tengo vida amorosa.

Todas rompieron a reír.

—Claro que la tienes –afirmó su madre–. Te estás acostando con Quinn.

—Sí, pero solo por diversión. No es de la clase de hombres que quieren sentar la cabeza. Sale con todo tipo de mujeres famosas, desde actrices hasta modelos. Yo no le interesaría.

—Por supuesto que sí. Tiene suerte de estar contigo —dijo Rachel.

—Gracias, pero prefiero ser realista —declaró—. Pase lo que pase, le estaré agradecida eternamente. Me ha ayudado mucho, en muchos sentidos. Es un hombre encantador, un gran amor de verano. Y, cuando esto termine, seguiré adelante.

—Pues a mí me encantaría que os casarais —dijo Maggie—. No puedo creer que ninguna lo estéis.

—Yo estoy comprometida —le recordó Sienna, enseñándole el anillo.

—Pero no casada. Debo de haber sido una madre espantosa.

Courtney la miró con humor.

—Mamá, te aseguro que el mundo no gira siempre alrededor de ti.

Maggie rio.

—Tienes razón, pero debería.

Era martes por la noche, y Josh salió disparado de la cocina porque le habían dado permiso para divertirse con sus videojuegos. Sus padres le habían dicho que solo podía jugar tres noches a la semana, y no iba a desaprovechar la oportunidad.

—Juraría que eso del suelo son las marcas de tus zapatillas —bromeó Greg.

—No me extrañaría —contestó—. Voy a divertirme todo lo que pueda.

Greg había ido al campamento a recoger a Josh, y se había quedado a cenar. Mientras el chico estaba en la mesa, Rachel no se preocupó en exceso, pero ahora estaba a solas con su exmarido, y no supo qué decir.

—¿Qué tal tu brazo? —le preguntó.

—Bien. Ya me han quitado los puntos —dijo—. Dentro de unos días, estaré como nuevo.

Rachel, que estaba secando la encimera, se interesó por el policía al que Greg había rescatado.

—¿Y Tommy? ¿Ya se ha recuperado del todo?

—Sí. Mañana vuelve al trabajo.

Ella se lavó las manos y se secó. Había llegado el momento de que Greg se fuera a su casa, pero no sabía cómo decirlo sin parecer maleducada. Y, antes de que encontrara la forma, él encendió la cafetera eléctrica.

—¿Te apetece un café?

—Sí, gracias.

Greg sabía donde estaba todo, así que lo dejó en la cocina, se fue al salón y se sentó en una de las sillas porque el sofá le habría creado un problema. ¿Dónde se habría puesto? ¿En uno de los extremos? ¿En el medio? La silla era mucho más segura.

Minutos después, Greg apareció con los dos cafés y se acomodó en la parte del sofá más cercana a Rachel.

—Mi madre me ha pedido que te lleve un día a casa. Al parecer, tiene ganas de verte.

—Pasaré por allí la próxima vez que vaya a recoger a Josh —dijo Rachel, quien siempre se había llevado bien con los padres de Greg—. ¿Qué tal te va con ellos?

—No me va mal. Normalmente, me dejan en paz.

—¿No has considerado la posibilidad de buscarte un sitio para ti solo?

—Sí, pero estoy esperando.

La curiosidad de Rachel se activó al instante. ¿A qué estaba esperando? ¿A volver con ella, quizá? Pero no se atrevió a preguntarlo, así que guardó silencio.

—¿Josh hace sus tareas? —dijo él, cambiando de tema.
—Sinceramente, había olvidado el asunto.
—Me lo temía. ¿Es que no quieres que haga nada?
—Claro que sí.
—¿Y entonces?
Ella cambió de posición, incómoda.
—No sé. Es más fácil cuando lo hago todo yo. Al menos sé que se ha hecho bien.
—Pero luego te quejas de que no limpia el cuarto de baño.
—Sí, bueno, dicho así... Tienes razón. Debería limpiarlo.
Greg frunció el ceño.
—Hay que ver lo que te cuesta pedir ayuda, Rachel.
—¿Podemos olvidar el tema? No quiero pensar en eso —protestó ella.
—Seguro que no, pero deberías. No sabes delegar en los demás, y me preguntó por qué.
Rachel alcanzó su taza de café, pero la volvió a dejar en la mesita.
—¿Qué quieres que te diga? Siempre he sido de esa manera. Supongo que empezó cuando mi padre falleció y mi madre me pidió que me hiciera cargo de las cosas.
—Demasiado pedir para una niña pequeña.
—Es posible, pero Maggie me necesitaba.
—Y estoy seguro de que se sintió orgullosa de ti —dijo él—. Luego, te casaste conmigo, te diste cuenta de que no sabía asumir determinadas responsabilidades, y volviste a asumir el control. No hay que ser muy listo para imaginar lo que pensaste... Llegaste a la conclusión de que no te podías apoyar en nadie porque siempre te dejaban en la estacada.
—¿Has estado leyendo libros de autoayuda? Lo digo porque suena a eso.

—Es verdad, pero no contesta mi pregunta.

—Está bien. Admito que me llevé una decepción contigo —le confesó ella—. Me sentí completamente traicionada.

—Lo sé, y lo siento. Si pudiera cambiar el pasado, lo cambiaría. Pero debes entender que el hecho de que me acostara con otra no fue tan determinante. No nos divorciamos por ese motivo. Aquello fue un síntoma de lo que iba mal entre nosotros. No la causa.

—Greg, sé que te sentías frustrado conmigo y con la vida. Tenías la impresión de que yo no estaba contenta con nada. Y, por mi parte, me sentía incapaz de llegar a ti.

—Pero las cosas han cambiado, Rachel. Ahora puedes contar conmigo. Hago todo lo que puedo por demostrártelo —afirmó—. Y si te preocupa la posibilidad de que esté con otra, deja de preocuparte. No hay nadie más. Nunca la ha habido.

—Tampoco para mí.

Él sonrió.

—Vaya, me alegra que me creas…

Rachel no dijo nada. Greg esperó un momento y, tras mirar el reloj, añadió:

—Bueno, será mejor que me vaya. Tengo que estar en el trabajo a primera hora.

Ella se levantó de la silla, aunque le habría gustado que se quedara.

—Gracias por traer la cena.

—De nada. Pero hazme caso, por favor… Pon tareas a Josh. Es un chico muy despierto. Ten un poco de fe.

—La tendré.

—Ojalá, Rachel. Lo digo muy en serio.

Capítulo 24

–Todas son baladas –dijo Collins en tono de desafío, como esperando que se lo discutieran.
Bryan respiró hondo.
–Venga, tío...
–No lo puedo evitar –insistió Collins–. Son lo que son.
Quinn echó un vistazo a las composiciones de Collins, que siempre hacía la música antes de escribir la letra. A él le daba igual, podía trabajar de esa manera o de la contraria. Sin embargo, todos sabían que las baladas no le gustaban, y los dos músicos se quedaron perplejos cuando dijo:
–Las baladas están bien.
–¿Estás seguro de lo que dices? –preguntó Collins.
–Sí.
–Te estás ablandando, Quinn. ¿Será por la edad? –comentó Bryan.
–Sigue diciendo esas cosas y ordenaré a Wayne que te pegue una paliza.
Bryan rio.
–Claro, se lo ordenarías a Wayne porque sabes que yo te puedo.
–¿Que tú me puedes a mí? Ni en sueños. Y no, lo que he dicho de las baladas no tiene nada que ver con la edad.

Quinn pensó que, en todo caso, tenía que ver con Courtney y con la satisfacción de estar otra vez en su hogar. Le gustaba vivir en Los Lobos. Lo único que extrañaba de su casa de Los Ángeles eran las vistas. Sin embargo, también le gustaba estar cerca de su abuela. Y el edificio del estudio nuevo. Y, sobre todo, Courtney. Aquella mujer era una combinación sorprendente de energía y desafío.

Había estado con muchas mujeres, con muchas más que la mayoría de los hombres, pero su actitud había cambiado dos años antes, cuando estaba saliendo con Shannon. De repente, se dio cuenta de que ya no quería ir de flor en flor. Y, cuando empezaba a pensar que Shannon era la mujer que estaba buscando, ella se enamoró de otro.

Fue una situación difícil, pero él aprendió la lección. No dejaría pasar otra oportunidad. No volvería a cometer el error de no comprometerse. Quería más. Quería una relación de verdad. Quería una mujer que lo amara, un par de hijos y hasta un par de perros, aunque no fueran tan especiales con Sarge y Pearl.

–¿Preparado? –dijo Collins.

–Siempre.

Collins tocó unos acordes, y Quinn se limitó a escuchar, dejando que la música lo empapara. Collins siguió tocando y, al cabo de unos minutos, Quinn alcanzó su guitarra, lo acompañó un rato e hizo unos cuantos cambios, que Bryan apuntó.

Cuando ya tenían una canción más o menos estructurada, pasaron a la letra. Y dos horas después, habían terminado. Aún faltaban los retoques, pero Quinn sonrió de oreja a oreja porque sabía que podía ser un éxito.

Los músicos recogieron sus cosas y lo invitaron a la barbacoa que había preparado la esposa de Tadeo, Leigh, quien estaba de visita en la ciudad. Quinn declinó la invitación, pero se alegró de que Wayne la aceptara. Aunque su ayudante fingiera llevarse mal con los chicos de And Then, se divertía tanto con ellos como ellos con él.

Ya a solas, vio que Courtney caminaba hacia el chalet con los dos perros.

–Estamos dando una vuelta. ¿Nos acompañas?

–Por supuesto.

Quinn se guardó el móvil y las llaves de la casa, salió al exterior y cerró la puerta. Luego, saludó a los animales y agarró a Pearl por la correa.

–¿Cómo va todo? –le preguntó a Courtney.

–Bien. Solo faltan tres semanas para la boda –contestó–. Por cierto, cuanto más me miro las manos, más me gustan tus dibujos. Eres muy hábil con la jena.

Él sonrió.

–Fue divertido, ¿no?

–Lo fue.

Caminaron hacia el oeste, por el camino del mar. El cielo estaba despejado, y la temperatura era de lo más agradable. Cuando llegaron al final de la propiedad, tomaron un camino de piedra que bajaba por el acantilado y desembocaba en la playa. El aire olía a sal, y el sonido de las olas lo dominaba todo.

–Tengo que ir a Los Ángeles dentro de unos días –anunció él–. Debo comprobar un par de cosas antes de poner mi casa en venta. Pero he pensado que voy a dar una fiesta de despedida.

–¿Lo dices en serio? ¿Te vas a quedar en Los Lobos?

–Sí. Voy a empezar de cero.

–¿No echarás de menos a la gente de la industria musical?

–No. Pero, si alguien necesita verme, puede venir aquí –respondió–. ¿Quieres venir conmigo a la fiesta?

Ella lo miró con sorpresa.

—¿Me estás invitando?

—Evidentemente —contestó con una sonrisa—. Te prometo que verás a unas cuantas estrellas de cine.

—No he estado nunca en ese tipo de fiestas. ¿Qué pasará si no encajo?

—Nada, porque estarás conmigo.

Ella rio.

—Y si estoy contigo, seré importante...

—Tú lo has dicho, nena. Pégate a mí y todo irá bien.

—¿Me acabas de llamar *nena*?

—Sí, y te ha gustado. No lo niegues.

Courtney sonrió.

—De acuerdo, me apunto. Pero quiero que sepas una cosa, Quinn.

—¿Cuál?

—Que no voy por la fiesta, sino por ti.

A Quinn le encantó que se sintiera obligada a puntualizar ese detalle.

—Me lo imaginaba, pero gracias por aclarármelo.

—¿Y qué me voy a poner? No tengo nada apropiado.

—Es Los Ángeles. Ya encontraremos algo.

—¿Quieres que lleve tacones altos?

Quinn pensó que él la prefería completamente desnuda, pero dijo:

—Solo si quieres.

Ella lo pensó un momento.

—Creo que estoy preparada para afrontar ese desafío, aunque espero no caerme.

—No te preocupes. Si tropiezas, te agarraré.

—¿Puedo usar toallitas de papel? —dijo Josh mientras Rachel lo enseñaba a limpiar el servicio.

—No, usa bayetas. Las toallitas de papel atentan contra el medioambiente y, además, salen más caras a medio plazo.

Su hijo suspiró.

—Sí, ya lo sé. Lo digo porque creo que limpiaría mejor si usara toallitas.

—No limpias bien porque no te gusta limpiar. Pero aprenderás.

—Bueno, supongo que será como algunos entrenamientos de béisbol. Te ayudan a mejorar como jugador, aunque sean aburridos.

—Sí, es algo así –contestó–. Ve a buscar la aspiradora. Y, cuando termines de limpiar el suelo, pasa la fregona.

Josh obedeció, pero Rachel se quedó en el cuarto de baño, comprobando lo que hacía.

—¿Te vas a quedar ahí todo el tiempo, vigilándome? –protestó el chico.

Rachel estuvo a punto de decir que sí, porque si no se quedaba, no limpiaría bien. Se olvidaría de las esquinas o no pasaría la fregona por detrás del lavabo. Pero se acordó de lo que había dicho Greg: que no sabía de pedir ayuda y que esa era la razón de que no hubiera puesto a su hijo las tareas acordadas.

Además, no era necesario que el servicio estuviera inmaculado constantemente. Y, por otra parte, no se trataba de eso, sino de que Josh aprendiera una lección. Se estaba haciendo mayor, y tenía que asumir responsabilidades.

—Muy bien. Te dejaré y te haré una lista para que no olvides las cosas que tienes que hacer –dijo a regañadientes–. Pero tienes que hacerlas tú solo.

—Vale.

Josh volvió a poner la fregona en el suelo y siguió limpiando. Rachel quiso decirle que prestara atención a las esquinas, pero se contuvo.

—Cuando termines, pon toallas limpias.
—De acuerdo.
—¿Sabes dónde están?
—Mamá... —dijo en tono de queja.
—Vale, vale.
Rachel dio media vuelta y se fue.

—¿Todavía estás trabajando? ¿O es que estás enfadada conmigo? —preguntó David al otro lado de la línea.

Sienna, que estaba ordenando los documentos de su mesa, pensó que era una pregunta legítima. Pero estaba muy ocupada, y no estaba de humor para hablar con él.

—Estoy trabajando —dijo ella.
—Pero sigues enfadada.
—No, no estoy enfadada, sino dolida. Me preocupan las razones que puedas tener para casarte conmigo.
—Ya te he pedido disculpas. ¿Qué quieres que te diga? No tenía intención de molestarte y, por supuesto, tampoco insinuaba que solo me guste tu físico —insistió—. Te amo, Sienna. Te adoro, y quiero que estemos juntos para siempre. Quiero tener hijos contigo y verlos crecer. Quiero hacerte feliz.

Sienna supo que estaba hablando en serio, pero, en ese caso, ¿por qué se negaba a creerlo? Tal vez, porque no quería casarse con David.

—No sé. Las cosas van demasiado deprisa.
—Pues haremos que vayan más despacio. Estoy dispuesto a hacer lo que sea. No te quiero perder —afirmó—. ¿Ha sido por la visita de mi madre? Tiene mucho carácter.
—Bueno, lo del vestido no ayudó mucho.
—Ya hemos hablado de eso. Acordamos que iríamos juntos a comprarlo, de donde se deduce que no espero que te pongas el vestido de mi abuela.

Sienna pensó que eso era cierto.

—¿Y si no quiero casarme en San Luis? Sé que es importante para ti.

—Lo es, pero podemos buscar una solución alternativa. Por ejemplo, hacer dos fiestas, una aquí y otra allá. O casarnos en el extranjero, en cualquiera de los lugares exóticos que mencionamos —dijo—. Pero puede que tengas razón en otro sentido. Me he obsesionado con la boda y me he olvidado de ti, de lo importante. Es verdad que las cosas van demasiado deprisa. Dejemos la boda para más adelante y concentrémonos en nosotros, en nuestra felicidad.

Sienna se sintió inmensamente aliviada.

—No lo había pensado de ese modo, pero estoy de acuerdo contigo. Eso es lo que necesito. Que nos concentremos en nosotros.

—Pues así será —dijo él—. Te amo, Sienna.

—Y yo a ti.

—En fin, te dejaré con tu trabajo. Si no sales muy tarde, llámame por teléfono y te llevaré a cenar o adonde quieras.

—De acuerdo. Hasta luego.

Sienna cortó la comunicación y, dos horas después, cuando ya solo tenía que comprobar el correo electrónico, decidió llamar a David para ir a cenar. Su conversación la había ayudado mucho. Ya no se sentía tan presionada. Y, entonces, sonó su móvil.

—¿Dígame?

—Hola, Sienna. Soy Erika Trowbridge... No cuelgues, por favor. Necesito que me ayudes.

Sienna frunció el ceño. Su archienemiga del instituto le estaba pidiendo ayuda, lo cual implicaba que tenía un problema verdaderamente grave.

—¿Dónde estás? ¿Quieres que llame a la policía? ¿A una ambulancia?

—No, no es nada de eso. Nadie me ha hecho daño —contestó—. Pero te agradecería que me abrieras la puerta. Estaré ahí en diez segundos.

—De acuerdo.

Sienna corrió al vestíbulo principal, abrió la puerta de la oficina y colgó el teléfono al ver a Erika.

—Te tomas esto muy en serio —dijo la recién llegada.

—Es mi trabajo. Pero ¿seguro que estás bien?

—Sí, por supuesto. Solo quería hablar contigo sobre una persona que conozco.

—Ah, no se trata de ti.

—No —dijo—. Te habrás llevado una decepción, ¿verdad?

Sienna respiró hondo.

—Ni mucho menos. Lo creas o no, me alegra que estés bien.

—¿Habrías llamado a la policía de verdad?

—Claro que sí. Ayudamos a las mujeres con ese tipo de problemas. La tienda de ropa solo es una forma de conseguir financiación.

Sienna cerró la puerta y la llevó a la sala de descanso, donde abrió el frigorífico y sacó una botella de agua para Erika y un té helado para ella. Luego, la llevó a uno de los sofás y se sentaron. Los muebles de la oficina eran muy cómodos; estaban pensados para que las víctimas se sintieran mejor y se relajaran con más facilidad.

—Dime lo que pasa.

Erika se echó el cabello hacia atrás y abrió su botella de agua.

—Nadie se va a enterar de esto, ¿no?

—Si alguien está en peligro, no tendré más remedio que informar. Pero, si no es tan grave, piensa que estás delante de un abogado. Nada de lo que me digas saldrá de esta sala. Y, a diferencia de los abogados, no te cobraré la consulta.

Erika dejó la botella en la mesa y la volvió a agarrar. Estaba muy nerviosa.

—Se trata de una de mis primas. Su novio le ha pegado una paliza, y no sé qué hacer para que ella lo abandone.

—¿Cuánto tiempo llevan juntos?

—Dos años.

—¿Y qué quieres decir con eso de la paliza? ¿Le ha roto algún hueso? ¿Solo tiene moratones? —se interesó.

—Creo que no le ha roto nada, pero la golpea con frecuencia. Y no sería la primera vez que la deja con un ojo morado —contestó—. Es curioso, porque parece un tipo agradable... Le he dicho a mi prima que lo abandone, pero no quiere. ¿Cómo es posible que siga con él? Mi prima es una gran persona. ¿Por qué soporta eso?

Sienna se levantó, se acercó a una mesa y sacó un folleto y varias hojas, que dio a Erika.

—Tienes que leer esto.

—¿Me estás poniendo deberes?

—Sí. Lee el folleto antes que nada. Los puntos tres y cinco son los más importantes en este momento —dijo—. Ayuda a tu prima a trazar un plan por si las cosas se ponen peor. Y no te interpongas entre ellos, porque solo empeorarías la situación.

Erika arrugó la nariz.

—¿Por qué crees que tengo intención de intervenir?

—Porque te conozco desde que éramos niñas y sé que te encanta meter las narices donde no debes —respondió—. Pero esta vez es distinto. Si intentas arreglarlo por tu cuenta, es posible que ese hombre acabe matando a tu prima.

Erika la miró con horror.

—¿Lo dices en serio?

—Completamente. Eres una mujer inteligente y capaz, pero este asunto está fuera de tu alcance. Hazme caso, aunque no te caiga bien. Lee la información que te he dado. Todas las situaciones son distintas, pero suelen tener patrones comunes. Si quieres ayudar a tu prima, tienes que ayudarla en sus términos, no en los tuyos.

–Gracias. Pero ¿qué hago si se decide a dejarlo?

–Llamarnos a nosotras. ¿Dónde vive?

–En Sacramento.

–Excelente. Está lejos de aquí, y pondría distancias con su novio –comentó–. Si lo deja, llámame a mi teléfono privado a cualquier hora del día o de la noche. La llevaré a un lugar seguro.

–¿Tu trabajo consiste en eso?

Sienna sonrió.

–No, yo recaudo dinero para la organización. Pero todo será más fácil si tu prima sabe que tienes una relación conmigo. Tengo experiencia al respecto. Y, cuando tu prima esté a salvo, le presentaré a las compañeras que llevan estos casos.

–¿Así? ¿Sin más?

–Bueno, es lo que hacemos.

Erika echó un trago de agua.

–Está bien. Leeré los documentos y hablaré con ella, aunque no sé qué decir.

–Si te sirve de algo, nadie sabe qué decir cuando se enfrenta a un problema como este por primera vez. La información te será de ayuda.

Erika se recostó en el sofá.

–Y ahora tendré que sentirme culpable por no haberte dado los muebles de cocina de mi bisabuela…

–Sí, exactamente. Aunque no es nada que no puedas corregir con un cheque generoso.

Erika soltó una carcajada.

–Sí, bueno, es posible que haga eso –declaró–. Pero ¿te puedo hacer una pregunta personal?

–Por supuesto.

—¿Por qué trabajas aquí? ¿Por qué no trabajas para una revista de Nueva York o algo así?

—¿Te refieres a algo con más glamur?

—Sí.

Sienna se encogió de hombros.

—Como tal vez sepas, empecé a estudiar publicidad. El primer año de carrera, conseguí un empleo de verano en una revista de viajes, y una de las redactoras era víctima de malos tratos. Poco después, acudió a mí en busca de ayuda. Yo tenía diecinueve años, y no sabía qué hacer, pero busqué en la guía telefónica y la puse en contacto con la organización donde trabajo ahora. Me gustó tanto que me quedé aquí.

Sienna se detuvo un momento y siguió hablando.

—Ahora me toca a mí. ¿Por qué me has odiado siempre? No puede ser por lo de Jimmy. No te gustaba hasta ese extremo.

—Me lo robaste de todas formas.

—De acuerdo, te lo robé. Pero ese no es el motivo.

—No es que te odie —dijo, mirándola a los ojos—. Sencillamente, nunca me has prestado atención. Cuando estábamos en el instituto, tú eras la princesita y yo, una invisible más. Quise ser amiga tuya, pero no me hiciste ni caso. Despreciabas a todas las chicas que no estaban en el círculo de las privilegiadas.

A Sienna le habría gustado decir que no era verdad, pero lo era.

—¿Hice o dije algo que te hiriera?

—No, salvedad hecha de ningunearme.

—Siento haberte tratado mal.

—Y yo siento haberte odiado.

Las dos mujeres se sumieron en un silencio incómodo. Y, al cabo de unos segundos, Sienna vio que faltaban pocos minutos para las siete.

—¿Te apetece cenar? —le preguntó.

Erika se lo pensó un momento.

—Por qué no. Puede ser divertido. Hasta estoy dispuesta a invitarte.

Sienna sacudió la cabeza.

—No, prefiero que lo paguemos a medias, como buenas amigas.

—Trato hecho.

Capítulo 25

—¿Qué vais a hacer en la fiesta de Los Ángeles?
—No tengo ni idea —contestó Courtney—. Solo sé que se celebra el martes por la noche, en casa de Quinn.
—Quiero más detalles. Quiero que me lo cuentes todo cuando vuelvas —dijo Sienna—. ¿Tienes algo que ponerte?
—No, pero Quinn ha dicho que iremos de compras.
—De todos modos, necesitarás algo bonito para el viaje y, quizá, para cenar con él —intervino Rachel, sonriendo—. Estoy segura de que pasáis mucho tiempo juntos, pero supongo que, generalmente, estáis desnudos. Salvo que os gusten los juegos picantes y, en ese caso, prefiero que no me digas nada. No necesito saber que llevas corset de cuero y un látigo de domadora de leones.

Courtney parpadeó.

—¿Domadora de leones? Es curioso que se te haya ocurrido eso. ¿Qué hacíais Greg y tú cuando estabais juntos? —preguntó con interés.
—No te lo voy a decir. Solo quería puntualizar que no necesitas ropa cuando estás desnuda y que, si vas a estar vestida por una vez, tendrás que...
—Oh, Dios mío —la interrumpió Courtney—. Mi hermana es una dominatrix.

Las tres rompieron a reír. Estaban en la tienda de ropa de segunda mano, porque Sienna y Rachel se habían empeñado en que necesitaba ropa para el viaje.

—Compra vestidos —continuó su hermana mayor—. Son fáciles de llevar y fáciles de guardar en una maleta. Además, los puedes combinar con muchas cosas.

—Bien pensado —dijo Sienna—. Y sé de varios que te sentarían bien. Ahora vuelvo.

Sienna salió de la habitación, y Courtney volvió a insistir en el asunto que le interesaba.

—¿Domadora de leones?

Rachel rio.

—No estaba sugiriendo que hagas eso. Pero estáis enamorados. Y los enamorados son capaces de cualquier cosa.

—No estamos enamorados. Solo nos estamos divirtiendo —dijo, mirándola con horror—. Quinn es genial, pero no creo que vaya en serio.

—Era una forma de hablar, Courtney. No te enfades —replicó Rachel, echando un vistazo a una camiseta—. Solo os estáis divirtiendo. Eso es todo.

—Sí, eso es todo. Quinn es mucho más interesante de lo que había imaginado.

Rachel suspiró.

—Ah, todo el mundo se acuesta con alguien. Todos menos yo —dijo—. Es deprimente.

—Quizá sería más fácil si salieras con hombres.

—No quiero salir con hombres.

—Entonces, ¿qué quieres? ¿Volver con Greg?

Rachel se giró y la miró.

—¿Por qué dices eso?

—Porque os lleváis muy bien. Él es un gran tipo, y tú eres fantástica. Además, ¿qué tendría de malo? Cosas más raras se han visto.

—Sinceramente, no sé qué decirte. Greg me confunde.

Sienna volvió en ese momento, con varios vestidos.

—¿Qué es eso de que Greg te confunde? ¿Qué hace para confundirte?

—Portarse bien conmigo.

—¡Qué espanto! ¡Será canalla...! —ironizó Sienna.

—Hace todo lo que le pido. ¿Por qué no lo hizo cuando estábamos casados? ¿Porque tiene que hacerlo ahora?

—Quizá, porque las cosas han cambiado y porque te echa de menos.

Courtney asintió.

—Sienna tiene razón. Y no te preocupes por lo que piensen los demás. Nadie te va a juzgar si decides intentarlo de nuevo.

—Greg no quiere volver conmigo.

—¿Cómo lo sabes? ¿Has hablado con él?

Rachel carraspeó.

—No, pero no ha insinuado nada al respecto.

—Bueno, alguien tiene que dar el primer paso —observó Sienna—. ¿Por qué no lo das tú? ¿Por qué esperas a que lo dé él?

Rachel alcanzó los vestidos, se los dio a Courtney y dijo:

—Pruébatelos, que hemos quedado con Neil. Y date prisa.

—No eres muy sutil con los cambios de conversación, ¿eh?

Courtney entró en el probador y se probó los cinco vestidos. Dos no le gustaban, pero los otros tenían posibilidades; especialmente uno de color rojo muy ajustado.

Segundos después, Sienna apareció y le dio un cinturón.

—Pruébate esto —dijo.

Courtney se probó el cinturón, que le quedaba de perlas y volvió con sus hermanas.

—También necesitarás unas sandalias, pero con algo de tacón —comentó Rachel.

Al final, Courtney se quedó con los tres vestidos que le habían gustado. Solo le costaron treinta y siete dólares. Y tras pagar la factura, se subieron al coche y se fueron al Pie Parlor del muelle de Los Lobos, donde Neil las estaba esperando.

—¿Qué es eso del mirlitón, por cierto? —preguntó Rachel durante el trayecto.

—Ni idea. Me lo mencionó de pasada, pero espero que sea una broma —comentó Courtney.

—No es una broma. Se ha puesto a tocarlo cuando me ha llamado para que nos tomáramos un café con él —intervino Sienna—. Y menos mal que al final no habrá cisnes, porque si oyeran eso, pensarían que es una llamada de apareamiento y atacarían a los invitados.

—En cualquier caso, empiezo a estar harta de las ideas de Maggie y de Neil —dijo Courtney—. A mamá se le ha ocurrido ahora que pongamos fundas en las sillas, y que lleven sus iniciales. Y no es que quede mal, pero ¿qué vamos a hacer con ellas después de la boda? Estamos hablando de trescientas fundas.

—Las podemos regalar en plan souvenir —propuso Rachel—. No te quemes la sangre, Courtney. Esta boda es más grande que todas nosotras. Ríndete a lo inevitable y piensa que, por lo menos, Maggie es feliz.

—Sí, supongo que tienes razón. Me concentraré en eso, y en que la comida y el vino son excelentes.

Tras un par de minutos de silencio, Sienna dijo:

—No me acuerdo bien de papá. ¿Y tú, Rachel?

—Me acuerdo de algunas cosas, aunque solo son detalles. El sonido de su risa, por ejemplo. O como me abrazaba y me decía que siempre sería su princesa.

—Yo no recuerdo nada —admitió Courtney.

–Porque eras muy pequeña –le recordó Rachel–. Deberíamos alegrarnos de que Maggie haya conocido a Neil.

Momentos después, llegaron a su destino.

–Será mejor que no hablemos más de papá –dijo Rachel cuando entraron el restaurante.

–No me importa que habléis de vuestro padre.

Las tres se sobresaltaron al ver a Neil, que estaba en la entrada del local.

–Phil es una parte importante de la vida de Maggie, y también de la vuestra –continuó él–. ¿Nos sentamos?

Courtney y sus hermanas se miraron. No sabían qué decir, así que lo siguieron hasta una mesa y se sentaron.

–Os tengo que contar un par de cosas –anunció Neil–. Pero, cuando termine, podemos pedir unas porciones de tarta. No os habría citado en el Pie Parlor si no tuviera las mejores tartas de Los Lobos.

Las Watson guardaron silencio.

–Tuve mucha suerte de conocer a vuestra madre. Como sabéis, mi mujer murió de cáncer, y tardé muchos años en recuperarme. No quería estar solo, pero no me creía capaz de amar a nadie del mismo modo… Y eso es lo gracioso, que no amo a Maggie del mismo modo. La amo de forma distinta, por la persona que es. Y no tengo intención de sustituir a vuestro padre. No lo soy. Aunque espero que, con el tiempo, me consideréis algo parecido.

Sienna asintió.

–Gracias por decir eso, Neil. ¿No tuviste hijos?

–No, me temo que no tuvimos tanta suerte –contestó–. No os molestéis entonces si os trato como si fuerais mis hijas. Es que me hace feliz.

–Por nosotras, no hay problema –dijo Rachel.

–Me alegro de saberlo –dijo él–. Pero, antes que nada, quiero añadir otra cosa. Me ha ido bien en el mundo de los negocios, y he apartado una cantidad importante de dinero para que acabe en manos de Maggie si a mí me pasa algo. Desde ese punto de vista, no tendréis que preocuparos por nada.

Courtney sonrió.

—Gracias por quererla tanto, Neil. Os deseo que seáis muy felices.

Neil le devolvió la sonrisa.

—Bueno, dicho esto, os quería preguntar si os parece bien que vayamos a Vail de luna de miel. Tienen varios hoteles magníficos, y es un lugar relativamente tranquilo en esta época del año. El paisaje es precioso, y también hay montones de tiendas y restaurantes.

—A mí me parece genial —comentó Rachel.

—Podríais ir a Bora Bora, al hotel donde estuvo Jennifer Aniston —intervino Sienna.

Neil volvió a sonreír.

—Las playas no me van mucho.

—¿Jennifer Aniston? —preguntó Courtney a su hermana—. ¿De dónde has sacado esa idea?

—No lo sé —mintió Sienna—. No sé ni por qué lo he mencionado.

—Es una sugerencia interesante, pero prefiero Vail —dijo Neil, que alcanzó varios menús y se los dio—. Y ahora, ¿qué os parece si pedimos unas porciones de tarta? Tengo entendido que la de melocotón es impresionante.

La casa era pequeña y vieja, y estaba lejos de la playa, pero tenía mucha luz y un jardín precioso. Sienna había visto el cartel que anunciaba su venta mientras comía con un grupo de empresarias a las que intentaba sacar dinero para su organización, y, cuando terminó, decidió echar un vistazo.

A pesar de ser martes por la tarde y de que faltaban

pocos minutos para que la inmobiliaria pusiera fin a las visitas, había tres o cuatro coches en la parte delantera. Sienna aparcó tras el vehículo de unos jóvenes y los siguió al interior. Al verla, Jimmy le dio un folleto, igual que a los demás. Pero a ella le guiñó un ojo.

—Se acaba de poner en venta —anunció a los recién llegados—, y ha despertado mucho interés. Si tienen alguna duda o pregunta, díganmelo.

Sienna siguió a los jóvenes hasta el salón, que era sorprendentemente grande, y luego pasó a la cocina; era algo anticuada, pero se podía reformar con bastante facilidad. Luego, miró los dos dormitorios y el cuarto de baño y salió al jardín, que habría estado bien si no hubiera sido porque no se veía el mar.

Tras regresar al interior, acabó en el pequeño comedor. Jimmy había dejado en la mesa una carpeta con imágenes de la casa e información sobre la zona, desde los colegios que tenía hasta las tiendas y restaurantes. Sienna se sentó y contempló las fotos como si estuviera verdaderamente interesada, pero su mente estaba en algo muy distinto: en David y en la relación que mantenían.

No sabía qué pensar. A veces, ardía en deseos de estar con él y, a veces, ni siquiera lo toleraba. Eso no encajaba en ninguna de las definiciones de amor que conocía, pero cabía la posibilidad de que el amor fuera distinto para cada persona, y que esa fuera su forma de amar. En cualquier caso, no se parecía nada a lo que Maggie y Neil tenían. Y tampoco se parecía a lo que Rachel y Greg habían tenido antes de divorciarse.

Al cabo de un rato, Jimmy se sentó a su lado. Sus clientes ya se habían ido.

—¿Qué tal el día? —preguntó ella.
—Bien. Seguro que me lloverán las ofertas.
—Haces un gran trabajo.

Él la miró con intensidad.

—¿Te encuentras bien?

—Sí, estoy algo introspectiva, pero se me pasará.

—¿Quieres que hablemos de ello?

Sienna lo pensó un momento y preguntó:

—¿Has estado enamorado alguna vez?

—Vaya, sí que estás introspectiva —dijo con humor—. Y sí, claro que he estado enamorado... una vez, de una chica rubia y muy graciosa cuya sonrisa me parecía lo más bonito del mundo. Pero éramos muy jóvenes, y no salió bien.

—Te agradezco el cumplido, pero estoy segura de que habrás estado enamorado de alguien más —comentó ella.

—No. Ha habido otras mujeres en mi vida, pero ninguna como tú —Jimmy alcanzó una botella de agua y echó un trago—. Sin embargo, no es algo que me preocupe mucho. Ya encontraré a alguien.

—Seguro que sí. Eres un gran partido.

—Eso me dicen —replicó—. ¿Y tú? ¿Has estado enamorada de alguien más, aparte de David y ese chico de Chicago?

Sienna se dio cuenta de que ya no quería hablar de amor y, después de contestar negativamente a su pregunta, dijo:

—¿Vas a ir a la boda de mi madre?

—Cómo no. Recibí la invitación hace unos días. Y es espantosamente rosa.

Sienna rio.

—Sí, como todo lo demás. ¿Irás con alguna amiga?

—No, aunque espero ligar con alguien. Quizá, con una de las damas de honor.

—Lo dudo mucho, porque somos Courtney, Rachel y yo. Y no te querrás acostar con una de mis hermanas.

—No. Con tus hermanas, no.

Sienna tragó saliva. ¿Estaba coqueteando con ella? ¿Aun sabiendo que se iba a casar con David?

—Es una broma, Sienna. No te asustes.

—No estoy asustada.

—Pues cualquiera lo diría...

Sienna le quitó la botella de agua y echó un trago.

—¿Quieres que te reserve un baile? —preguntó, más tranquila.

—Por supuesto que sí.

Courtney ya había estado antes en Los Ángeles. Había ido a la bahía de Mischief y a los estudios de la Universal, además de Disneylandia, aunque Disneylandia estaba técnicamente en el condado de Orange. Sin embargo, todo lo que sabía de Malibú lo había sacado de revistas y series de televisión.

La carretera de la costa le pareció impresionante. Todo era mar y cielos despejados. Había bastante tráfico, pero a Courtney no le importó, porque le dio la oportunidad de disfrutar del paisaje. Y fue precisamente eso lo que más le gustó de la casa de Quinn, que estaba en una zona residencial.

La sorpresa de Courtney fue mayúscula. Pensó que el barrio estaría lleno de mansiones, pero solo veía muros altos que lo ocultaban todo. En determinado momento, Quinn se detuvo ante una verja de hierro y pulsó un botón. La verja se abrió, y el coche avanzó por un camino que acababa en un vado. Luego, sacaron el equipaje y entraron en el edificio, cuyo exterior parecía modesto. Pero no tenía nada de modesto. Era impresionante. Al igual que las vistas.

El enorme vestíbulo de suelos de mármol daba paso a un salón con múltiples zonas de descanso y un comedor gigantesco con una escalera a la derecha y una mesa para veinte personas a la izquierda. Había obras de arte por doquier, y la pared del lado oeste tenía grandes balcones que daban al océano.

Quinn tomó la escalera y la llevó a un piso inferior, que parecía ser la zona de vivienda habitual. Tenía una cocina digna de un restaurante, un salón de aspecto cómodo y un despacho lleno de aparatos electrónicos. Pero, una vez más, las vistas lo dominaban todo. De hecho, Courtney no se pudo resistir a la tentación de abrir una puerta corredera y disfrutar unos segundos de la brisa marina y el sonido de las olas.

Después, bajaron un piso más. Ahora estaban a nivel del mar, y tan cerca que tenían la playa enfrente. Courtney vio la habitación de invitados y el dormitorio principal, una suite con chimenea donde había un servicio con un jacuzzi donde habrían cabido cinco personas. Era un sitio maravilloso. Y hasta tenía un patio con mesas y sillas.

–¿Vas a dejar esto para mudarte a Los Lobos? –preguntó, sin entender nada.

–Al cabo de un tiempo, dejas de ver el paisaje.

–Pues tendrías que ir al oculista. Esto es increíble…

Él rio y dejó el equipaje en el suelo.

–Supongo que dormirás conmigo, pero, si quieres dormir sola, ya has visto que tengo una habitación de invitados.

Ella ladeó la cabeza.

–¿Y por qué querría dormir sola? –replicó–. Pero gracias por ofrecérmelo. Tu abuela estaría orgullosa de ti.

Él se estremeció.

–No se lo digas, por favor.

–Descuida. Supongo que está tan poco interesada en tu vida sexual como tú en darle explicaciones al respecto –dijo–. ¿Vas a vender esta casa de verdad?

–Sí, tenía intención de sacarla al mercado la semana que viene.

—No encontrarás nada parecido en Los Lobos.

—No busco nada parecido —Quinn se acercó a ella y la tomó entre sus brazos—. Pero ahora, déjame que te cuente mi plan.

—Ah, ¿tienes un plan? Excelente.

Él le dio un beso.

—Guardaremos nuestras cosas, haremos el amor y nos iremos de compras. Esta noche cenaremos en mi casa y mañana, te enseñaré la zona. La fiesta es el martes por la noche, pero tendremos tiempo para verlo todo, porque no volveremos hasta el viernes.

—¿Insinúas que solo vamos a hacer el amor una vez?

Quinn rio.

—Bueno, creo que podemos hacerlo dos, si es tan importante para ti.

—No, no, me sacrificaré. Eres demasiado viejo, y no quiero que te dé un infarto —bromeó.

Él la volvió a besar.

—Y tú eres demasiado joven. No quiero que mis perversiones te asusten.

—¿Eres un perverso?

—Sí, puede que lo sea un poco.

De repente, Quinn se puso serio y añadió:

—Sabes que he estado con otras mujeres, ¿verdad?

—No me digas. Pensaba que eras virgen.

—Lo digo por lo de la fiesta.

—Ah, es por eso —Courtney le puso las manos en el pecho—. Tienes miedo de que algunas de tus antiguas amantes me digan que no estoy a tu altura o me cuenten cosas para ponerme en tu contra. Pero no te preocupes, que he pasado por situaciones peores. Estoy acostumbrada a ese tipo de malas artes. Me irá bien.

—No lo he dudado ni un segundo.

Capítulo 26

El martes por la noche, Sienna fue a la casa de David. Lo había llamado para decirle que necesitaba verlo, aunque no había dicho nada de sus motivos. Y estaba tan nerviosa que tuvo miedo de vomitar.

Se sentó en el salón y tragó saliva, buscando el coraje que necesitaba. La maleta de Linda había desaparecido, pero no los recuerdos de aquel día. Además, la página de Facebook le estaba complicando la vida. No dejaba de recibir peticiones de amistad, incluso de primos distantes a los que había bloqueado varias veces.

–David, no me puedo casar contigo –empezó–. Eres un hombre maravilloso, y mereces ser feliz. Pero no lo serás si nos casamos, porque no estoy enamorada de ti.

Sienna tuvo que hacer un esfuerzo sobrehumano para guardar silencio a continuación. Tenía muchas cosas que decir, y necesitaba decirlas, pero supo que le debía conceder unos segundos para procesar la información que le acababa de dar.

Estaba segura de haber tomado la decisión correcta. Sintiera lo que sintiera por David, no era ni había sido nunca amor. Por supuesto, tenía miedo de que la gente la criticara por romper otro compromiso matrimonial, pero la opinión de los demás carecía de importancia. Era su vida, no la de ellos.

David la miró durante unos segundos y, a continuación, se levantó, se acercó a ella y la puso en pie. Curiosamente, no parecía enfadado.

–Oh, Sienna... estaba esperando algo así.

–¿Cómo?

Él la abrazó.

–Te he presionado en exceso. Lo siento mucho.

Ella dio un paso atrás.

–David, no sé si me has entendido bien, pero estoy rompiendo contigo.

–No, qué va.

–Lo digo muy en serio.

David sonrió con ternura.

–Tienes miedo de no estar enamorada de mí, y te preocupa tomar una decisión equivocada. No sabes ni qué sentir. Pero sabes que estás muy asustada, y te parece que eso no encaja con lo que debería ser el amor.

Sienna se quedó perpleja. ¿Cómo era posible que la conociera hasta ese punto? Comprendía la situación mejor que ella.

–Bueno, yo...

–Es por lo de tu padre. Eras muy pequeña cuando murió, y tu familia y tú lo pasasteis mal. Os acostumbrasteis al miedo. Lo asumisteis de forma diferente, pero os dejó huella a todas –afirmó–. Por eso rompiste tus otros compromisos, y por eso quieres romper este: por miedo. Sin embargo, solo son las típicas dudas del último momento.

–¿Tú crees?

Él la miró a los ojos.

–Sienna, eres lo mejor que me ha pasado. Estaba esperando a la mujer correcta, y entonces apareciste tú. Me enamoré de ti a primera vista –dijo–. Mira, es normal que estés asustada. Es normal que te hagas preguntas. Pero quiero que sepas que te amo, que siempre estaré contigo y que superaremos cualquier obstáculo que se presente.

Sienna no salía de su asombro. Había imaginado muchas situaciones y conversaciones posibles, pero no esa.

—Es cierto que tengo miedo —admitió—. Me asusta casarme contigo y me asusta mudarme a San Luis.

—Solo son síntomas de un problema anterior. No quieres amar otra vez y volver a perder. Has perdido demasiadas cosas.

David la llevó al sofá y se sentó con ella.

—Sienna, eres la mujer de mi vida. Da una oportunidad a nuestra relación, por favor. ¿No crees que existe la posibilidad de que tu incertidumbre no tenga nada que ver conmigo? Sopésalo, y tómate un poco de tiempo. Estoy seguro de que superaremos esto y de que, cuando estemos casados, te darás cuenta de que estamos hechos el uno para el otro.

Sienna pensó que tenía razón. Había permitido que sus miedos la dominaran. Pero David la amaba, y confiaba en ella. Quizá tenía que apoyarse en esa confianza para aprender a confiar en sí misma.

Más segura, le pasó los brazos alrededor del cuello y se apretó contra él.

Courtney había estado en montones de fiestas, pero en ninguna como la de Malibú. Los camareros empezaron a instalarlo todo a las ocho de la mañana, y había tanta comida como para alimentar a una ciudad entera.

La tarde anterior, había salido con Quinn a comprarse un vestido. Al final, se había decantado por uno de color azul que costaba más que su coche, pero tenía el mismo tono que los zapatos de Saint Laurent, lo cual significaba que se los podría poner. Solo quedaba el asunto de su pelo, y solventó el problema el día de la fiesta, cuando Quinn se ofreció a llevarla a una de las peluquerías más exclusivas del lugar.

Para ahorrar tiempo y no tener que vestirse después, Courtney se puso el vestido y los zapatos. Y no se arrepintió de haber aceptado la oferta de Quinn, porque la maquillaron perfectamente y le hicieron un peinado tan bonito como moderno, con unos mechones ondulados que costaron más de una hora de trabajo.

Desgraciadamente, Quinn se había ido a supervisar los preparativos de la fiesta y, cuando ella salió, cayó en la cuenta de que no tenía forma de volver.

Y entonces, se le acercó la recepcionista.

—Su coche está ahí, señorita Watson.

Courtney se quedó desconcertada. ¿Su coche? ¿Qué coche?

—Ah, gracias. En cuanto a la factura...

—Ya está pagada. Y debo añadir que el caballero ha dado una propina extremadamente generosa a todas las personas que se han ocupado de usted.

Courtney salió al exterior y se encontró ante una larga y negra limusina, cuyo conductor la invitó a entrar. Era típico de Quinn: alquilar un coche de lujo para hacer un trayecto de apenas tres kilómetros. Pero le encantó.

En cuanto llegó a la casa, se quitó los zapatos y se dirigió al nivel más bajo. Quinn estaba allí, abrochándose una camisa negra.

—Estás absolutamente preciosa —dijo él.

—Gracias. Gracias por todo, desde el vestido hasta la limusina. Ha sido una experiencia alucinante.

—Solo quiero que seas feliz.

—No necesitas eso para hacerme feliz.

—Lo sé, pero es divertido. ¿Qué tal te han tratado en la peluquería?

Ella sonrió.

—Oh, ha sido muy interesante. De hecho, tengo que enseñarte una cosa.

—¿De qué se trata?

Courtney se señaló la entrepierna.

—Siempre lo he llevado muy recortadito, pero esta vez he ido a por todas. Me he depilado por completo —contestó—. Ya lo verás más tarde.

—¿Y por qué más tarde? No hay momento como el ahora.

Ella soltó una carcajada.

—No podría estar más de acuerdo.

La fiesta empezó después de las nueve, y Courtney dedujo que los invitados no eran de los que se tenían que levantar a las siete de la mañana. Quinn le presentó a un montón de personas, pero, cada vez que la dejaba sola, se iba al muelle y se dedicaba a mirar a la gente en la distancia. No estaba acostumbrada a los actores y cantantes. No sabía de qué hablar y, en la mayoría de los casos, ni siquiera sabía quién eran.

Por lo demás, se lo estaba pasando en grande. El champán estaba delicioso, al igual que la comida y, en cuanto a Quinn, le parecía más sexy y masculino que nunca. Era un anfitrión perfecto, y prestaba la atención debida a todo el mundo, aunque no estuviera interesado en lo que le decían. Pero a ella no la engañaba. Lo conocía muy bien, y sabía interpretar el lenguaje de su cuerpo.

Al cabo de un rato, una morena preciosa bajó al muelle y se detuvo a su lado. ¿Sería una modelo? ¿Una actriz? Fuera quien fuera, su figura era tan impresionante como su vestido. Y tenía unos pechos fantásticos.

—¿Quién eres? —preguntó la desconocida.

—Courtney.

—No te preguntaba eso, sino qué relación tienes con Quinn.

—Quizá deberías preguntárselo a él...

—Quizá, pero te lo pregunto a ti.

Courtney, que ya había imaginado sus intenciones, replicó con arrogancia:

—Soy su amante.

La otra mujer parpadeó, evidentemente contrariada.

—¿Su amante? No eres su tipo de mujer.

—¿Y tú sí? —preguntó Courtney con la mejor y más irónica de sus sonrisas—. No me lo parece.

La morena dio un paso atrás.

—¿Cómo te atreves a hablarme así? ¿No sabes quién soy?

Courtney se empezó a divertir. Si hubiera podido, habría grabado la escena para enseñársela después a sus hermanas.

—Ni lo sé ni me importa.

—Bruja.

Courtney arqueó una ceja.

—¿Bruja? ¿Eso es todo lo que sabes decir? Por Dios, esfuérzate un poco más. Llámame *zorra* o algo por el estilo. Vamos, mujer... Eres lo más divertido que me ha pasado en toda la noche. Dime que soy horrible, que soy fea y que no duraré ni una semana con él. Es una buena estrategia. Suele funcionar.

—Quinn volverá conmigo. Siempre vuelve. Ya lo verás.

La mujer dio media vuelta y se fue. Y, justo entonces, apareció Quinn.

—He oído vuestra conversación —dijo—. ¿Quieres que hablemos de ello?

—Ha sido genial, aunque me ha parecido una chica algo decepcionante. No se ha metido con mi físico ni se ha inventado ninguna historia para convencerme de que me estás usando. ¿Cómo es posible? ¿Nunca ha visto películas de adolescentes? Están llenas de ideas para ese tipo de situaciones.

Quinn se la quedó mirando, sin decir nada.

—¿Qué pasa? ¿Te habría parecido mejor que me lo tomara en serio? —continuó ella.

Él sonrió.

—De ninguna manera. Has hecho exactamente lo que debías hacer.

—¿Estás bien? —preguntó Greg, aprovechando que los demás estaban hablando entre ellos.

—Sí, claro.

Rachel aún estaba sorprendida. Su madre la había llamado para invitarla a cenar, y ella había aceptado porque Josh se iba a quedar de nuevo en casa de unos amigos. Pero no imaginaba que Greg estaría entre los invitados.

—Esto no es una trampa, Rachel. Tú madre y yo nos hemos encontrado por casualidad en el supermercado. No hay ningún plan oculto.

—Te creo —dijo ella con sinceridad.

—Pero, si estás incómoda, me puedo ir.

—No, por supuesto que no. Puede que estemos divorciados, pero sigues siendo de la familia. No te preocupes.

—¿Seguro?

—Seguro.

El problema de Rachel no era la presunta incomodidad de Greg, sino su propia incomodidad. Habían pasado más tiempo juntos durante lo que iba de verano que durante los seis meses anteriores. Y habían salido más que en varios años.

Las cosas habían cambiado. Los dos habían cambiado.

—Gracias por venir esta noche —dijo Maggie en ese momento—. Lamento la ausencia de Courtney, pero podemos brindar por ella.

Todos brindaron. Además de Maggie y de Greg, estaban Neil, Rachel, Sienna y David.

—Me encantó el último partido de Josh —continuó Maggie—. Mi nieto está en muy buena forma. No te lo tomes a mal, Rachel, pero creo que en eso ha salido a su padre.

—No te lo voy a discutir. Nunca me ha gustado el deporte.

—No se lo puedes discutir porque todo lo bueno que tiene lo ha heredado de mí —intervino Greg, que le guiñó un ojo.

—No todo —dijo Maggie—. Y en cuanto a ti, será verdad que no te gustan los deportes, pero haces muchísimo por el equipo de béisbol. Debería ayudarte alguien.

Rachel le contó el problema que tenía con Heather, y añadió:

—Voy a hablar con ella. Esto no puede seguir así.

Greg la miró con sorpresa.

—¿Vas a hablar con ella? ¿En serio?

—Bueno, está visto que las miradas de condena no sirven de nada —contestó—. No me gusta la idea de enfrentarme a Heather, pero tengo que hacerlo.

—¿Josh solo juega al béisbol? —se interesó Neil—. ¿No practica otros deportes?

—Le gusta al baloncesto y juega alguna vez al fútbol, pero prefiere el béisbol —contestó Rachel.

—Mejor. Así no tienes que preocuparte por las heridas.

El béisbol es un deporte más tranquilo que el fútbol –comentó Sienna–. Aunque no voy a negar que Greg estaba magnífico cuando era capitán del equipo del instituto.

–Y tanto que lo estaba. Era una maravilla de hombre –dijo él.

Todos rieron.

–Yo jugué al fútbol un año –dijo David–, pero lo tuve que dejar para concentrarme en mis estudios.

–Sí, el deporte se puede llevar bastante mal con los estudios –declaró Rachel–. Y los videojuegos, por cierto… Afortunadamente, Josh es de los que prefieren estar fuera de la casa. Me preocuparía más si estuviera jugando todo el día.

–No puedo estar más de acuerdo –dijo Neil–. Los videojuegos están bien, pero los chicos tienen que salir y disfrutar del aire libre. En Barrels éramos muy conscientes de ello, y ofrecíamos toda una gama de diversiones distintas.

Sienna se quedó asombrada. Sabía que Neil era dueño de una empresa, pero no sabía que también había sido dueño de Barrels, una de las corporaciones más famosas del país.

–¿Barrels fue tuya?

–Ah, ¿no te lo había dicho? –preguntó Maggie–. Neil fundó Barrels. Abrió la primera delegación cuando tenía veinte años, y vendió sus acciones el año pasado.

–No, no habías dicho nada. Solo insinuaste que tenía una especie de salón de juegos.

–¿En serio? Bueno, quizá no quise alardear.

–Supongo que ganarías mucho dinero con la venta de las acciones –comentó Rachel–. Debían valer una verdadera fortuna.

Neil sonrió con modestia.

–Tuve mucha suerte –dijo–. Vuestra madre no tendrá que preocuparse más por el dinero.

−No, supongo que no.

−¿Tú tampoco lo sabías? −preguntó Greg a Rachel.

−No, tampoco. ¿Y tú?

−Claro que sí. Cuando tu madre se comprometió, me metí en Internet e investigué un poco. Espero que no te moleste, Neil.

−En modo alguno. Me alegra que mi prometida tenga gente que se preocupa por su bienestar.

−Deberías pedirle dinero para ese dúplex −dijo David, mirando a Sienna.

Sienna se ruborizó.

−Neil es de la familia, y ya sabes que nunca pido dinero a la familia.

−Pues, en este caso, puedes hacer una excepción −declaró Neil−. Estaré encantado de ayudar.

−Eres muy amable −replicó Sienna, incomodísima−. Y ahora, que alguien cambie de conversación, por favor.

−Ah, eso está hecho −dijo Rachel−. Estoy embarazada.

Todos se la quedaron mirando con cara de perplejidad. Todos menos Greg, que sonrió de oreja a oreja.

−Solo estaba bromeando −añadió−. Me debes una, hermanita.

−Desde luego que sí.

−Pues a mí no me importaría que te quedaras embarazada. Quiero tener más nietos −dijo Maggie.

−Y yo −dijo Neil.

Greg se inclinó hacia Rachel y susurró:

−Lo has empezado tú, así que es culpa tuya.

−Gracias por el apoyo −Rachel se giró hacia su madre−. Acabo de decir que solo era una broma, mamá. No estoy saliendo con nadie, así que es bastante difícil que me quede embarazada.

En ese momento, el camarero del local apareció con

las ensaladas que habían pedido. Y, de repente, Greg dijo a su ex:

—El picnic anual del Departamento de Bomberos es este fin de semana. ¿Te gustaría acompañarme?

Su invitación la sorprendió. No había estado en ninguno de los picnic desde que se divorciaron, pero siempre le habían parecido divertidos. Era un acontecimiento familiar, y le gustaba charlar con los compañeros de Greg y sus cónyuges.

—Sí, gracias. Me gustaría mucho.

Greg sonrió y, durante un momento, Rachel tuvo la sensación de que todo lo demás había desaparecido y se habían quedado solos en el mundo.

Si hubiera tenido el atrevimiento necesario, se habría inclinado hacia él y lo habría abrazado con fuerza. Lo echaba de menos. Extrañaba sus besos, sus abrazos y sus noches de amor. A decir verdad, lo extrañaba todo. Y, como tantas veces, lamentó que ninguno de los dos hubiera estado a la altura de su matrimonio, porque, si lo hubieran estado, habría sido la mujer más feliz de la Tierra.

Capítulo 27

Sienna se obligó a comer poco y en pedacitos pequeños. Aún estaba enfadada con David. ¿Cómo era posible que hubiera dicho eso? ¿Pedirle dinero a Neil? Por muy rico que fuera, se iba a casar con su madre. Era de la familia, y no tenía derecho a pedirle nada.

La conversación siguió con normalidad, y ella se sumó con la esperanza de que nadie notara su enfado. Pero, cuando estaba a punto de terminarse la ensalada, sonó su teléfono.

—Lo siento —se disculpó—. Me he olvidado de apagarlo.

Sienna miró la pantalla y se quedó helada. Era un mensaje de Erika. Decía que su prima había ido a su casa, que estaba bastante mal y que necesitaba ayuda.

—Me tengo que ir —anunció.

—¿Qué ocurre? —preguntó David.

—Es un asunto del trabajo.

Como no quería que la oyeran, Sienna se dirigió al vestíbulo del hotel y llamó a Erika desde uno de los teléfonos del establecimiento.

—¿Qué tal está tu prima? ¿Necesita ayuda médica?

—Dice que no. La ha golpeado varias veces, pero afirma estar bien —contestó Erika—. Le podría decir que se quedara en mi casa, pero he leído la información que me diste y sé que no lo recomiendan. ¿Qué pasaría si ese tipo viene a buscarla?

—Has hecho lo correcto al llamarme. Es mejor que no te metas en eso —dijo Sienna—. Dame cinco minutos y te volveré a llamar.

Sienna colgó y se dirigió al mostrador de recepción, para reservar la habitación que Joyce prestaba a The Helping Store. No era más grande que el dormitorio de Courtney, pero les hacía un buen servicio.

—Hola, Cliff. ¿Puedes darme las llaves de nuestra habitación?

Cliff, un joven de edad universitaria, se quedó algo sorprendido.

—¿Es para alguna amiga tuya?

—Algo sí —respondió—. Haz la reserva, por favor. Es urgente.

Cliff lo comprobó en el ordenador y dijo:

—Sí, parece que sí. ¿Qué ha pasado? Sé que tenéis la norma de no preguntar, pero es la primera vez que intervienes en un caso.

—Efectivamente. Tenemos la norma de no preguntar.

—Oh, lo siento.

Cliff sacó dos llaves y se las dio.

—Gracias.

Dos minutos después, Sienna había hablado con Erika y le había dicho que fuera al hotel en compañía de su prima. Cuando llegaran, sopesaría la situación y, si la prima de Erika estaba bien, hablaría con una de sus compañeras para que se encargara del asunto a la mañana siguiente, pero, si estaba mal, lo solucionaría esa misma noche.

Subió a la habitación, comprobó que todo estaba como debía y regresó al vestíbulo. David apareció entonces y preguntó:

—¿Qué pasa? ¿Por qué te has ido así?

—Ha surgido algo importante, y estaré ocupada durante un par de horas.

—Oh, vamos, no puede ser importante. ¿De que se trata? ¿Es que alguien os ha enviado un cheque sin fondos?

—¿Cómo dices?

—No me mires como si hubiera dicho algo terrible —se defendió él—. Tú no ayudas a las mujeres maltratadas. Te limitas a conseguir financiación y, si es un asunto de dinero, estoy seguro de que podrá esperar. Además, sabes que esta noche me voy de viaje de negocios. No volveremos a estar juntos hasta dentro de varios días.

Sienna se sintió como si le hubiera dado una bofetada.

—Puede que te resulte difícil de creer, pero estás equivocado. También ayudo a las mujeres, aunque solo cuando hace falta —declaró, intentando mantener la calma—. Sin embargo, ahora no tengo tiempo para entrar en detalles. Hay una persona que me necesita con urgencia. Te ruego que respetes mi trabajo.

—No hasta que tú me respetes a mí. No puedes desaparecer de repente y esperar que me quede tan tranquilo.

—¿Por qué te comportas así? ¿Se puede saber qué te pasa? Es una emergencia. Te lo contaré cuando pueda, pero ahora necesito que confíes en mí.

—Confiaré en ti si vuelves conmigo a la mesa.

—David, por favor...

—¿Vas a venir? ¿O no?

—No.

—Entonces, me voy.

David dio media vuelta y se fue del hotel, dejándola pasmada. Pero no tenía tiempo para hablar con él, así que regresó al comedor y dijo a su familia que había surgido un problema.

—¿Te podemos ayudar? —preguntó Maggie.

—No, creo que lo tengo todo bajo control. Siento tener que marcharme.

—No te preocupes. Ya hablaremos.

Sienna se despidió y se fue al vestíbulo a esperar a Erika. Mientras esperaba, vio a Jimmy a lo lejos. Estaba en compañía de una joven pareja, que imaginó serían clientes suyos. Pero no hizo nada por llamar su atención.

Erika apareció cinco minutos después con su prima.

—Hola. Te presento a Jessie —dijo Erika—. Jessie, te presento a mi amiga Sienna.

—Encantada de conocerte.

Jessie tenía una voz dulce. Llevaba gafas de sol oscuras, y tenía el brazo izquierdo en cabestrillo, como si se lo hubieran roto.

—Lo mismo digo, Jessie. Acompáñame.

Sienna la llevó a la habitación y le dio las llaves y una tarjeta con varios números de teléfono.

—La habitación será tuya durante setenta y dos horas. Te puedo conseguir atención médica, consejo profesional, un trabajo y...

—¿Puedes conseguirme un abogado? —la interrumpió.

—Claro que sí.

—Me quedaré con ella durante todo el tiempo que necesite —intervino Erika.

—Excelente. ¿No has traído nada, Jessie?

Jessie sacudió la cabeza.

—No, lo he dejado todo menos el carnet de conducir y un poco de dinero. También tenía el móvil, pero lo rompí después de subirme al autobús para que no me pueda localizar. Desgraciadamente, solo me quedan treinta y dos dólares.

Sienna sonrió.

—No te preocupes. Los teléfonos se pueden reemplazar. Estarás bien.

—Yo puedo echar una mano con el dinero —dijo Erika—. Pagaré todo lo que necesite.

—Gracias, Erika —dijo Jessie.

—De nada. Ya me lo devolverás cuando puedas.

—Bueno, voy a buscar comida para vosotras —declaró Sienna—. Erika, ¿te puedes quedar con ella hasta que vuelva?

—Por supuesto. No me voy a apartar de ella en ningún momento. No quiero que esté sola.

—¿A ti te parece bien, Jessie?

Jessie asintió.

—Gracias por todo. De verdad.

—Estaré de vuelta dentro de una hora. Si pasa algo, llámame por teléfono —dijo Sienna a su amiga.

—De acuerdo.

Sienna las dejó y volvió al vestíbulo, donde se dio cuenta de que no tenía coche. David la había llevado a cenar, y ahora no tenía más remedio que pedirle un favor a su madre o a alguna de sus hermanas.

—Hola, Sienna.

Era Jimmy, que acababa de salir del bar.

—Hola. ¿Qué haces aquí? ¿Estás con clientes?

—Sí, estaba con una pareja que acaban de comprar una casa. ¿Y tú?

—Yo estaba cenando con la familia, pero ha surgido algo importante. ¿Me puedes llevar a mi casa?

—Por supuesto.

Jimmy y ella salieron del hotel.

—¿Qué ha pasado? —se interesó él.

—Nada. Un asunto de trabajo.

—¿Tienes que ir a la oficina?

—Sí, y luego tengo que volver aquí.

—Ah, ¿vas a tu casa a recoger el coche? No te molestes. Te puedo llevar a la oficina y traerte de vuelta al hotel.

—Puede que tarde un rato...

—En ese caso, te esperaré.

Sienna estuvo a punto de decir que no hacía falta, pero se calló porque necesitaba un poco de compañía.

Segundos después, subieron al coche y se pusieron en marcha.

—Debe de ser muy duro, ¿no? Me refiero a lo de las mujeres con las que trabajas.

—¿Para quién? ¿Para ellas? ¿O para mí?

—Para ellas y para ti.

—Sí, lo es. Están asustadas, y yo también lo estoy. Además, a veces te cuesta ponerte en su lugar –le confesó.

—Eres una gran persona.

—Yo no diría tanto. En este caso, estoy ayudando a una amiga de una amiga. Normalmente, lo dejaría en manos de una asistente social.

—¿Y por qué no llamas a una?

—Lo haré si es necesario. Pero estoy perfectamente cualificada para las cosas más básicas, como buscarles un sitio donde estar y asegurarme de que se encuentran bien.

Jimmy aparcó delante de su oficina y entró con ella. Sienna se dirigió al almacén y sacó comida y otras cosas que Jessie podía necesitar durante los primeros días, desde productos de limpieza personal hasta calcetines, zapatillas y libros. Sabía que la mayor parte de las mujeres dejaban sus domicilios sin llevarse nada.

Tras llenar una mochila, que Jimmy se colgó al hombro, empezó a meter ropa en una bolsa de viaje. Y, cuando él vio que alcanzaba un osito de peluche, dijo:

—Bonito detalle. Todo el mundo necesita abrazar algo.

—Efectivamente.

Sienna buscó un teléfono móvil para Jessie y añadió:

—Tengo que sacar unas cuantas cosas del frigorífico.

—Muy bien. Llevaré esto al coche y te esperaré fuera.

—Gracias.

Minutos más tarde, estaban de camino al hotel. Y, al pasar bajo una farola, el anillo de compromiso de Sienna reflejó la luz.

Al verlo, se acordó de su novio y pensó que la había dejado en la estacada de la peor manera posible. Ni siquiera se había dado cuenta de que no tenía coche, y de que no podía volver a casa sin pedir ayuda a alguien. Solo pensaba en sí mismo.

David le había dicho que tenía miedo de casarse porque sus experiencias familiares la habían dejado marcada. Le había dicho que ese miedo no estaba relacionado con él, sino con la muerte de su padre. Y ahora, mientras Jimmy la llevaba de vuelta al hotel, se dio cuenta de que eso no era verdad. Su corazón se lo había estado diciendo todo el tiempo. Pero ella no lo había querido escuchar.

Quinn y Courtney tomaron la autopista del Pacífico para volver a Los Lobos. El camino era bastante más largo, pero también más bonito. Y, por otra parte, no tenían prisa por poner fin a sus vacaciones.

Se lo habían pasado en grande, y Quinn estaba encantado con ella. Se había portado maravillosamente bien en la fiesta, a pesar de encontrarse fuera de lugar. Y se había quitado de encima a una presunta competidora con tanto estilo que, cada vez que se acordaba de ello, le entraban ganas de reír.

Courtney le había cambiado la vida. Era todo lo que podía desear en una mujer, y muchas cosas más. Pero, por muy consciente que fuera de ello, faltaba lo más importante: ¿hasta dónde quería llegar? En el pasado, se habría contentado con mantener una relación sexualmente satisfactoria. Sin embargo, ya no se contentaba con eso.

—Bueno, falta poco para llegar –dijo él por la tarde, tras detenerse a comer en un restaurante de carretera–. Me lo he pasado muy bien, aunque Los Ángeles me agota.

—Y a mí.

—Antes no me pasaba. Me gustaba mucho.

—¿Seguro que quieres vender la casa?

—Seguro. Está muy bien, pero puedo construir otra parecida en Los Lobos –contestó.

—Sea como sea, sé de gente que te va a echar de menos.

—¿Quién?

—Las mujeres que estaban en la fiesta.

Quinn se encogió de hombros.

—No me quieren a mí, quieren lo que yo represento. Les da lo mismo si soy un hombre o un gato, siempre y cuando sea famoso. De hecho, los hombres de la industria musical son exactamente iguales. Todo es un instrumento para conseguir un fin. Quieren el poder y el prestigio que asocian a mi nombre.

—¿Y eso no te molesta?

—No me importa lo que esa gente quiera. A mí me importa la música y la gente con quien trabajo. Lo demás es irrelevante.

Courtney apoyó las piernas en el salpicadero y se ajustó las gafas de sol.

—Sí, supongo que te entiendo. ¿Y sabes qué? Ahora te imagino perfectamente en Los Lobos –comentó ella–. Wayne se queja mucho de lo que implica vivir en una localidad pequeña, pero tampoco lo imagino en Los Ángeles. Tu amigo no sobreviviría a una fiesta como esa.

—Nunca le han gustado esas cosas.

—Ni a mí, aunque reconozco que me divertí mucho con la mujer que se me acercó en el muelle –replicó–.

Gracias por haberme invitado, Quinn. Es la primera vez que soy la amante del mes. Ha sido una experiencia maravillosa.

—¿La amante del mes? ¿De qué diablos estás hablando?

—Oh, vamos, llámalo como quieras. Estar contigo ha sido muy divertido y, por supuesto, no quiero que esto termine, pero sé que tú no eres de los que... En fin, olvídalo. Solo pretendía decir que...

Súbitamente, Quinn detuvo el Bentley en el arcén y la miró.

—¿Crees que eres mi amante del mes? ¿Crees que solo me he acostado contigo porque te tenía a mano, y que ahora te voy a dejar?

Ella se quitó las gafas.

—Bueno, dicho así, suena horrible. No, no pretendía decir eso —se disculpó, nerviosa—. Me lo he pasado muy bien contigo. Me gustas, y sé que yo te gusto a ti, pero... ¿no podríamos cambiar de conversación?

Quinn frunció el ceño.

—Me parece que tenemos que hablar, Courtney. Y muy seriamente.

Courtney estaba verdaderamente incómoda. Había empezado una conversación que, desde su punto de vista, no podía acabar bien. Quinn era un hombre maravilloso, y no podía ser más feliz a su lado. De hecho, no quería que las cosas cambiaran, pero tenía la seguridad de que, si analizaban demasiado su relación, cambiarían.

—Mira, Courtney...

—No, por favor, no digas nada. Sigamos como hasta ahora, saliendo, charlando y haciendo el amor. Está francamente bien, ¿no crees?

—Lo estaba, pero no es lo que quiero.
—¿Ah, no?
—Courtney, estoy enamorado de ti.

Las palabras de Quinn golpearon a Courtney con la potencia de un tren de mercancías. De repente, se sentía atrapada. Pero estaban en el coche, y no tenía adonde ir.

—No, no, eso no puede ser. Esto no es amor. El amor duele, y tú no me has hecho daño. No me hagas esto, por favor.

Courtney intentó huir, pero no podía. No era capaz de moverse. Se había quedado hasta sin aliento. Sin embargo, sacó fuerzas de flaqueza, se quitó el cinturón de seguridad y abrió la portezuela del coche.

—Espera —dijo Quinn—. Quiero hablar contigo.
—No, no quiero hablar de nada. Solo estropearía las cosas.

Courtney se bajó del Bentley y corrió hacia el hotel, que se veía en la distancia. Él la llamó una y otra vez, pero ella no le hizo caso, siguió adelante sin pararse en ningún momento, secándose las lágrimas por el camino y preguntándose por qué había tenido Quinn que estropearlo todo.

Courtney solo tardó unos minutos en llegar al hotel y, cuando lo hizo, subió directamente al cuarto piso. Pero entonces, se dio cuenta de que no podía entrar en su habitación porque se había dejado las llaves en el coche de Quinn. No tenía más remedio que bajar a recepción y pedir la copia de la llave.

Sin embargo, no fue necesario. Quinn se le había adelantado, y la estaba esperando delante de la puerta con la llave y el equipaje.

Courtney alcanzó la llave y entró en la habitación con él.

—No puedo creer que hayas huido de mí —dijo Quinn.

—Lo siento —dijo, ruborizada—. Me he asustado.

—¿Podemos hablar ahora como dos adultos?

Ella no quería hablar. Quería que el tiempo retrocediera y que volvieran a estar en el coche, de camino a Los Lobos, antes de que Quinn estropeara las cosas.

—Bueno, debo suponer que tú no estás enamorada de mí.

—No quiero estar enamorada de nadie —le confesó—. Y tú tampoco lo quieres estar de mí. No soy tan especial.

—¿Me estás diciendo cómo me debo sentir?

—No, en absoluto. Oh, Quinn... nos estábamos divirtiendo mucho. Era fácil, sin complicaciones de ninguna clase. Me gustas más de lo que me ha gustado nadie, pero eso es todo. No quiero estar enamorada. No quiero comprometerme hasta ese punto.

Él sacudió la cabeza.

—No, qué va, no es eso. Es que no te quieres arriesgar. ¿Cómo es posible que no me haya dado cuenta? No se trata de mí, sino de ti. El amor es un riesgo demasiado grande. Es lo que has dicho hace unos minutos. El amor duele.

—Y es cierto. Lo he visto bastantes veces.

—Pues, si esa es la lección que has aprendido, no es la lección correcta. Lo siento, Courtney. Creía que estabas preparada para ser valiente. Pero, por si te sirve de algo, te diré que hay un montón de mujeres que desearían estar aquí en este momento. Dirían que me lo tengo merecido. Y quizá tuvieran razón.

Quinn dio media vuelta, con intención de irse. Courtney lo agarró del brazo y dijo:

—No te vayas. ¿No podríamos volver a lo de antes?

Él la miró.

–Ya no quiero eso, Courtney. Quiero algo más. Lo quiero todo –declaró–. O, por lo menos, lo quería.

Quinn salió y cerró la puerta con suma delicadeza, como si no estuviera enfadado, como si sus emociones fueran por un camino más profundo y doloroso. Courtney se sentó en el suelo e intentó concentrarse en su respiración.

De momento, no podía hacer mucho más que seguir respirando. Y cruzar los dedos para que lo demás se arreglara solo.

Capítulo 28

El parque más grande de Los Lobos estaba en el norte de la localidad, en lo alto de un acantilado que daba al Pacífico. No había tiendas ni restaurantes. Solo tenía las vistas más bonitas de la zona. Y para Rachel eso era más que suficiente.

Josh se quitó el cinturón de seguridad, se bajó del vehículo y corrió a buscar a sus amigos. Rachel respiró hondo, ilusionada con el día que tenía por delante. No había estado en el picnic del Departamento de Bomberos desde su divorcio, y ardía en deseos de volver a charlar con sus conocidos de entonces.

−Hola, Rachel.

Era Greg, que apareció repentinamente a su lado. Llevaba unos vaqueros y una sencilla camiseta, pero la visión de su ancho pecho y sus musculosos brazos bastó para que Rachel sintiera un cosquilleo en el estómago.

−Hola. He traído ensalada de patatas. Y la de pepino con piña que tanto te gusta.

−Oh, gracias −Greg le dio un beso en los labios y alcanzó las bolsas de la comida−. Será mejor que te las lleve yo. ¿Te sigue molestando la espalda?

−Sí, un poco.

—Deberías tener cuidado. Los problemas de espalda no son ninguna broma.

Rachel pensó que tenía razón. De hecho, llevaba tres días a base de relajantes musculares.

—Bueno, tenía intención de ir al médico mañana por la mañana.

—Pues ve –dijo–. Y ahora, disfrutemos del día. Todo el mundo tiene ganas de verte.

—¿Les has dicho que iba a venir?

—Por supuesto –contestó, caminando hacia las mesas que estaban bajo los árboles–. Hay varias mujeres que no conoces, incluidas varias esposas y novias jóvenes. Mis compañeros te quedarían muy agradecidos si hablaras con ellas. Ya sabes, ser la voz de la razón y todo eso. Siempre se te ha dado bien.

—O sea, me estás pidiendo que haga de vieja experimentada.

Él le puso un brazo por encima de los hombros.

—Tú no eres vieja. Eres una mujer muy sexy, y lo sabes de sobra.

Rachel se preguntó si lo habría dicho en serio. ¿Sexy? ¿De verdad? Pero, antes de poder incidir en la cuestión, llegaron al sitio donde estaban los demás.

Había alrededor de veinte familias de casados y una docena de parejas, con niños que corrían y jugaban por todas partes. Las barbacoas estaban en el extremo norte, y varios bomberos hacían guardia junto a ellas para que los niños no se acercaran y se quemaran sin querer. En cuanto a los adolescentes, se habían ido tan lejos de los pequeños como era posible y, obviamente, estarían hablando sobre lo espantoso que era aquello.

—¡Rachel!

Dos mujeres corrieron hacia ella. Eran Cate y Dawn, que la abrazaron.

—Estás aquí... —dijo Cate—. Mike dijo que ibas a venir, pero no me lo creía. Tienes muy buen aspecto. ¿Cómo va todo? ¿Qué tal está Josh?

—Te hemos echado mucho de menos —declaró Dawn.

—Y yo a vosotras.

Cate se acercó un poco más y susurró:

—¿Has vuelto con Greg? Sería genial.

Rachel miró a Greg, que estaba llevando sus ensaladas a las mesas. Hasta unos meses antes, la respuesta a la pregunta de Cate habría sido negativa, pero ya no lo tenía tan claro. Salían con mucha frecuencia, y habían solucionado los viejos problemas que los habían llevado a divorciarse.

—No, pero nos llevamos bien —contestó—. Eso es lo importante.

Dawn suspiró.

—Ah, es una pena. Pero ven a sentarte con nosotras. No nos vemos casi nunca.

Rachel dejó que la llevaran a una mesa, donde se encontró en compañía de varias viudas de bomberos, con las que se puso a charlar animadamente. Y, poco después, Cate llamó a una joven de cabello tan oscuro como corto, que sonrió con timidez.

—Te presento a Margo. Está saliendo con Jeremy.

Rachel, que solo conocía a Jeremy de oídas, dijo:

—Hola, Margo.

—Encantada de conocerla, señora Watson.

—Por favor, no me llames así. Suena como si fuera una anciana —replicó en tono de broma.

Margo se sentó enfrente de ella.

—Jeremy me ha dicho que hablara contigo. Ya sabes, sobre su trabajo.

Rachel asintió. Por lo que sabía, Jeremy era uno de los bomberos nuevos, y había estado en periodo de pruebas.

—¿Es que te asusta?

—Sí, un poco —admitió en voz baja—. Estoy enamorada de él, pero no sé si podría soportar que le pasara algo. No sé si puedo vivir con esa preocupación. Estaría muerta de miedo constantemente.

—¿A él le gusta su trabajo?

—Sí, y tengo entendido que es muy bueno —contestó—. No sé, puede que el problema sea mío. Puede que no sea tan fuerte como debería.

—Margo, todos tenemos miedo. La vida es peligrosa en cualquier caso, hagas lo que hagas. Mi padre murió en un accidente de tráfico, por ejemplo. Y no estaba lloviendo ni nada por el estilo. Perdió el control, se chocó contra un árbol y se mató. Yo tenía nueve años, y aquello cambió mi vida por completo.

Margo la miró con horror.

—Lo siento. No lo sabía.

—¿Cómo lo ibas a saber? Sin embargo, la gente muere cuando llega su día. Eso es todo —dijo—. Además, el Departamento de Bomberos de Los Lobos es uno de los mejores del Estado. Los chicos entrenan todos los días, y se cuidan entre ellos. Hay que ser una persona muy especial para entrar en un edificio en llamas cuando todo el mundo huye.

Rachel la miró un momento, sonrió y siguió hablando.

—Sí, es verdad que a veces tienes miedo, pero también formas parte de una comunidad maravillosa. Tienes que recordarte que Jeremy hace el trabajo que le gusta, y que los bomberos salvan vidas todos los días. Y luego, tienes que decidir si merece la pena.

—¿En tu caso la merece?

—Sí, por supuesto. Estoy orgullosa de él y del hijo que tenemos.

Margo asintió.

—Gracias por hablar conmigo. Tengo que reflexionar sobre lo que me has dicho, pero creo que lo entiendo.

La joven se fue y Greg ocupó su lugar.

—¿Qué tal te ha ido?

—¿Con Margo? No estoy segura. Tiene miedo, y tendrá que aprender a vivir con ello.

—Tú aprendiste.

—Pero eso significa que todos puedan.

Él la tomó de la mano.

—Hoy he hablado con el capitán.

—¿Tu capitán?

—Sí, piensa que ya es hora de que ascienda en la cadena de mando. Aunque tendría que estudiarme el temario y hacer un examen.

—Pues hazlo. Serías un jefe magnífico. Tienes mano con los jóvenes, y carácter de líder. De hecho, me sorprende que no te hayan ascendido todavía.

—Bueno, digamos que se cruzaron un par de obstáculos en mi camino —declaró, mirándola con intensidad—. ¿Me has perdonado, Rachel?

La pregunta fue de lo más inesperada, pero ella contestó sin dudar.

—Claro que sí. Los dos cometimos errores. Tú te acostaste con otra y yo me dejé llevar y me quejaba todo el tiempo, pero era incapaz de hablar contigo. No estaba dispuesta a afrontar el problema real.

—Gracias, cariño. Tu perdón significa mucho para mí.

—¡Eh, Greg! ¿Qué pasa con esas hamburguesas? —exclamó uno de sus compañeros.

Greg la soltó.

—El deber me llama. Resérvame un sitio para comer.

—Esto está hecho.

Greg se fue a la zona de las barbacoas, y ella se sintió como si volviera a estar en el instituto. No quería que fuera cierto, pero lo era: veinte años después de su primera cita, volvía a estar enamorada de Greg Halcomb.

Courtney estaba como si tuviera la gripe. Tenía el estómago revuelto y le dolía todo. Pero eso no era tan molesto como el hecho de que se veía obligada a hacer todo tipo de tonterías, desde esconderse detrás de las puertas hasta huir por los pasillos para que Quinn no la viera.

Llevaba cinco días sin hablar con él; exactamente, desde que volvieron de Los Ángeles. Desde luego, era consciente de que tendrían que afrontar el problema en algún momento, pero lo quería retrasar tanto como fuera posible, más que nada, porque no tenía ni idea de lo que iba a decir.

Estaba algo más que confundida: estaba perdida. Sabía que lo echaba terriblemente de menos, y sabía que estaba enfadada con él porque había cambiado las normas de su relación. Se suponía que lo suyo era una diversión inocente. Se suponía que solo eran amantes. El amor no formaba parte de sus planes.

No quería estar enamorada. Por lo que había visto en su madre y sus hermanas, el amor terminaba sistemáticamente de forma desastrosa. El amor hacía daño a la gente, y ella no quería que le hicieran daño. Prefería estar sola. De hecho, había tomado la decisión de estar sola y la había mantenido a rajatabla durante años; hasta que Quinn apareció.

Pero tenía que hacer algo. Extrañaba sus palabras, su mirada, su sonrisa, su cuerpo, su confianza en sí mismo y hasta su estúpida camiseta de Taylor Swift. Extrañaba que la enseñara a hacer cosas como caminar con tacones altos. Extrañaba su forma de ver el mundo y su forma de amar a sus seres queridos.

—Ah, por fin te encuentro.

Courtney se giró al oír la voz de Kelly, quien apareció cuando ella acababa de dejar el carrito de la limpieza en la sala correspondiente, que estaba en la planta baja del hotel.

—Joyce te ha estado buscando. Quiere que vayas inmediatamente a su despacho.

—Gracias por avisarme.

Courtney respiró hondo, se dirigió al despacho de su jefa y, tras llamar a la puerta, entró. Tenía la sensación de que no la había llamado para nada bueno.

—Kelly me ha dicho que me estabas buscando.

—Sí. Cierra la puerta, por favor.

Courtney tragó saliva, dio unas palmaditas a los dos perros y cruzó el despacho para sentarse en el sillón. Joyce se quitó sus gafas de leer y puso las manos en la mesa.

—Te estás portando de una forma absolutamente ridícula —empezó—. Tú no eres una criada. Hace tiempo que no lo eres. Organizas muchos actos, y ejerces de ayudante mío con mucha frecuencia. No te quiero limpiando habitaciones. Eres demasiado importante para mí. De hecho, voy a contratar a más chicas para que dejes eso y asciendas a coordinadora.

Joyce frunció el ceño y añadió:

—No sé lo que tienes en la cabeza, pero te ordeno que dejes de limpiar habitaciones inmediatamente. Soy tu jefa, y tengo un negocio que dirigir. No voy a tolerar más estupideces —sentenció.

—No sé qué decir...

—Siento haber sido tan brusca, pero es lo que hay —continuó Joyce—. He estado esperando a que entraras en razón. Cuando terminaste la secundaria, pensé que estabas preparada para asumir más responsabilidades. Y pensé lo mismo más tarde, cuando entraste en la universidad.

Pero te escondes. Tienes miedo. Haces el trabajo y te niegas a ascender. ¿Por qué?

Courtney respiró hondo. Había pensado que Joyce quería hablar de Quinn y, desde ese punto de vista, se sentía aliviada, pero, por otra parte, su apelación al miedo le recordaba la conversación que había tenido con su nieto, quien también había insinuado que estaba asustada.

—Gracias por tu confianza y por ser tan sincera conmigo —replicó lentamente—. Tienes razón. Debería asumir más responsabilidades, sobre todo, teniendo en cuenta que me encanta organizar los actos del hotel. Gracias por la oportunidad que me concedes. Gracias por tener fe en mí.

—Entonces, ¿aceptas mi oferta?

Courtney parpadeó.

—Sí, claro que sí. Echaré de menos la aventura de limpiar retretes, pero creo que lo puedo superar —respondió con sorna.

Joyce sonrió.

—Me alegro de saberlo, porque ya he contratado a esas chicas.

—¿Y si te hubiera dicho que no?

—No habría tenido más remedio que despedirte.

Courtney se alegró de estar sentada.

—¿En serio?

—Te quiero mucho, pero los pájaros deben dejar el nido en algún momento y aprender a volar. Antes no volabas, y me alegra que hayas cambiado de opinión. Estoy orgullosa de ti, Courtney. Has conseguido muchas cosas. Además, todo el mundo tiene miedo en algún momento. El truco está en no dejarse dominar por él.

Rachel le puso la última horquilla y alcanzó el secador. El peinado alto favorecía los rasgos de Maggie, que había decidido llevar un velo corto, sujetado con una peinilla.

—Cuando termine la ceremonia, te quitaré las horquillas. Los rizos se quedarán, y tendrás un aspecto más informal en la comida.

—Me encanta. Gracias, cariño.

Maggie se levantó y se dirigió al vestidor.

—Ah, no le digas ni una palabra a tus hermanas. Les quiero dar una sorpresa.

—Descuida. No se lo diré.

Rachel estaba acostumbrada a las novias y sus rarezas. Siempre era una de las primeras personas que veía sus vestidos. Normalmente, las peinaba y maquillaba y se vestían después. Pero, en el caso de Maggie, su única creación especial era el peinado. Llevaba el maquillaje de siempre.

—¿Me puedes ayudar con la cremallera?

Rachel entró en el vestidor y la ayudó.

—Estás preciosa, mamá.

El vestido era perfecto. Carecía de mangas, pero tenía unos encajes de color marfil que llegaban al cuello. El corpiño era ajustado y la falda, tan suelta que se mecía cada vez que daba un paso.

—El ramo es blanco y verde, así que contrastará bien con el rosa del vestido —dijo su madre—. Además, vosotras llevaréis flores rosas.

Rachel suspiró.

—Estás impresionante. Lo digo en serio.

Los ojos de Maggie se humedecieron.

—Bueno, ya he visto que todo está bien, así que será mejor que me lo quite. No quiero que se manche antes de la boda.

Maggie se quitó el vestido, se puso unos pantalones y una camiseta y se fue con ella a la cocina, donde se sentaron. Le había prometido a Rachel que le ofrecería un almuerzo a cambio de su trabajo.

–Has sido muy buena conmigo. Siempre estás cuando se te necesita –dijo Maggie, sirviéndole un té helado.

–Es mi trabajo, mamá. No es para tanto.

Su madre la miró.

–Estaba hablando de los viejos tiempos, de cuando tu padre murió. El secreto de Courtney me ha dado mucho que pensar. Estaba tan asustada en aquella época... Phil había muerto, y yo había perdido la casa. No sé qué habría sido de nosotras si Joyce no nos hubiera ayudado. Solo podía contar con una persona, y esa persona eras tú. Pero solo eras una niña.

–Yo también estaba asustada, mamá.

–Me salvaste, Rachel. Me estaba ahogando y me salvaste.

–¿No crees que exageras un poco?

–Puede que un poco, pero es verdad –Maggie se inclinó sobre ella–. Dime que no he destrozado tu vida. Dime que no te divorciaste de Greg por mi culpa.

–Te estás portando de forma muy rara. ¿Será estrés prematrimonial?

–Estoy hablando en serio. ¿Destrocé tu matrimonio?

Rachel sacudió la cabeza.

–No. Nos casamos demasiado jóvenes, y cometimos demasiados errores –contestó–. Nos separamos por eso.

–¿Y ahora?

–Ahora somos amigos. Nos llevamos bien –afirmó–. Le he perdonado, y él me he perdonado a mí. Sin contar que tenemos a Josh.

–¿Y no quieres más?

–Sí, a veces, pero me da miedo. No estoy segura de que volver con él sea una buena idea.

—¿Por qué no? Los dos habéis aprendido mucho. Puede que esta vez funcione.

Rachel pensó que sería bonito, pero había dicho la verdad al afirmar que no estaba segura. Además, ninguno de los dos había dicho nada en ese sentido, por lo menos, con palabras. Y ese era su mayor miedo, que Greg no quisiera volver con ella.

Capítulo 29

Sienna sirvió otra copa de vino y se la dio a Courtney. Estaban en su casa, en el patio. Hacía una noche perfecta, y llegaba música desde el domicilio del vecino.

—No sé qué hacer con Quinn. Me ha dicho que está enamorado de mí, pero no sé qué pensar. ¿Qué significa eso?

—Obviamente, que está enamorado de ti.

—No, no, me refiero a que no sé que hacer con esa información.

—¿Tú estás enamorada?

—No lo sé. Quizá. No. Sí. No estoy segura.

Sienna sonrió.

—Te lo preguntaré de otra manera. ¿Qué es lo que no te gusta de él?

Courtney probó el vino.

—No hay nada que no me guste.

—Tiene que haber algo.

—Puede ser bastante mandón, pero lo es de una forma encantadora, y me encanta que sea así. Es amable, adora a los suyos y le gusta la gente aunque lo niegue. Tiene mucho talento, y tanto éxito que muchas mujeres se pondrían furiosas si supieran que quiere estar conmigo. De hecho, temo por mi vida.

Sienna rio.

–Pues no se lo digas a nadie.

–Oh, estoy tan confundida... ¿Qué debo hacer?

–No soy la persona más adecuada para darte consejos amorosos. Estoy tan confundida como tú, aunque por motivos distintos.

Courtney la miró con interés.

–No estás enamorada de David, ¿verdad?

Sienna suspiró. Había llegado el momento de ser sincera.

–No, no lo estoy. Intenté romper con él, intenté decírselo, pero me convenció de que hablaba así porque tenía miedo. Dijo que la muerte de papá me había dejado marcada, y que me sentiría mejor cuando estuviéramos casados. Pero no puedo seguir con él. Tengo que romper nuestro compromiso de forma oficial.

–Eres muy valiente, hermanita. Te admiro.

–He dicho que tengo que romperlo, pero no puedo.

–¿Por qué?

–Porque estará fuera de la ciudad hasta el día de la boda de mamá, literalmente. Se ha ido de viaje de negocios, y no puedo romper con él por teléfono. Además, tengo que devolverle el anillo de compromiso.

Courtney le dio una palmadita.

–¿Lo ves? Hasta en eso eres digna de admiración. Quieres romper con él en persona, mirándolo a los ojos. Te comportas de forma extraordinariamente madura. Pero llamarle por teléfono no es la única opción, Sienna. Puedes romper con él por SMS.

Sienna sonrió y echó un trago de vino.

–Bueno, ahora no tengo más objetivo que emborracharme, aunque eso significa que no podré llevarte al hotel en el coche.

–Descuida. Me quedaré a dormir en el sofá.

—En ese caso, pediré una pizza, abriremos otra botella de vino y hablaremos sobre el desastre de nuestras vidas.

—Un plan perfecto —afirmó.

Sienna miró a su hermana.

—No eres feliz, ¿verdad?

—Echo de menos a Quinn. Y sí, no hace falta que lo digas, sé que soy una idiota. Un hombre maravilloso me dice que se ha enamorado de mí, y yo me lo quito de encima porque tengo miedo. Es lo mismo que he estado haciendo con mi trabajo, esconderme. ¿Estoy huyendo de mis emociones? ¿O es una decisión sensata?

—Estás huyendo.

—¿No me podrías dar otra respuesta?

—Lo siento, pero no. Por triste que sea, ver la paja en el ojo ajeno es más fácil que ver la viga en el propio... Tú sabías que yo no estaba enamorada de David, y yo sé que Quinn te importa mucho más de lo que estás dispuesta a admitir —contestó su hermana—. ¿Qué vas a hacer entonces? ¿Ser valiente? ¿O ser estúpida?

—¿Solo tengo esas opciones?

—Me temo que sí.

—¿Y tengo que decidirlo ahora, esta noche?

Sienna volvió a sonreír.

—Te aconsejo que lo dejes para mañana.

—Pues seguiré tu consejo.

—Esa es mi chica.

El nuevo estudio estaba vacío, aunque no por mucho tiempo. Ya lo habían insonorizado por completo, y solo quedaban un par de detalles que resolver. Por ejemplo, Quinn había coqueteado con la idea de añadir un par de dormitorios para que los artistas pudieran dormir durante los descansos, pero quizá fuera mejor que durmieran en los sofás del salón. Lo de los dormitorios podía causar un sinfín de problemas.

—Estoy entusiasmado —dijo Peter—. Ardo en deseos de grabar aquí.

—Y yo —dijo Collins.

—El equipo llega la semana que viene —les informó Wayne—. Es el más moderno que existe. Lo ha elegido Quinn en persona.

—Y si no os gusta, ya sabéis quien tiene la culpa —intervino Quinn, que señaló la escalera—. Tened cuidado al salir. Aún no está terminada.

Los músicos se fueron, y Wayne comentó:

—Si todo va bien, podemos empezar a mediados de septiembre. ¿Quieres que te busque una casa? Un agente inmobiliario de la zona me ha hablado de un par de sitios interesantes. ¿Se lo digo a Courtney?

Quinn se puso tan triste que Wayne se preocupó.

—¿Qué ha pasado?

—Que ya no estamos juntos.

Su amigo parpadeó, perplejo.

—No me habías dicho nada...

—Porque no me apetecía hablar.

—¿Y ahora?

—Tampoco.

—¿Qué ha pasado? —insistió.

Quinn suspiró.

—Le dije que me había enamorado de ella y salió corriendo literalmente —contestó—. ¿Te lo puedes creer?

—Solo está asustada. Ya entrará en razón.

—De momento, no ha entrado.

—¿Cuándo fue?

—Cuando volvíamos de Los Ángeles. Se lo dije en el coche. Quizá no fuera el sitio más adecuado —comentó Quinn.

—Entrará en razón de todas formas. Estáis hechos el uno para el otro. No pierdas la esperanza.

Quinn no era de los que necesitaban la esperanza para vivir. Era un hombre de acción, y prefería actuar. Pero, en este caso, no estaba seguro de lo que debía hacer. Su corazón le decía que fuera a buscarla; su cabeza, que le diera un poco de tiempo.

—Tiene gracia que, cuando por fin me enamoro de una mujer, resulta que no quiere saber nada de mí. ¿Será el karma?

—Tú no crees en el karma.

—No, pero suena bien.

—¿Y qué vamos a hacer ahora? ¿Nos quedaremos en Los Lobos de todas formas?

A Quinn le pareció una pregunta de lo más pertinente. Al fin y al cabo, había considerado la posibilidad de volver a Los Ángeles. Pero ¿en qué lugar le habría dejado eso?

—Nos quedamos.

—¿Aunque implique enfrentarte a ella?

—Precisamente por eso. Tenemos que afrontar lo sucedido.

—Excelente. La única manera de quitarse un problema de encima es solucionarlo —afirmó Wayne—. No estás huyendo, y eso es bueno.

—Gracias.

Quinn pensó que Wayne había perdido muchas cosas, y que hacía bien en seguir los consejos de un hombre con tanta experiencia como él. Pero ¿qué iba a hacer si Courtney lo rechazaba definitivamente? Aquella mujer le había cambiado la vida, y ya no se imaginaba sin ella.

Rachel se dijo que aquel lunes no hacía más calor que el lunes anterior. No se sentía mal por eso, sino por su dolor de espalda. Teóricamente, tenía que haber ido al médico por la mañana, pero se había saltado la cita, y ahora lo estaba pagando.

Para empeorar las cosas, Heather se la había vuelto a jugar. Y ya estaba a punto de cargar la comida, la bebida y todo lo que tenía que llevar al campo de béisbol cuando recordó las palabras de Greg. Había llegado el momento de cambiar. Debía aprender a pedir ayuda.

Decidida, se dirigió al entrenador del equipo y dijo:

–¿Puedes hablar con los chicos para que me ayuden a sacar las cosa del coche? La espalda me está matando.

–Por supuesto que sí. Pero ¿dónde está Heather?

–No tengo ni idea.

El entrenador sopló el silbato y reunió al equipo. En menos de un minuto, su coche estaba vacío. Solo tenía que tomarse un relajante muscular cuando volviera a casa.

Y, justo entonces, apareció Heather.

–Hola –dijo la recién llegada, una mujer esbelta, de cabello castaño–. Sospecho que no esperabas verme.

–Sospechas bien.

–Siento haberme portado tan mal este verano. Tendría que haberte llamado por teléfono –los ojos de Heather se llenaron de lágrimas–. Es que...

–¿Qué ocurre?

–Mi madre sufrió un infarto cerebral y, para empeorar las cosas, mi padre la ha abandonado. Así, sin más. Después de cuarenta años de matrimonio. Dice que no quiere vivir con una lisiada.

–Oh, Dios mío.

–Está paralizada de un lado. No puede hablar. No sé si entiende lo que ha pasado, y tengo la sensación de que espera que mi padre aparezca en cualquier momento. Pero hace un mes que no sé nada de él –dijo sin dejar de llorar–. Paul se ha portado muy bien, pero tiene su trabajo. Y los chicos están asustados porque lloro todo el tiempo.

Rachel se maldijo a sí misma por no haber hablado con Heather. Se había convencido de que era una estúpida, y se había equivocado por completo.

–No te preocupes por lo del equipo. No tiene importancia.

–Tendría que haberte avisado –insistió ella–. Lo siento mucho.

–No, tenías preocupaciones enormemente más graves. Además, le puedo pedir a alguien que me eche una mano –dijo–. Pero ¿qué hago si me preguntan por ti?

–Diles la verdad, que mi madre ha sufrido un infarto –contestó–. Aunque sería mejor que no dijeras nada de mi padre.

–Pues no lo diré.

Rachel le dio un abrazo y añadió:

–¿Te puedo ayudar de alguna manera? ¿Quieres que me pase por la clínica de tu madre? Le puedo cortar el pelo y se lo puedo lavar. Quizá se sienta mejor.

Heather rompió a llorar otra vez.

–Muchísimas gracias. No sabes cuánto te lo agradezco.

Rachel se sentó con Heather y estuvo con ella en el campo hasta que la mujer se fue a la clínica. El partido estaba a punto de terminar, de modo que se quedó hasta el final. Y se alegró mucho cuando Josh se marchó con Lena, quien lo había invitado a ver una película en compañía de su hijo. Necesitaba estar sola un rato.

Tras ir al cuarto de baño, volvió al campo y descubrió que todo el mundo se había ido. Entonces, vio una bolsa de patatas fritas en el suelo y se inclinó para recogerla, pero sintió un pinchazo tan brutal que se quedó sin aire durante unos segundos. Casi no se podía mover. Casi no podía caminar. Gritó pidiendo ayuda, pero no había nadie. Intentó apoyarse en algo, pero los banquillos estaban demasiado lejos.

¿Qué podía hacer?

De repente, se acordó de Greg. Incluso en los peores tiempos, cuando su matrimonio avanzaba hacia el desastre, había estado a su lado. Cuidaba de ella cada vez que le dolía la espalda, y la llevaba a la cama cuando no podía caminar. Pero había perdido eso y mucho más al divorciarse de él.

Sacó el teléfono y llamó a Courtney en vano, porque le saltó el contestador. Llamó a Sienna y pasó lo mismo. Llamó a su madre y obtuvo idéntico resultado. Además, Lena ya estaría en el cine con los chicos, y era obvio que habría apagado el móvil.

Solo había una persona a quien pudiera acudir, Greg.

—Hola, Rachel. ¿Qué te cuentas?

—Siento molestarte en el trabajo —dijo, casi sin poder hablar—. He llamado a todo el mundo, pero no contestan. Tú eres mi último recurso.

—¿Qué ocurre? ¿Te ha pasado algo?

—Estoy en el campo de béisbol. Todo el mundo se ha ido, y no me puedo mover. Me ha dado un pinchazo terrible. Ayúdame, por favor.

—Quédate donde estás. Llego en cinco minutos.

Rachel se guardó el teléfono móvil y avanzó penosamente hacia el graderío. Ya estaba a mitad de camino cuando vio una furgoneta que no conocía. Greg se bajó, dio las gracias al conductor y corrió hacia ella.

—Gracias por venir...

—De nada. Pero ¿cómo te llevo al coche?

—Deja que me apoye en ti.

Él se puso a su lado y le pasó un brazo alrededor del cuerpo. Cuando llegaron al vehículo de Rachel, él volvió al campo a recoger las cosas y regresó con ella.

—¿Tienes analgésicos?

—Sí, y una cita con el médico que he estado retrasando. Debería haber ido.

Rachel pensó que haría alguna broma al respecto, pero no la hizo. Arrancó rápidamente, la llevó a su casa, se encargó de que se tumbara y le llevó un analgésico y un vaso de agua.

—Gracias.

—Tengo que volver al trabajo. He hablado con Courtney y me ha dicho que vendrá en cuanto pueda.

Rachel miró al hombre con el que había estado casada. No había hecho ni dicho nada malo, pero tenía la sensación de que algo andaba mal.

—¿Estás bien, Greg?

—Sí.

—No sé, pareces...

Greg la miró con intensidad y dijo:

—No ha cambiado nada. Todo sigue como siempre.

Greg se fue, y Rachel se quedó perpleja. ¿Qué le pasaba? Antes de poder analizarlo, sintió otro espasmo que la dejó una vez más sin respiración. Y cuando empezó a sentirse mejor, miró la hora y se intentó convencer de que se sentiría mucho mejor cuando el analgésico le empezara a hacer efecto.

—Odio esos vestidos —dijo Maggie, mirando las fotografías del álbum—. Pero a mi madre le gustaban.

Habían pasado dos días desde que Rachel sufriera su recaída con el dolor de espalda, y faltaban tres para la boda. Courtney estaba sentada en el sofá de la casa de su madre, admirando las fotos de sus padres y de las desgraciadas damas de honor, cuyos vestidos no podían ser más espantosos.

—¿Era el estilo de entonces?

—No, ya estaban pasados de moda —contestó Maggie—. Por cierto, ¿te he dado las gracias por todo lo que has hecho?

—Sí, varias veces.

—Pues te las daré otra vez. Gracias a ti, mi boda va a ser muy especial.

—No tientes al destino. Hasta ahora no ha pasado nada grave, pero eso no significa que no pueda pasar.

—¿Has hablado con Rachel?

—Sí, y se encuentra mucho mejor. El médico le dio cita con un fisioterapeuta y le recetó unas pastillas. Dice que estará bien para la boda —contestó—. Espero que tenga razón, porque quiero que todo vaya como la seda.

—Saldrá perfectamente. Has hecho un gran trabajo, y estoy muy orgullosa de ti.

—Gracias, mamá.

—Y pensar que podría haberte perdido para siempre…

—Oh, mamá. Tú no me puedes perder.

—Pero cabía esa posibilidad. Has estado enfadada mucho tiempo.

Courtney, que no quería hablar del pasado, declaró:

—Era joven, y estaba confundida con muchas cosas.

—Me rechazaste. Pero solo porque yo te rechacé antes a ti.

Courtney frunció el ceño.

—¿Por qué dices eso?

—Estabas en lo cierto. No te presté atención. Cuando cumpliste ocho años, yo había salido del hoyo y volvía a tener éxito, un éxito que no quería perder. Me concentré en mi trabajo y olvidé lo verdaderamente importante. Mis hijas dejaron de ser mi prioridad.

—Olvídalo, mamá. Estamos aquí, contigo.

—Sí, y espero que sepas que yo también estoy aquí, y que me tendrás siempre a tu lado.

—Lo sé.

—Entonces, ¿por qué no me has dicho que has roto con Quinn?

Courtney maldijo a sus hermanas para sus adentros. Evidentemente, se lo habían dicho a Maggie.

—Porque no es para tanto.

—¿Ah, no? Ese hombre te importa de verdad —afirmó su madre—. Mira, yo estuve a punto de no salir con Neil. A decir verdad, ni siquiera sé por qué le dije que sí. Fue una de esas cosas raras. Y, al final de la primera cita, supe que era especial. Pero me asusté.

—¿Qué quieres decir?

—Que no quería enamorarme otra vez. No quería que me rompieran el corazón. Perder a tu padre fue devastador, casi tanto como quedarme sin nada y tener que empezar de cero. Y yo sabía que, si me dejaba llevar con Neil, volvería a estar en peligro.

—¿Por qué? Neil cuidaría siempre de ti.

—Eso lo sé ahora, pero antes no lo sabía. Tenía que creer en él. ¿Y sabes qué es lo más gracioso? Que, en realidad, no tenía que creer en él, sino en mí. Tenía que saber que soy lo suficientemente fuerte como para salir adelante en cualquier situación. Porque, cuando te enamoras de alguien, te quedas sin defensas. Estás a merced de otra persona. Y eso es lo que te preocupa a ti, desde mi punto de vista. Tienes miedo de estar a merced de Quinn.

—No, Quinn no me haría daño.

—¿Y si te dejara? ¿Si se muriera? ¿Si descubrieras que tú le quieres más que él a ti?

—Bueno, el amor duele, ¿no?

Su madre la abrazó.

—Sospechaba que habrías llegado a esa conclusión. Y es una conclusión equivocada, cariño. El amor no duele. No cuando es de verdad.

—Pero tú amabas a papá y te dolió.

—Porque lo perdí. El dolor no fue producto del amor, sino de la pérdida.

—Pero, si no lo hubieras amado, no habrías perdido.

—Ya, pero tampoco habría disfrutado de él. Y te aseguro que el amor merece la pena —replicó—. Esto es como lo del arco iris, que no hay ninguno sin lluvia.

—Yo no quiero arriesgarme a perder a Quinn. Prefiero no amarlo. Es más seguro.

—En cualquier caso, tu posición tiene un pequeño defecto: que ya estás enamorada.

Courtney sacudió la cabeza. No estaba enamorada de Quinn. Le gustaba mucho, y quería estar con él. Pero no estaba enamorada. Eso no era amor.

—No lo amo. Me niego a amarlo —dijo.

Maggie le dio una palmadita en la mano.

—Por supuesto, cariño. Y, si te lo repites lo suficiente, hasta eres capaz de creerlo.

Capítulo 30

El jueves, Rachel ya estaba relativamente bien. La espalda le dolía mucho menos, y se podía mover con alguna facilidad. Pero seguía con la sensación de que algo andaba mal, y no sabía qué.

Sienna apareció poco después del mediodía, para que le arreglara el pelo. Lo llevaba corto, así que no necesitaba gran cosa.

–No puedo creer que solo falten dos días para la boda –dijo Sienna mientras Rachel la peinaba–. Parece que solo han transcurrido unos minutos desde que Neil y mamá anunciaron su compromiso.

–Sí, el verano se ha pasado muy deprisa. Josh vuelve al colegio en menos de un mes.

–¿Va a pasar más tiempo con su padre a partir de ahora?

–¿Por qué dices eso?

–Olvídalo. Puede que haya dicho algo que no debía decir… ¿Los agentes inmobiliarios tienen secreto profesional?

Su hermana dejó el cepillo a un lado y preguntó:

–¿Se puede saber de qué estás hablando?

–Jimmy mencionó que Greg le había pedido que le empezara a buscar una casa. Supuse que se habría cansado de vivir con sus padres, y que quería pasar más tiempo con Josh. Pero olvida lo que he dicho, por favor.

–De acuerdo.

Rachel cambió de conversación y se interesó por el trabajo de Sienna, pero no dejó de dar vueltas a lo de Greg. ¿Por qué estaría buscando una casa? No tenía ni idea. No sabía lo que pretendía ni lo que estaba haciendo, porque no había hablado con él sobre esas cosas. Y, por su parte, tampoco le había dicho lo que quería. Se había limitado a esperar que Greg diera un primer paso o, por lo menos, a aclararse un poco las ideas.

Pero ahora estaba claro, o eso creyó. Greg le había tomado el pelo. Le había hecho creer que quería volver con ella y, mientras tanto, buscaba una casa para vivir solo.

Cuando su hermana se fue, echó un vistazo a sus compromisos del día y vio que tenía una hora libre, así que alcanzó el teléfono y le mandó un mensaje para pedirle que fuera a verla a su domicilio en cinco minutos. Luego, se subió al coche y condujo con más cautela de lo habitual, porque estaba tan alterada que tenía miedo de atropellar a alguien.

Llegó al vado poco antes que Greg, y se encontraron en el exterior de la casa.

–¿Qué ocurre? –preguntó él.

–¿Cómo te atreves a hacerme algo así? Te habrás reído mucho a mi costa, ¿verdad? –dijo ella, fuera de sí. ¿Por qué te has comportado como si yo te importara? ¿Por qué dijiste eso sobre la lección que debía aprender? Todo eran mentiras.

–No sé lo que estás diciendo, pero yo no te he mentido en ningún momento. He hecho todo lo posible por volver a ganarme tu corazón, y no me lo has puesto nada fácil. Si alguien tiene derecho a quejarse, ese soy yo. Te he demostrado que te quiero, y tú te has dedicado a jugar conmigo.

–Eso no es verdad. Intentas retorcer las cosas para quedar como la víctima. Es tan típico de ti... Pero vale, como tú quieras. Admito que me has hecho daño. ¿Estás contento? Espero que haya merecido la pena, porque te aseguro que no te facilitaré las cosas nunca más.

Él dio un paso atrás y la miró como si fuera la primera vez que la veía.

–¿Que te he hecho daño? Eso es imposible. Para hacerte daño, yo tendría que importarte. Y es obvio que no te importo, así que no es posible que te lo haya hecho.

–Pues me lo has hecho. Vas a dejar la casa de tus padres. Estás buscando una casa para vivir solo. Todo lo que has dicho este verano era mentira. Nuestra relación te da igual. Afirmas que has cambiado, y sigues siendo el de siempre.

–¿Qué esperabas que hiciera? Me lo dejaste bien claro el otro día.

–¿A qué te refieres?

–Te hiciste daño en la espalda y llamaste a todo el mundo antes que a mí. Dijiste que yo era tu último recurso, y lo dijiste para que fuera consciente de mi irrelevancia.

–Yo no...

–¿Crees que yo quería vivir en casa de mis padres? –la interrumpió–. Estoy a punto de cumplir treinta y seis años. Me siento estúpido. He estado allí porque intentaba ahorrar dinero por si decidías volver conmigo. Quería ayudarte a pagar la casa y tener lo suficiente para que puedas trabajar menos y podamos tener otro bebé. Eso es lo que he estado haciendo. He intentado demostrarte que soy digno para ti. Pero no ha servido de nada.

–¿Quieres que volvamos a vivir juntos y que tengamos otro hijo? –preguntó ella, desconcertada.

–Sí, soy tan estúpido que me hice ese tipo de ilusiones.

—No digas eso.

—Tu último recurso... Solo me llamaste porque estabas desesperada. Si me quisieras, me habrías llamado en primer lugar.

—Estabas trabajando —alegó—. No te quería molestar. Si hubieras estado en casa, te habría llamado a ti antes que a nadie. ¡Solo intentaba ser educada!

—No. Admítelo. Yo no te importo.

—¿Cómo te atreves a decirme lo que siento o dejo de sentir? —bramó ella, nuevamente enfadada—. Tú no estás en mi cabeza. Pero estás muy equivocado. Por supuesto que me importas. Me importas mucho.

Rachel se subió a su vehículo, arrancó el motor y se fue sin mirar atrás. Estaba temblando tanto que no sabía si podría conducir, pero no estaba dispuesta a volver. Greg había dejado claro lo que pensaba, y ella lo había dejado tan claro como él. Solo faltaba por saber una cosa: qué haría cada uno con esa información.

Courtney no esperaba dormir la noche anterior a la boda. Supuso que se tumbaría en la cama y se quedaría despierta hasta el amanecer, pensando en lo que tenía que hacer por la mañana. Pero se llevó una sorpresa cuando abrió los ojos y descubrió que había amanecido.

Se estiró, se sentó y se giró hacia la ventana. El cielo estaba completamente despejado, lo cual parecía indicar que el tiempo no sería un problema. Solo tenía que ducharse, vestirse y ponerse manos a la obra. Y cuando ya se disponía a dirigirse al cuarto de baño, alguien aporreó la puerta, literalmente. No llamó, la aporreó.

—¡Abre, Courtney! ¡Abre!

Courtney abrió la puerta con rapidez.

–¿Qué estás haciendo? Son las seis de la mañana de un sábado. Vas a despertar a los clientes.

Kelly estaba pálida.

–Ese es el menor de nuestros problemas.

–¿De qué estás hablando?

–De las abejas. De las que estaban en el Anderson House.

–¿Qué pasa con ellas?

–Que ahora están aquí. Están por todas partes. Creo que ha sido por las flores de tu madre, las de los arbustos que Joyce sugirió. Pero, sea como sea, están por todas partes.

Courtney se vistió en un tiempo récord, y solo se detuvo a cepillarse los dientes y recogerse el pelo. Salió con Kelly a toda prisa y bajaron por las escaleras del mismo modo. Había tantas abejas que las oyó antes de salir al exterior. Era como *The Naked Jungle*, una de las películas antiguas que más le gustaban a su madre, pero sustituyendo las hormigas de la marabunta por abejas.

Además, Kelly no había exagerado en absoluto. Estaban por todas partes, desde los pabellones hasta las sillas, pero, sobre todo, en las astrantias. Y había cientos o, quizá, miles.

–No podemos hacer la fiesta aquí. Tendremos que celebrarla dentro –dijo, horrorizada–. ¡Y en menos de diez horas!

¿Qué podía hacer? Habían instalado dos pabellones, uno para la ceremonia y otro para la comida y la fiesta. Pero el hotel solo tenía una sala lo suficientemente grande, la sala de baile, y no había sitio para las dos cosas.

Justo entonces, sonó su teléfono.

–¿Dígame?

–Hola, Courtney. Soy Jill Strathern Kendrick. Siento molestarte.

—No. No me digas que...

—Me temo que sí. Acabo de romper aguas —le informó—. Estoy en el hospital, y no podré oficiar la ceremonia de tu madre.

En ese momento, se oyó la voz de un hombre que urgía a Jill a darse prisa.

—No te preocupes por mí. Dar a luz es más importante —dijo Courtney—. Ya encontraré alguna solución.

Cuando colgó el teléfono, Kelly preguntó:

—¿Era la jueza?

—Sí. Acaba de romper aguas.

—¿Tienes algún sustituto?

—Por supuesto.

Courtney echó un vistazo a su lista de contactos y buscó el número de una jueza de Sacramento que se había mostrado dispuesta a oficiar la boda si Jill no podía al final.

Momentos después, oyó su voz al otro lado del aparato.

—¿Dígame?

—Lamento molestarla a estas horas, señora Milton. Soy Courtney Watson. Las cosas se han complicado, y necesito que oficie la boda de mi madre.

—Ah, Courtney, qué sorpresa... Como no me dijo nada, supuse que ya no necesitaba de mis servicios. Siento tener que decírselo, pero estoy en México con mi marido, de vacaciones —declaró la mujer.

—¿En México? Oh, Dios mío. Bueno, gracias de todas formas. Que se divierta.

Courtney colgó y miró a su amiga.

—Está en México.

—¿Y qué vamos a hacer?

—Primero solucionemos lo de las abejas y luego lo del juez de paz.

—De acuerdo.

Courtney no pudo descansar hasta las diez de la mañana, cuando dos especialistas en abejas retiraron los arbustos que habían causado el problema y se los llevaron al extremo más alejado de la propiedad. La mayoría de las abejas se fueron, pero se quedaron bastantes, lo cual significaba que tendrían que celebrar la ceremonia en el interior del hotel. Solo había otra posibilidad, pero antes, tenía que encontrar un juez.

Mientras se tomaba un vaso de agua, se le ocurrió una idea. Era bastante extravagante, pero podía funcionar. Y, ni corta ni perezosa, se plantó en el chalet de Quinn, llamó a la puerta y esperó.

Quinn abrió al cabo de unos segundos, tan alto y guapo como siempre. Al verlo, deseó abalanzarse sobre él y tomarlo entre sus brazos. Pero tuvo miedo, así que se limitó a decir, rápidamente:

—Siento molestarte, pero la mujer que iba a oficiar la ceremonia ha roto aguas, y su sustituta está de vacaciones en México. Dijiste que puedes casar a la gente, ¿no? ¿Me podrías hacer ese favor?

—¿A qué hora me necesitas?

—A las cinco y media.

—Allí estaré.

—Gracias.

Ella respiró hondo e intentó decir algo, algo que no le arrancara una sonrisa o lo empujara a invitarla a entrar. Pero no se le ocurrió nada interesante y, antes de que pudiera reaccionar, Quinn le cerró la puerta en las narices.

Rachel estaba hasta arriba de relajantes musculares, pero, como no tenía que conducir, supuso que no tenía importancia. Desde luego, cabía la posibilidad de que su talento profesional se resintiera un poco, pero prefería disfrutar de la boda y no tener que preocuparse constantemente por su dolor de espalda.

Sienna había sido fácil; como tenía el pelo corto, solo había tenido que maquillarla. Courtney le llevó más tiempo. Y ahora estaba con Maggie, terminando de peinarla.

—¿Nerviosa? —le preguntó.

—Sí, pero en el mejor de los sentidos. Soy absolutamente feliz. Neil es maravilloso.

—Sí que lo es.

—Bueno, ya he terminado. Y estás magnífica, por cierto.

Alguien llamó a la puerta en ese momento. Rachel abrió y se encontró delante de Joyce.

—He venido a ver a tu madre. ¿Puedo entrar?

—Claro que puedes —dijo Maggie.

Las dos amigas se abrazaron.

—¿Emocionada? —preguntó Joyce.

—Sí. Todo es tan bonito...

—Siento lo de las abejas.

—No lo sientas. A mí no me importan y, además, nos han dado una historia que contar —declaró con una sonrisa—. ¿Me ayudas con el vestido?

—Por supuesto.

Joyce y Maggie se fueron al cuarto de baño. Rachel empezó a guardar sus cosas y entonces, volvieron a llamar a la puerta.

Era Greg.

—Tengo que hablar contigo —dijo—. Ahora.

Greg la tomó de la mano, la llevó al pasillo y la metió en la salita donde guardaban la ropa de cama del hotel.

—¿Se puede saber qué pasa?

—Esto.

Greg cerró las manos sobre su cara y la besó de un

modo increíblemente apasionado. Rachel sintió calor, deseo y algo que se parecía mucho al amor. Pero, cuando estaba a punto de rendirse a sus atenciones, él rompió el contacto.

—Tenemos que mejorar un poco nuestra capacidad comunicativa. Maldita sea, Rachel, estaba intentando recuperar nuestra relación. Pensaba que lo sabías. Pensaba que lo había dejado bien claro.

—Pues no. No has sido nada claro.

—Porque te estaba cortejando.

—Pues no me había dado cuenta.

—Eso es evidente. Y cuando me dijiste que yo era tu último recurso, pensé que me estabas dando calabazas y me rendí –explicó–. Lo siento. Me equivoqué.

—Bueno, nadie ha dicho que no podamos empezar otra vez. Pero te prometo que no te llamé en primer lugar porque sabía que estabas trabajando –afirmó–. Te amo. Me enamoré de ti en nuestra primera cita, y eso no ha cambiado. De hecho, no dejé de amarte cuando nos divorciamos.

Él sonrió.

—¿Lo dices en serio?

—Claro que sí. Estaba enfadada, asustada y esperanzada al mismo tiempo. Quería volver contigo y que estuviéramos bien. No quería perderte.

—Ni yo –dijo–. Rachel, tú y Josh sois toda mi vida. He hecho lo posible por demostrarte que había cambiado y que soy digno de ti. Te quiero con toda mi alma, y me gustaría estar contigo hasta el fin de mis días.

—Tú siempre has sido digno de mí –dijo ella, con lágrimas en los ojos.

—No, no siempre.

—El pasado es el pasado, Greg. Tenemos que olvidarlo y seguir adelante.

—¿Estás segura de lo que dices? —preguntó, mirándola a los ojos.

—Completamente.

Greg sonrió.

—Me alegro, porque yo también lo estoy. Y quiero que sepas que nunca me perdiste. No he estado con nadie desde que nos divorciamos.

—Ni yo.

Greg se inclinó entonces y la besó otra vez.

—Entonces, ¿volvemos a estar juntos? —preguntó segundos después—. Quiero estar seguro de no haberte malinterpretado.

—Por mí, sí.

Él volvió a sonreír.

—Como te dije, he estado ahorrando dinero. Te puedo pagar la hipoteca, si quieres. O puedes trabajar menos. O podemos tener otro hijo. O podemos viajar a Europa. Lo que tú quieras, Rachel. Lo que te haga feliz.

—Oh, Greg... No me importa lo que hagamos, mientras estemos juntos.

Ella lo abrazó con fuerza.

—Te prometo que he aprendido de mis errores.

—Y yo de los míos. A partir de ahora, te pediré ayuda cuando la necesite y te diré siempre lo que pienso.

Greg la besó una vez más y, como Rachel se había excitado, le agarró las manos y se las llevó a los pechos.

Él gimió y se frotó contra su estómago.

—Te deseo, Rach.

—Y yo a ti. Pero la boda está a punto de empezar...

—Olvídate de la boda.

—¡No puedo!

—Claro que puedes. Te llevaré al orgasmo en menos de un minuto.

Rachel no se atrevió a negarlo. La conocía muy bien, y era más que capaz de conseguirlo.

—Recuerda que yo puedo hacer lo mismo contigo —replicó—. Pero no estoy tomando la píldora, así que tenemos un problema. Salvo que tengas preservativos.

—No, no llevo ninguno encima —dijo, bajándole la cremallera del vestido—. Te amo, preciosa. Y quiero tener más hijos contigo.

—Yo también.

—Pues yo diría que este es nuestro día de suerte.

Capítulo 31

Courtney se dijo a sí misma que, mientras se moviera y respirara, todo iría bien. Además, no era tan difícil. Hasta las criaturas unicelulares tenían algún tipo de respiración. Así que estaba bien, perfectamente bien. Y más tarde, cuando la boda terminara, se emborracharía salvajemente.

Pero aún no había empezado. Faltaba una hora para que llegaran los invitados, aunque el fotógrafo ya estaba sacando fotografías.

—¿Courtney?

Courtney se dio la vuelta. Era Lucy, una de las doncellas del hotel, y la miró de forma tan rara que el corazón se le encogió.

—¿Qué pasa? —dijo, intentando mantener la calma.

—Necesito que me ayudes con una cosa.

—¿Con cuál?

—Tengo que cambiar las sábanas de los chalets, pero he intentado entrar en la sala donde guardamos la ropa de cama y no he podido. Han echado la llave —contestó—. Uno de los botones me ha dicho que ha visto entrar a tu hermana y a tu cuñado.

Courtney se quedó perpleja.

—¿Insinúas que Greg y Rachel están dentro, haciendo el amor?

Lucy se ruborizó.

—Sí, eso creo.

Courtney no supo si reír o acurrucarse en una esquina.

—Descuida. Ya me ocupo yo.

El vuelo de David llegaba con retraso, lo cual significaba que Sienna no había podido hablar con él. Y eso, que no habría tenido importancia en otras circunstancias, le podía crear un problema de lo más embarazoso. Su madre se iba a casar, y en las bodas se hacían fotos.

¿Qué podía hacer? David no debía salir en las fotografías de la boda. Pero aún no había roto con él y, como su familia creía que seguían comprometidos, querrían que estuviera con ellos. Por eso estaba andando de un lado para otro, esperando. Tenía que hablar con David antes de que empezara la ceremonia.

Ya empezaba a estar desesperada cuando vio que su coche entraba en el aparcamiento. Y, aunque ya se había puesto el vestido de dama de honor, salió a buscarlo.

—Hola, David —dijo, armándose de valor—. Me alegro de verte.

—Siento llegar tarde. Ha sido por culpa del mal tiempo.

Él intentó darle un beso, pero ella se apartó.

—¿Qué ocurre?

—Habría preferido decírtelo antes, pero estabas fuera de la ciudad y no quería hablar contigo por teléfono. Eres un gran hombre, David, pero no eres el hombre adecuado para mí. Te devuelvo tu anillo. No estamos hechos el uno para el otro. Creo que nunca lo estuvimos.

Sienna iba a decir algo más, pero se detuvo cuando vio la expresión de David, que la miraba con furia.

—¿Estás rompiendo conmigo? –gritó–. Mi madre me advirtió contra ti, pero no le hice caso. ¡Y pensar que te defendí! ¿Cómo puedes hacerme esto? ¿Qué crees, que puedes encontrar a alguien mejor? ¡Pues no puedes! Sí, sigues siendo una mujer muy bella, pero, como tú misma dijiste, el tiempo pasa para todos. Te pondrás gorda y fea, y no te querrá nadie.

David respiró hondo y añadió:

—Vete al infierno, Sienna. No te necesito. Y, por favor, mantente alejada de mí a partir de ahora. No creas que puedes volver arrastrándote para pedirme que te perdone, porque no te voy a perdonar. Nunca.

David volvió a su coche, arrancó y se fue, dejándola tan pasmada como aliviada con lo sucedido. Por una parte, no podía creer que la hubiera tratado tan mal, por otra, se alegraba de haber descubierto que David no era el hombre que ella creía. Si se hubiera casado con él, habría cometido un error terrible.

Sacudió la cabeza y volvió al hotel, repitiéndose mentalmente que estaba bien y que todo iba a salir bien. Y entonces, apareció Courtney.

—No sé lo que estás haciendo, pero ven conmigo.

—¿Pasa algo?

—Greg y Rachel se han encerrado en el cuarto de la ropa de cama, y los empleados creen que están haciendo el amor. Pero Lucy tiene que entrar a sacar unas cosas, lo cual significa que yo los tengo que interrumpir. Y, como hay grandes posibilidades de que vea algo que no quiero ver, tú también lo verás.

Sienna la miró de forma extraña y la abrazó.

—Te adoro, Courtney. Gracias.

—¿Por qué?

—Por ser exactamente lo que necesitaba en este momento –respondió, sonriendo de oreja a oreja–. ¿Sabes

lo que vamos a hacer después de interrumpir a nuestros amantes? ¡Tomarnos un par de copas de champán!
—Trato hecho.

El vestíbulo del hotel era una especie de paraíso de color rosa. Flores rosas, sillas rosas, una alfombra rosa y una fuente con champán rosa. Cuando terminara la ceremonia, tendrían que retirarlo todo y dejarlo como estaba antes, pero, de momento, era un sitio perfecto para oficiar una boda.

En cuanto a la comida, se iba a servir en la sala de baile, donde todo era igualmente rosa. Hasta el *disc jockey* lo era: había entendido tan bien el espíritu del acto que se había puesto un esmoquin de ese color. De hecho, Courtney estaba tan contenta con él que le iba a dar una propina de lo más generosa.

Desgraciadamente, su felicidad no era completa. Todo estaba saliendo bien. Los invitados se habían sentado y la ceremonia estaba a punto de empezar. Pero se sentía vacía, y era consciente del motivo: Greg, el hombre de esmoquin y camisa negra que estaba en la parte delantera, junto a un sonriente Neil. Lo echaba de menos, y se arrepentía amargamente de haber rechazado su amor.

Rachel se detuvo entonces a su lado. Las tres hermanas iban a entrar en la sala por orden de edad. Pero Rachel no estaba sola; estaba con su hijo y con Greg, quien le dio un beso en los labios y, tras guiñar un ojo a Courtney, se sentó.

—No me importa lo que digas —susurró Rachel—. Sí, hemos hecho el amor en la salita de la ropa de cama, y lo volvería a hacer si pudiera. De hecho, es posible que repita la experiencia más tarde. Estoy enamorada, y no vas a conseguir que me sienta culpable.

Courtney sonrió.

—Me alegro por ti, y también me alegro de no haberte encontrado desnuda al entrar con Sienna.

Rachel también sonrió.

—¿No lo has hecho nunca en ese lugar? Me extraña bastante, teniendo en cuenta que trabajas aquí. Tiene una mesa perfecta para esas cosas.

Courtney le dio un empujón.

—Deja de hablar y camina —dijo—. Es la hora.

Rachel se fue por el pasillo central; Sienna la siguió segundos después y, por último, llegó el turno de Courtney, que seguía pensando en Quinn. ¿Por qué rechazaba su amor? Allí estaba ella, rodeada de personas a las que quería con toda su alma. Y, sin embargo, negaba ese mismo afecto al único hombre que había conquistado su corazón.

Al llegar al final del pasillo, dio media vuelta y miró a su madre, que caminó hacia su prometido. Maggie estaba verdaderamente preciosa, aunque su nerviosismo era evidente. Habían ensayado el momento, pero avanzaba más deprisa de la cuenta, como si estuviera ansiosa por llegar. Y entonces, Neil rompió el protocolo, se acercó a ella y la besó, arrancando sonrisas a todo el mundo.

—Lo siento —dijo en voz alta—. He perdido el control.

Los invitados rompieron a reír y, cuando se tranquilizaron, Quinn empezó a hablar.

—Bienvenidos a la boda de Maggie y Neil. Como muchos sabéis, un matrimonio es mucho más que una ceremonia. Implica amor e implica respeto. Implica aceptar al otro por lo que es. Implica compartir esperanzas y sueños, pero también temores. Implica asumir que habrá tiempos buenos y tiempos malos, e implica creer que cualquier tiempo será mejor si estás con la persona amada.

A Courtney se le encogió el corazón. ¿Cómo podía

haber huido de un hombre como ese? ¿Cómo podía haber sido tan tonta?

—He visto muchas veces a los novios, y sé que tienen suerte de haberse conocido. Pero más que suerte, tienen valentía. Tienen el valor de afrontar lo desconocido y de abrir un camino para alcanzar una felicidad que, desde luego, merecen. Desde luego, esto es solo el principio de ese camino difícil y maravilloso, pero sabemos algo muy importante: que están preparados para recorrerlo.

Courtney derramó unas cuantas lágrimas. Obviamente, la gente pensaría que estaba llorando porque su madre se acababa de casar, pero no estaba llorando por eso, sino por lo que había perdido. Y ella era la única culpable. De hecho, se sentía tan mal que habría sido capaz de salir corriendo si Quinn no la hubiera mirado en ese preciso instante.

—Disculpen —dijo, sin darse cuenta de lo que hacía.

Courtney no tenía intención de decir eso, y tampoco tenía intención de caminar hacia Quinn, pero lo hizo. Y en ese momento, recordó dónde estaba y se detuvo en seco.

—No te detengas ahora —dijo su madre, mirándola con un cariño inmenso—. Venga, di lo que tengas que decir.

—Pero es tu boda…

—Neil y yo tenemos toda una vida por delante. Además, eres mi hija y te quiero con toda mi alma. Dilo, Courtney.

Courtney tragó saliva y se giró hacia Quinn.

—Lo siento mucho. Estaba asustada. Creía que el amor duele, pero llevo toda la vida con una familia a la que adoro, y no me ha ido nada mal. Ni siquiera puedo echarle la culpa a mis anteriores amantes, porque no estuve enamorada de ninguno. Pero, cuando te conocí, mi vida cambió por completo. Estar contigo era divertido, fácil, maravilloso. No me di cuenta de lo que sentía porque no tenía experiencia con el amor verdadero.

Ella se secó las lágrimas y siguió adelante.

—Cuando me dijiste que me amabas, me asusté. Sin embargo, ya no quiero tener miedo. Quiero ser como mi madre y mis hermanas. Quiero ser valiente —dijo—. Sé que este no es el momento más adecuado, pero espero que me des otra oportunidad. Te lo ruego. Déjame demostrar que soy digna de ti.

Quinn la miró con intensidad durante unos instantes y, a continuación, caminó hasta ella y la tomó entre sus brazos.

—Tú no tienes que demostrar nada, Courtney. Te amo, y eso no va a cambiar.

—Me alegro, porque yo también te amo a ti.

Todo el mundo suspiró. Y Quinn, que le guiñó un ojo, dijo en voz baja:

—Tengo entendido que el cuarto de la ropa es un lugar muy sensual. De hecho, me lo han recomendado.

Ella soltó una carcajada, y Quinn volvió a su puesto.

—Bueno, ¿por dónde íbamos?

—Por lo de casar a mi madre —intervino Sienna, que sonrió.

—Ah, sí, es verdad.

Horas después, cuando la cena ya había terminado, Courtney se puso a bailar con Quinn. Y al ritmo de una canción de Tadeo.

—Se va a alegrar mucho cuando sepa que su música ha sonado en la boda.

—No estoy tan segura de eso. No han puesto nada de Prince, y ya sabes que se quiere parecer a él —le recordó Courtney.

—Solo es una fase. Tiene que ser él mismo.
Courtney sonrió.
—Me encanta estar contigo.
—Y yo contigo. Te amo con todo mi corazón.
—Siento haberme asustado tanto. Será por lo que he dicho antes, porque es la primera vez que enamoro. En ese sentido, se podría decir que eres mi primer novio, si es que te puedo llamar *novio*, claro.
—Sigues sin entenderlo, ¿eh? Eres la mujer que estaba buscando, y me quiero casar contigo. Pero no te preocupes, que no me estoy declarando. Supongo que necesitas tiempo para pensar... Solo es una especie de declaración de intenciones, para que te vayas acostumbrando a la idea.

Ella frunció el ceño.
—Hum. Si me caso contigo, ¿Wayne y tus chicos vivirán con nosotros?
—Espero que no.
—Pero se dejarán caer, claro.
—Sí, así que necesitaremos una casa grande.
—Eso es obvio, porque también tendremos niños y mascotas. Y no me digas que no quieres tener hijos, por favor.
—Claro que quiero. Y ahora, volviendo al asunto del cuarto de la ropa...

Ella rio.
—¿Por qué no vamos a tu casa?
—Ahora que lo dices, me parece mejor.

Sienna se sentía muy bien. Volvía a estar sola, pero su madre estaba felizmente casada, Rachel y Greg habían hecho las paces y Courtney y Quinn se habían ido a hacer algo que, con toda seguridad, sería de lo más romántico.

Solo tenía un problema. ¿Cómo iba a volver a casa? Había bebido mucho, y no estaba en condiciones de conducir. Pero no le preocupaba demasiado, porque se podía quedar a dormir en la habitación de Courtney. Al fin y al cabo, no volvería antes del amanecer.

–¿Está ocupada esta silla?

Sienna alzó la mirada al oír la voz de Jimmy.

–No, está libre.

Jimmy se sentó.

–Estás particularmente guapa esta noche.

–Gracias. Tú también lo estás –replicó–. ¿No has venido con nadie?

–No, sigo trágicamente solo. No dejo de buscar a la mujer de mi vida, pero no la encuentro. ¿Y tú? ¿Dónde está tu prometido?

Ella le enseñó la mano, donde ya no estaba el anillo.

–He roto con él.

Jimmy arqueó una ceja.

–¿Y cómo te sientes?

–Alivida. David era un error. Tendría que haberlo sabido antes.

–Mejor tarde que nunca. ¿Te apetece bailar?

–Me encantaría.

Sienna lo acompañó a la pista de baile, y se sintió sorprendentemente bien entre sus brazos. Estuvieron sin hablar un buen rato y, cuando empezó la siguiente canción, se quedaron donde estaban y siguieron bailando hasta que apareció un camarero con más champán.

Los dos alcanzaron una copa, y ella alzó la suya a modo de brindis.

–Por los viejos amigos, que son los mejores.

Él la miró a los ojos.

–Por nosotros.

El brindis de Jimmy le pareció sorprendente, pero le

gustó. No en vano, se conocían de toda la vida. Habían sido amantes y amigos. Y, en ese preciso momento, Sienna se dio cuenta de que Jimmy siempre había estado a su lado, como si estuvieran hechos el uno para el otro.

—Por nosotros —repitió ella.

—Vaya, por fin te das por enterada.

Jimmy sonrió, inclinó la cabeza y la besó.

ÚLTIMOS TÍTULOS PUBLICADOS EN HQN

Está sonando nuestra canción de Anna Garcia

Siempre un caballero de Delilah Marvelle

Somos tú y yo de Claudia Velasco

Noches de Manhattan de Sarah Morgan

Azul cielo de Mar Carrión

El Puerto de la Luz de Jane Kelder

Vuelves en cada canción de Anna García

Emocióname de Susan Mallery

Vacaciones al amor de Isabel Keats

No puedo evitar enamorarme de ti de Anabel Botella

Dulce como la miel de Susan Wiggs

Un lugar donde olvidarte de J. de la Rosa

Una boda en invierno de Brenda Novak

El hechizo de un beso de Jill Shalvis

La tentación vive arriba de M.C. Sark

Ardiendo de Mimmi Kass

www.ingramcontent.com/pod-product-compliance
Lightning Source LLC
LaVergne TN
LVHW030334070526
838199LV00067B/6282